多维宇宙

王晋康 长铗 等 著

超维度漫游

科 幻
硬阅读
DEEP READ
不求完美 追逐极致

MULTIDIMENSIONAL UNIVERSE

北京理工大学出版社
BEIJING INSTITUTE OF TECHNOLOGY PRESS

══ 科幻硬阅读 ══
——献给那些聪明的头脑和有趣的灵魂

当小鲜肉、流量明星、鸡汤文和小清新大行其道，当坚硬强悍磊落豪雄变成小众，当拼爹、晒富、割韭菜成为常态，当群氓乱舞中理性精神和至性深情被某些人弃如敝屣——我愿反其道而行，向极小极小的一小部分喜欢阅读和思考的读者，推出一套比较烧脑，但能让神经更粗壮大条的作品——"科幻硬阅读"系列图书。

科幻不是目的，思考才是根本。有趣的灵魂诗意栖居大地。理性使其无惑，感性助其丰盈，个性使其独特，青春致其张扬，而爱的疼痛与快乐，则为灵魂刻下一抹深沉隽永……

所以这套书里除了"烧脑"科幻，兼或还会有其他一些提神醒脑类作品，希望它们能给读者朋友带来一丝极致的阅读体验——极致的思考或震撼、极致的美丽与忧愁、极致的愉悦和放松……不求完美，但求在某方面达到极致——极致，便是"硬阅读"的注脚。

但这种"硬"绝不应该是艰深晦涩,故作深沉!

好看的作品通常都是柔软而流动的,如水、亦似爱人或者时光,默默陪伴,于悄无声息间渗透血脉、融入心魂,让我们在一条注定是一去不返的人生路上,逐渐、逐渐,获得一分坚强和硬度!

愿所有可爱而有趣的灵魂,脚踩大地,仰望星辰,追逐梦想。

——小威

独立思考，个性书写，充分表达，
拥有独属于自己的风格和调性。

目录

001 | 泡泡
　　　　闯入四维空间 / 王晋康

073 | 674号公路
　　　　莫比乌斯环 / 长铗

121 | 唐粒日记
　　　　穿越时空脱口秀 / 脑洞猴子

167 | 诅咒
　　　　命运轮盘 / 付卿

189 | 爱在大西洲
　　　　亚特兰蒂斯的陷落 / 喀拉昆仑

211 | 忆太原
　　　　位面世界 / 喀拉昆仑

241 | 电石灯
　　　　时间坍缩 / 喀拉昆仑

265 | 月熊在太空城
　　　　谁都逃不了 / 喀拉昆仑

283 | 这个世界并不美
　　　　大医医国 / 喀拉昆仑

泡泡

闯入四维空间

文 / 王晋康

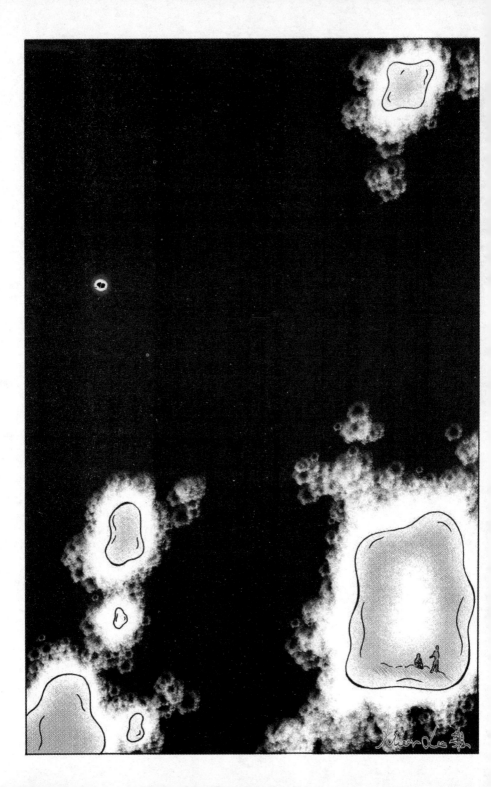

孩子们，人类的逻辑思维能力是上帝最宝贵的恩赐。这么说吧，正是人类大脑基因的某种变异，使其具备了超越直观的形而上的思维能力，人类才超越了动物的范畴，才能避免尼安德特人的悲剧。

逻辑思维的威力在物理学和数学中得到最充分的体现，早在科学启蒙时期，伽利略就用思想实验的办法，推翻了曾被学术界奉为圭臬的"物体自由落体速度与重量成正比"的理论，这甚至早于他那次著名的比萨斜塔实验。他是这样驳难亚里士多德的：把一个重球A与一个轻球B绑在一块儿，那么整体的AB当然要重于A或B。按照上述理论，AB肯定比两球单独下落时的速度快，但换一个思考角度，因为B轻于A，它的下落速度当然比A慢，这样，把两者绑在一起时，B肯定要延缓A的速度，这就使合球AB的速度快于B但肯定慢于A。两种推理是不是都对？是的，都完全正确，但结论却相反。所以，唯一的可能是推理所依据的平台，即那个理论错了。你们看，多么简洁明快的推理，它无懈可击。有了这个推理，其实根本不用再爬到比萨斜塔上扔铁球了。

伟大的相对论更不用说了，它简直是一人之功，是一个天才大脑的杰作。爱因斯坦通过纯粹的思想实验,得出"光速不变"和"引力与加速度等效"的顿悟,彻底颠覆了被人们奉为"绝对真理"的平直时空。爱因斯坦自己说,那对他来说是"幸福的思想"。

其实还有一个著名的思想实验,只是常常被人们忽略,那就是驳难时间旅行的"外祖父悖论"——你如果可以返回过去,就有可能杀死你的外祖父,但如果他在未有儿女之前被杀,怎么可能出现一个返回过去改变历史的你?这个驳难也无懈可击,所以唯一的结论是:时间旅行是不可能的。

这个思想实验之所以一直被人忽视,是因为其中掺有人的因素——人有自由意志,所以他们完全可以不杀自己的外祖父。这种思考角度是完全错误的,人类作为群体而言,其实并没有自由意志。比如,谁也不能保证在10万个时间旅行者中没有一个想杀死自己外祖父的人,那人可能是神经错乱,或者干脆是个狂热的科学信徒,不惜杀死外祖父来验证这个悖论,而只要有一个过硬的反证,也足以推翻一条物理定律。

所以,孩子们,我要让你们失望了,我在这儿可以断言,无论是你们,还是你们的子孙后代,都甭指望去体验时间旅行,1000万年后也不可能,它永远只能存在于科幻小说中。但也不必失望,时间旅行不可能实现,并不意味着超维旅行——超出三维空间的旅行——就不可能。至少到目前为止,没有哪个实验能证伪它——当然也还没有证实。它究竟能否实现,也许就靠你们中某一个天才大脑去验证了。

理论物理学家陈星北2017年在内蒙古达拉特旗某初中课外物理小组"纪念束星北（见注释1）110周年诞辰"座谈会上的发言。发言为摘录，未经本人审阅。

记录人：巴特尔（嘎子）

◆ 1 ◆

位于廊坊的空间技术院"育婴所"正在忙于实验前的准备。这个"育婴所"里并没有婴儿的笑声和哭闹，也没有奶嘴和婴儿车，它的正式名称其实是"中国空间技术研究院小尺度空间研究所"。所里的捣蛋鬼们嫌这个名字太拗口，就给它起了这个绰号，而所长陈星北也欣然认可这个绰号并带头使用，所以"育婴所"这名字在所里所外几乎成了官称，只是不上正式文件而已。

实验大厅是穹窿式建筑，有一个足球场大，大厅中央非常空旷，几乎没有什么设备。只有一个很小的球舱吊停在场地中央，离地有4米高。它是单人舱，样子多少类似太空飞船的回收舱，只是呈完美的球形，远远看去小得像一个篮球。它的外表面是反光镜面，看起来晶莹剔透，漂亮得无以复加。舱边站着两个小人，那是今天的舱员，旁边是一架4米高的舷梯车。

今天只是一次例行实验，类似的载人实验已经进行过5次，而不载人实验已经进行过15次，人人都轻车熟路，用不着指挥，所以下边的人忙忙碌碌，陈所长反倒非常悠闲，背着手立在旁边看风景。他的助手小孙匆匆从门口过来，低声说："所长，秦院长的车已经到了。"

陈星北漫不经心地"嗯"了一声，没有后续行动。小孙有点尴尬，不知道该不该催他。陈星北看看他，知道他的心思，没好气地说："咋？有屁就放！"

小孙笑着说："所长你还是到门口接一下的好。再怎么说，她也是咱们的直接上级，肩上戴着将星的大院长，尤其还是咱们的大金主。"顿了一下又说："你知道的，这次她来视察，很可能就是为了决定给不给咱们继续拨款。"

陈星北满不在乎："她给不给拨款不取决于我迎不迎接，我犯不着献殷勤。别忘了在大学里我就是她最崇拜的'星北哥'，她整天跟屁虫似地黏在我后边，就跟现在小丫黏糊嘎子一个样。你让我到大门口迎她，她能承受得起？折了她的寿！"

小孙给弄得左右为难。陈所长的德行他是知道的，但所长可以胡说八道，自己作为所长秘书却不得不顾忌官场礼节。不过用不着他作难了，因为一身戎装的秦若怡院长已经健步走了进来，而且把陈所长的胡说八道全听到耳里。秦院长笑着说："不用接啦，小孙你别害我折寿，我还想多活几年呢。"

小孙的脸一下子变得通红，是替所长尴尬。他偷眼看看，那个该尴尬的人却神色自若。秦院长拍拍小孙的肩膀安慰道："你们所长没说错，上大学时我确实是他的跟屁虫。那时还一门心思想嫁给他，就因为他常常几个月不洗澡，我受不了——我可不是夸大，他只要一迷上哪个难题，真能几个月不洗澡。小孙你说，他现在是不是还这德行？"

小孙也放松了，笑着凑趣："江山易改，本性难移。"说完就机敏地离开了。陈星北过来和秦若怡握握手，相互打声招呼。秦若怡和陈星北是北京大学同学，比他低一届，两人虽是学理的（陈学理论物理，秦学力学），却都爱好文学，是北京大学未名诗社"铁三角"的两翼，算得上铁哥儿们。"铁三角"的另一边是当年的诗社社长唐宗汉，国际政治系的才子，比陈星北高两届，如今更是一位天字号人物——现任国字级领导。近两届政府中有不少重量级人物出自北京大学，人们说清华大学的风水转到北京大学这边了。

"育婴所"实际不是空间院的嫡系，五年前陈星北凭三寸不烂之舌说动了秦院长，成立了这个所。可以说这个建制完全是"因人而设"，因为秦若怡素来相信这个学长的能力。而且，虽说陈星北为人狂放，平日说话满嘴放炮，但在关键时刻也能拿出苏秦、张仪的辩才"把秦小妹骗得一愣一愣的"（陈星北语）。"育婴所"成立五年，花了空间院1亿元，在理论上确实取得了突破，但要转化成实际成果还遥遥无期。孙秘书刚才说得对，秦院长这次视察恐怕不是吉兆。

陈、秦两人对这一点都心照不宣，这会儿却都不提它。秦若怡说："星北你刚才说小丫黏糊嘎子，这个嘎子是何方神圣，能入小丫的法眼？"她又笑着说："也太早了吧，小丫才13岁！"

陈星北指指大厅中央："喏，嘎子就在那儿。不过你别想歪了，小丫的黏糊扯不到男女关系上，他们是表兄妹呢。嘎子是我外甥，内蒙古达拉特旗的，蒙古族，原名叫巴特尔。他的年纪也不大，今年15岁，等开学就是清华大学一年级的学生了。这小子聪明，有股子嘎古劲，对我的脾胃。你嫂子说他像电影《小兵张嘎》中的嘎子，那个小演员正好也是蒙古族。后来嘎子说，这正是他在家乡的绰号。"

"达拉特旗就是嫂子的老家吧？我记得四年前你千里迢迢跑到那儿，为一所初中举办讲座，是不是就为这个孩子？"

"对，他们学校的物理课外小组相当不错，办得不循常规。"秦若怡知道，"不循常规"在陈星北这儿就是最高评价了。陈星北笑着说："小丫这孩子你是知道的，有点鬼聪明，长得又靓，平日里眼高于顶，没想到这个内蒙古草原来的野小子把她给降住了。"

他对着场地中央大声喊："嘎子！小丫！你们过来见见秦阿姨！"

那两人向这边跑来。陈星北说："今天是他俩进舱做实验。"秦若怡震惊地扬起眉，陈星北早料到她的反应，紧接着解释："是嘎子死缠着要去做实验。我想也好，实验中最重要的是人对异相空间的感觉，也许孩子们的感觉更敏锐一些。再说我也有点私心，想让嘎子提前参与，将来接我的班。这小子是个好苗子。小丫知道后非要和她嘎子哥一块儿去，我也同意了。"他轻描淡写地说："安全问题你不用担心，就那么1纳秒的时间，10米的距离。而且载人实验已经做过五次了，我本人就做过一次。"

秦若怡从心底不赞成这个决定，但不想干涉陈星北的工作，只说了一句："据我所知，那是非常狭窄的单人舱啊。"

"没关系,这两人都又矮又瘦,合起来也抵不上一个大人。"

两个孩子已经跑过来了,确实都又瘦又小。两双眼睛黑溜溜的特别有神。皮肤一黑一白,反差强烈。小丫穿吊带小背心、短裙,光脚穿着皮凉鞋;嘎子则穿一件灰白色文化衫,正面是六个字:科学PK上帝,下边是又宽又大的短裤。秦若怡在心中暗暗摇头:怎么看他们也不像是重大科学实验的参与者。小丫与秦阿姨熟,扑过来攀住了她的脖子,说:"秦阿姨,你是不是专程跑来看我做实验的?"嘎子毕竟生分,只是叫了一声秦阿姨,就笑嘻嘻地立在一边,眼睛可没闲着,眼巴巴地盯着秦若怡的戎装。他肯定是看中了院长肩上的将星,巴不得穿上过过瘾。

秦若怡搂着小丫,问:"马上要开始实验了,紧张不紧张?"

小丫笑着摇头,想想又老实承认:"多少有一点吧。"

"嘎子你呢?"

"我不怕。"

"对实验中可能出现的意外,有预案吗?"

"有,舅舅和孙叔叔已经讲过了。"

小丫则老老实实地说:"爸爸说,让我一切听嘎子哥指挥。"

秦若怡笑着拍拍小丫的后背:"好了,你们去吧。"

两人又跑步回到大厅中央,小孙跟着过去。已经到时间了,小孙帮他们爬到舷梯上,挤进球舱。毕竟是单人舱,虽然两人都是小号身材,坐在里面也够紧张的,嘎子只有半个屁股坐在座位上,小丫基本上是半侧着身子偎在嘎子怀里。关闭舱门之前,小孙对他们细心地重复着注意事项:

"舱内的无线电通话器有效距离为5 000公里,足以应付意外情况,不必担心。

"密封舱内的食物、水和氧气可以维持七天的生存,呼出的二氧化碳由回收器自动回收。舱内也配有便器,就在座椅下面,大小便(以及漱口水)暂存在密封容器内,以免污染异相空间。

"球舱的动力推进装置可以完成前进及下降时的反喷减速,不能后退和转弯。但燃料(无水肼)有限,只能维持三小时的使用。

"万一球舱重入地点比较偏远,不要着急,它带有供GLONASS(伽利略全球定位装置)识别的信号发生器,总部可以随时掌握重入地点。但要记住,你们没穿太空服,在确实断定回到地球环境之前,不要贸然打开舱门——谁也不知道异相空间里究竟是什么情况。"

这些实际都是不必要的谨慎。按以往的实验情况,球舱会在1纳秒后即现身,位移距离不会超过10米,所以,舱内的物品和设备其实根本没有用处,但作为实验组织来说,必须考虑到所有的可能。

小丫乖乖听着,不住点头。她打心底没认为这实验有什么危险,但小孙叔叔这种"诀别赠言"式的谆谆嘱托,却弄得她心

里毛毛的。扭头看看嘎子哥,那浑小子仍是满脸的不在乎。嘎子向小孙挥挥手,说:

"我早就把这些背熟了,再见,我要关舱门了。"

他手动关闭了舱门和舷窗,外面的小孙向指挥台做了个手势,开上舷梯车驶离场地中央。

球舱孤零零地悬在空中。在它的正下方周围有一圈 10 米长的红线。10 米,这道红线简直成了突不破的音障,近几次实验都停滞在这个距离。刚才陈星北说"实验非常安全"时,实际上是带着苦味的——因为无法突破 10 米,所以才非常安全。这次实验前,他们对技术方案尽可能地作了改进,但陈星北心中有数,这些改进都是细枝末节,想靠这些改进取得重大突破,希望渺茫。

小孙跑过来时,陈所长和秦院长正在轻松地闲聊,至于内心是否轻松就难说了,毕竟,决定是否让项目下马是痛苦的,而且只要这个项目下马,就意味着"育婴所"的编制也很难保住。

秦院长说道:"我记得第一次空间挪移只有 0.1 毫米?"

"没错,说来不怕见笑,对超维旅行的距离要用千分尺来测量,真是天大的笑话。"

秦院长笑着说:"我不认为这是什么笑话。能够确证的 0.1 毫米也是重大突破,而且三次实验后就大步跃升到 10 米,增加了一万倍。"

"可惜以后就停滞了。"

"只要再来一次那样的跃升就行,再增加一万倍,就是100公里,就到实用的尺度了。"

陈星北停顿片刻。他下面说的话让小孙很吃惊,小孙绝对想不到,所长竟然把这些底细全都倒给了秦院长。他悲观地想,自打秦院长听到这番话后,"育婴所"的下马就不必怀疑了。陈星北坦率地说:"若怡,我怕是要让你失望了。实话说吧,这项技术非常非常困难,不光是难在增加挪移距离上,更难的是重入母空间时的定向和定位,因为后者别说技术方案,连起码的理论设想都没有。这么说吧,现代物理学还远远达不到这个高度,去控制异相宇宙一个物体的运动轨迹——在那个世界里,牛顿定律和相对论是否适用,我们还没搞明白呢。"陈星北看看她,决定把话彻底说透:"若怡,别抱不切实际的幻想,别指望在你的任内把这个技术用到部队。我不是说它绝对不能成功,但那很可能是1 000年以后的事了。"

秦若怡停顿片刻,尽量放缓语气说:"你个鬼东西,你当时游说我时可不是这样说的。"

陈星北一点也不脸红:"男人求爱时说的话你能全信吗?不过结婚后就得实话实说了。"

秦若怡很久没说话,旁边的小孙紧张得喘气都不敢大声。他能感觉到那两人之间的紧张气氛,他想秦院长心里一定很生气——而且她的愤怒是完全合理的。她可能就要对当年的星北哥放出重话了。不过,毕竟秦院长是当大官的,涵养就是不同。沉默片刻后,她以玩笑来冲淡紧张气氛:"姓陈的,你是说你已经骗我同你结婚了?"

陈星北也笑着说:"不是咱俩结婚,是'育婴所'和空间院结婚——只是,今天你是来送离婚书的吧?"

"如果真是如此——你能理解我吗?"

"我能理解,非常理解你的难处。你的难处是我一手造成的,我是天字第一号的大浑蛋。不过,也请你理解我,我那时骗了你,但动机是光明的。我并不是在糟蹋中国人民的血汗钱。虽然那时我已经估计到,这项研究不可能发展成武器技术,但作为纯粹的理论研究也非常有价值。可是,谁让咱国家——所有国家——都重实用而轻基础理论呢,我不招摇撞骗就捞不到必要的资金。"他叹了一口气,"其实,如果不苛求的话,目前的10米挪移已经是非常惊人的成功,可以说是理论物理的革命性突破。若怡,求求你了,希望你能收回当时'不对外发表'的约定,让我对国际科学界公布,挣他个把诺贝尔奖玩玩。"他大笑道:"拿个诺贝尔奖绝对不成问题的,拿到奖金后我全部捐给空间院,算是多少退赔一点儿赃款。"

小孙松了一口气,他明显感觉到气氛已经缓和了,而且他打心里佩服所长,这位陈大炮到关键时候真是口若悬河、舌灿莲花,死人也能被他说活。当然细想想,他这番演讲之所以动听,是因为其中的"核"确实是合理的。

秦若怡又沉吟了一会儿,微笑着说:"小孙,你是不是正在暗叹你们所长的口才?不过这次他甭想再轻易把我骗到。"她收起笑谑,认真地说:"等我们研究研究吧。当时'育婴所'上马不是我一个人的决定,今后你们所的走向同样不是我一个人能决定的，肯定要报到上边，说不定还要报到咱们那位老同学那里。"她用拇指向天上指一指，最后刺了陈星北一句："到时候你有多少口才尽管朝他使，能骗到他才算你有本事。在他面前你别紧张，照样是你的老同学嘛。"

陈星北立即顺杆儿往上爬："我巴不得这样呢。若怡，拜托你了，尽量促成我和他的见面。你肩膀上扛着星，咱平头百姓一个，虽是老同学，想见面也不是那么容易的。"

秦若怡无奈地说："你呀，真不敢沾边，比狗皮膏药还黏糊。"

这时指挥室同舱员进行了最后一次通话，大厅里回荡着嘎子尚未变声的童音："舱内一切正常！乘员准备就绪！"现场指挥宣布倒计时开始，这边陈、秦二人不再交谈，小孙递过来两副墨镜，让两人戴上。

大厅里顿时鸦雀无声，开始点火倒计时："10、9、8、7、6、5、4、3、2、1，点火！"

霎时间大厅里一片强光！所谓"点火"只是沿用旧习惯，球舱的"升空"（这也是借用的说法）是依靠激光能量而不是化学燃烧剂。随着点火指令，大厅穹庐式内壁上的数万台X射线强激光器同时开动，数万道光束射向大厅中央的球舱，霎时间在球舱处形成一个极为炫目的光球，如同一颗微型超新星在人们眼前爆发。这些激光束是经过精确校准的，在球舱外聚焦成球网，就像为球舱覆上一层防护网。这个球网离球舱很近，只有

30毫米，这是为了尽量减小"欲挪移小空间"的体积，因为该体积与其所需能量是指数关系，小小的体积增加就会使其所需能量增加数万倍。正因为如此，球舱也设计得尽量小和简易。

聚焦后的高能激光足以气化宇宙内所有物质，但激光网中所包围的球舱并无危险，因为当大量光能倾注到这个小尺度空间时，该空间能量密度高达每立方厘米1 037焦耳，因而造成极度畸变，它便在1纳秒内从原空间（或称母宇宙）中爆裂出去，激光的能量来不及作用到舱上。

光球极为炫目，使大厅中的人变为"白盲"。但陈星北对所发生的一切了然于胸，就像在看电影慢镜头。光网在一瞬间切断了球舱上边的吊绳，但球舱根本来不及下坠，就会随着小空间（学名叫子宇宙或婴儿宇宙）从母宇宙中凭空陷落。小空间是不稳定的，在爆裂出去的同时又会重新融入母宇宙，但已经不是在原出发点了。两点之间的距离就是秦若怡最关心的"投掷距离"，换句话说，用这个方法可以把核弹投到敌国，而且导弹防御系统对它根本没用，因为它的运动轨迹甚至不在本宇宙之内。

可惜，目前只能达到10米距离。

激光的持续时间只有若干微秒，不过由于人的视觉暂留现象，它好像持续了很长时间。现在，激光消失了，厅内所有人都摘下墨镜，把目光聚焦到10米红线圈封闭的那片区域，然后是近百人同时发出的一声"咦"。和往日的实验不同，今天那片区域内一无所有。然后，所有脑袋都四处乱转，在大厅内寻找那个球舱，同样没有找到。陈星北反应极快，一刻也没耽误，抛下秦若怡，大步奔向指挥室。现场指挥是副所长刘志明,已经开始了预定的程序,先是用通话器同舱员联络:"嘎子、小丫,听到请回话!听到请回话!"

那边保持着令人窒息的静默。

陈星北进来后,刘指挥向他指指全球定位显示屏幕,那儿原来有一个常亮的小红点,表示着球舱的位置,但现在它消失了——不是像往常那样挪动了10米,也不是人们希望的挪动几百公里,而是干脆消失了。陈星北从刘指挥手中接过话筒,又喊了几次话,对方仍然沉默。刘指挥看看所长,后者点点头:"动员飞机吧。"

刘指挥立即向军方发出通知,请他们派直升机按预案进行搜索。那边随即回话,说两架直8F已经起飞,将搜索小尺度空间研究所方圆100公里内的区域。这是第一步,如果搜索不到,将再增派军力扩大搜索范围。秦若怡也进来了,三个人都默默地交换着目光,谁也不先开口。过了一会儿,陈星北才故作镇静地说:"搜索也没用。球舱的通话器和GLONASS绝不会同时失效,只有一种可能:我们激发出的那个小泡泡没有破裂,直到这会儿还保持着凝聚态。但那是另一个宇宙,与我们隔绝的宇宙,与这边是不可能有任何信息通道的。若怡,我们成功了,这个数量级的持续凝聚时间足以把球舱投掷到地球的任何地方,甚至是银河系外。只是,嘎子和小丫被困在那个泡泡里了!"

他的声音很平静,但目光极为复杂。秦若怡理解他的喜悦(作为科学家)和他的痛苦(作为爸爸和舅舅),她无法安慰他,只能说:"急也没用,咱们还是好好商量一下解决办法吧。"

陈星北说得对，搜索是徒劳的，直 8F 飞不到外宇宙去。他们再商量也不可能找出任何办法，这其实和陈星北早先说的"从理论上也无法保证投掷定向"是一致的：现代物理学远远没达到这个高度，可以监测或干涉外宇宙中一个物体的运动轨迹。尽管这样，直升机还是搜索了两天，把范围扩大到方圆 1 000 公里（再扩大就到朝鲜和日本了），结果什么也没发现。球舱的通话器和 GLONASS 信号一直保持缄默。三天后，陈星北通知停止搜索，他说不用再做无用功了，目前唯一可做的是等待那个泡泡自行破裂。

陈星北本想瞒住远在北京的妻子乌日更达莱，但是不行，作母亲的似乎有天生的直觉，能感觉到女儿（和娘家外甥）有危险，哪怕他们是在宇宙之外。从实验第二天起，她就频频打来电话询问两个孩子的安危，不管丈夫如何解释、哄骗，反正她只抱着一本经：没亲耳听见俩孩子的回答，她就不放心。第三天，她没有通知丈夫，径自开车来到丈夫的单位。

秦若怡陪着陈星北见了他妻子。这些天，秦若怡一直没有离开这儿，虽然帮不上忙，至少也是心理上的安慰。乌日更达莱证实了女儿和外甥的灾难后，身子晃了晃，险些倒下去。她推开伸手搀扶她的丈夫，焦灼地说："赶紧找呀，天上地下都去找，他们就是埋在 1 000 米的地下也要挖出来！"

陈星北只有苦笑。妻子当然早就知道丈夫的研究方向，但这个女人天生缺乏空间想象能力，从来没有真正理解"空间泡"的含义，她即使尽量驰骋自己的想象，最多把它想象成可以在天上、地下、地球上、地球外自由遨游的灵怪，一句话，她的想象跑不出"这个"三维世界。

秦若怡尽量安抚住这位丧魂失魄的母亲。她有工作在身，不能在此地久停，只好回北京了，留下陈星北夫妇（还有全所的人）焦灼地等待着。

时间一天天过去。这些天，乌日更达莱几乎是水米不进。其实陈星北比妻子更焦灼，因为妻子不知道那个期限：七天。球舱里的水、食物和氧气只够七天之用。当然，水和食物的时间是有弹性的，几天不进水不进食也能坚持，但氧气不行，氧气的宽限非常有限，再怎么节约使用，也拖不过八天。宇宙泡如果能坚持八天不破裂——这是人类智慧的伟大胜利，连上帝也会嫉妒的，他老人家尽管号称万能，也只能管管本宇宙的事情吧。但上帝的报复太残酷：这场胜利要用两个年轻的生命献祭。

七天马上就要过去了。这段时间是那么漫长，在这七天里，上帝已经把整个世界创造出来了。但七天又显得那么短暂，人们一秒一秒地数着两个孩子的剩余生命。第八天的太阳又升起来了，仍是丽日彩云，朗朗晴空。大自然照旧展示着它的妖娆，不在乎人间那一点小小的悲伤。陈星北来到指挥所，换副所长的班，这些天他们一直轮流值班，坚持着24小时的监听。但在这第八天的早上，他们可以说已经绝望了。就在这时，通话器里突然传来两个孩子的声音："打开了！打开了！小丫你看打开了！""嘎子哥，泡泡打开了！"

声音异常清晰、异常欢快。它的出现太突然，没有一点先兆，根本不像从异相世界返回的声音。两个所长一刹那都惊呆了，陈星北立即俯身过去，急切地问："嘎子、小丫，是你们吗？听到请回答！"

"是我们，爸爸！（舅舅）！泡泡突然打开了，我们能看见外面的天、太阳和云彩了！"

陈星北扭回头说："志明你赶紧通知小丫妈，说他们已经安全了！还要通知若怡！"转回身对通话器说，"喂，你们在哪儿？你们能否判断出是在哪儿？我立即派直升机去接你们！"

"我们是在哪儿？反正是在地球上（陈星北在心中笑了，这个嘎子，这时还忘不了贫嘴！），让俺俩看看。呀！"他俩的声音突然变了，你一句我一句惊恐地喊："爸爸！（舅舅）！我们是在战场上！炮弹就在不远处爆炸（通话器中传来清晰的爆炸声）！还有坦克、飞机！"

陈、刘二人也愣了。真是祸不单行，才从封闭的宇宙泡中解困，却又正好掉到战场上！既有战场当然是到了国外，他们在脑子里飞快地推测今天世界上哪儿有战争，而且不会是伊拉克那样的游击战，应该是动用飞机、坦克的正规战。没等他们想出个眉目，那边又说话了："别慌，小丫你别慌，我看不是战争，是演习！没错，舅舅，是演习！天上飞的都是曳光弹，不是实弹。"声音顿了一会儿，"舅舅，我看像是小日本！前边有一辆坦克很像是日本的90式，还有，天边那架飞机像是日本的P-X反潜机，没错，就是它，机身上背一个大圆盘的雷达天线，机侧是日本的红膏药。舅舅我知道了，我们这会儿肯定是在冲绳！"

陈星北完全认可了嘎子的判断，嘎子是个军事迷，对各国的武器如数家珍，他判断是日本的武器，那准没错。而且陈星北立即回忆起，日本早前曾宣布定于今天（2021年7月13日）在冲绳进行夺岛军演。这么说，这个球舱肯定是跑到冲绳了。

陈星北和副所长相对苦笑。两个孩子安全了，这是大喜事。但球舱飞到日本，又恰好落到军事演习区，看来，一个不小的外交麻烦是躲不过了。他得赶紧通知秦若怡，让他们早做准备。这时那边传来小丫的尖叫："爸爸，日本兵发现我们了！有十几个正在向这边跑！"

换成嘎子的声音："妈的真倒霉，还没开战呢，嘎子先得当小日本的俘虏！"

陈星北马上料到，他们之间的通话恐怕很快就会被切断，急急地厉声喝道："嘎子！小丫！注意场合，不能胡说八道！"

他是让嘎子注意外交礼节，但嘎子显然理会错了。"舅舅，你尽管放心，俺俩一定像小兵张嘎那样坚贞不屈，鬼子什么也别想问出来！"他紧张地说，"他们已经到跟前了！向我们喊话了！再见！"

通话器中哧啦啦一阵噪声，然后便没了声音。一定是嘎子把它破坏了。

十几名日本海上自卫队员如临大敌，由安赔少佐指挥着，小心翼翼地向那个奇怪的东西靠近。他们非常紧张，枪口和火焰喷射器都对准了那玩意儿。那是个浑圆的球形体，不大，直径有一米多，外表镀铝，闪闪发光，斜卧在一个山包上。太奇怪了，它简直是突然出现在人们的视野里。它是怎么来的？球体上方有一根断了的钢绳头，依此看来，它似乎是被飞机吊运来的，因为钢绳断了，所以坠落于此。但它们怎么能逃过战场上的雷达？即使是用性能最优异的隐形飞机来运送，但单单这个球舱就足以让雷达扫描到了，它的镀铝表面肯定是绝好的雷达反射体。何况现场还有几百双士兵的眼睛呢。

也许这就是科幻小说中的外星人飞碟？球舱上半部的圆周有一排很窄的舷窗，玻璃是镀膜的，看不清里边，但隐约能看到里边有活物（活的外星人？）。不过走近后，安赔少佐知道这玩意儿和肯定和外星人无关，恐怕是西边那个大邻国的间谍设备，因为在几扇舷窗上有几个很像汉字的符号。安赔不会汉语，但日本人都认得汉字。不，那不是汉字，而是汉字的镜像对称，也就是说，那些字从窗里向外看是正的，但从窗外向里看就是反的。安赔在脑袋里努力作了镜像反演，辨认出这几个字是：泡泡6号。

不用说，这个球舱的出现肯定和正在进行的军演有关，是中国军队派来搜集情报的——但安赔的直觉却在质疑这个结论，这种间谍行动也未免太公开了吧，大白天公然降落在战场上，舱上还写着汉字，似乎唯恐别人认不出它的主人！

他向上级报告了这儿的发现，上级说马上派人来处理。这会儿他指挥手下把球舱团团包围，用日语喊话，让球舱里的人出来。估计到里面的人可能不懂日语，他又用英语喊了几次。

透过舷窗看见里边有动静了，然后是轻微的门锁转动声，一扇很小的舱门慢慢打开，外面十几支枪立即对准那儿，门终于开了，里边钻出来一个漂亮的少女——皮肤很白、灵活的眼睛、吊带小背心、超短裙、两条裸着的美腿。她的美貌，尤其是她异常灿烂的笑容，让环列的士兵眼前一亮。紧跟在她后边出来的是一个嘎小子，脸上是满不在乎的坏笑，上衣上印着几个汉字。出来前，嘎子刚刚毁坏了通话器，如果舱里有三八大盖和汉阳造的话，他也一定会全都摔碎的，不过这个球舱太简易，没有多少值得毁坏的设备，而要想毁坏舱体本身显然是来不及了。

两个人笑着离开球舱，站在山丘上，居高临下地看着荷枪相向的士兵，颇有点《小兵张嘎》中嘎子面对日本兵的劲头。安赔狐疑地走近球舱，把头伸到里面看看。里面太简单了，简直没有什么仪器，只有一个驾驶座椅——两个乘员竟然是挤在一张椅子上！？这些情况更使他满腹狐疑，这太不像一次间谍行动了。

他走过来，重新打量这两名擅入者。从人种学角度来看，他们与日本的少男少女没有什么不同，如果挤到东京的人流中，没人能辨别出他们是外国人。但在这儿，在特定的环境下，安赔一眼认定他们是中国人。他们的眼神里有很多说不清道不明的东西，在双方之间划出了无形的鸿沟。安赔示意士兵们垂下枪口，自己把手枪插到枪套中，用日语和英语轮番向对方问话：
"你们是什么人？来这里干什么？"

嘎子的英语倍儿棒，小丫的英语差一点，但跟爸爸学过一些日语，简单的对话是不成问题的。不过两人在出舱前已经约定，要假装不会任何外语。嘎子笑嘻嘻地吩咐："找个会说人话的来，我听不懂你们的鸟语！知道吗？你的话，我的不懂！"

小丫又摇手又摇头："不懂！不懂！"

日军自卫队训练有素，很快用一顶军用帐篷遮盖住这个球舱，并在周围拉上警戒线。这玩意儿太异常，自卫队的专家们要仔细研究。在这之前，不能让新闻界得到风声。

嘎子和小丫则被安赔少佐和一个士兵押上直升机，送到另外一个地方。这儿好像是兵营，因为屋外有军人来往，但接待（应该说是审讯）他们的两人则身着便装。高个子叫渡边胜男，笑容可亲，普通话说得比嘎子还顺溜。矮个子叫西泽明训，脸上木无表情，基本上不怎么说话。嘎子和小丫进来时，渡边先生像对待大人物一样迎到门口，毕恭毕敬地垂手而立，说："欢迎二位来到日本。"他笑着补充："尽管你们来的方法不大合法。"

嘎子信奉的是"人敬一尺，我敬一丈"，也忙鞠躬还礼："谢谢，谢谢。对不起，给您添麻烦了！"

小丫看着他不伦不类的日式礼节，捂住嘴没有笑出声。

渡边请二人坐下，奉上清茶，然后问："二位能否告诉我你们的姓名？"

"当然。我叫张嘎子，是中国内蒙古人。她叫陈小丫，北京人，是我的表妹。"

"你们是怎么来到冲绳的，又是为了什么而来？请如实相告。"

"我也正糊涂着哩！"嘎子喊道，"那天我们是在内蒙古达拉特旗的恩格贝——知道这个地方吗？贵国的远山正瑛先生曾在这儿种树治沙,他是我最崇敬的日本人。"

"我们知道。我们也很崇敬他。他是日本有名的'治沙之父'。请往下讲。"

"是这样的,小丫放暑假,到我家玩。我们那天正在恩格贝西边的沙山上玩滑沙,忽然,天上不声不响地飞来一个白亮亮的球,一直飞到我俩头顶。我小丫妹指着那玩意儿尖叫:嘎子哥你看,飞碟!就在这时,一道绿光射下来把俺俩罩住,之后我们就啥都不知道了。一直到这架飞碟刚才坠落时,我们才醒过来。"

"你说是外星人绑架?"

"是的,肯定是的!小丫你说是不是?"

小丫鸡啄米似地点头:"是的是的,一定是外星人干的!"

"噢,被外星人绑架——那一定是一段非常奇特的经历。"

这句话挠到了嘎子的痒处,他不由得两眼放光。那七天在外宇宙的奇特经历!那个超圆体的袖珍小宇宙!地球上古往今来只有他和小丫体验过!他现在急于见到舅舅,叙说这段难忘的经历,但非常可惜也非常败兴,他们从外宇宙凯旋,却不得不先同日本特务打交道(这两人必定是日本情报机关的)。嘎子只好强压下自己的倾诉欲,继续与审讯者胡搅。

渡边先生笑着说:"外星人也使用汉字?我见球舱上写着'泡泡6号'。"

"那有啥奇怪的,外星人的科技比咱高多啦。别说汉字,什么日本片假名、梵文、甲骨文、希伯来文、楔形文,没有不会的!小丫你说是不?"

"当然啦,当然啦。"

渡边微笑点头:"对,有道理。而且他们说中国话也很不错。请听。"

渡边从口袋里掏出一架袖珍录音机,按了播放键。那是嘎子他们同小丫爸的通话,从"爸爸!(舅舅)!泡泡突然打开了!"一直到"俺俩一定像小兵张嘎那样坚贞不屈,鬼子什么也别想问出来!"听完这段话,嘎子和小丫互相看看。小丫因为两人的信口开河被揭穿多少有点难为情,嘎子一点不在乎——反正他说刚才那篇鬼话时,压根儿就没打算让对方相信。现在谎话被揭穿了,反倒不必费口舌了。嘎子抱着膀子,笑眯眯地看着审讯者,不再说话,等着看"鬼子"往下使什么花招。

毕竟时代进步了,往下既没有辣椒水也没有老虎凳。而且,渡边竟然轻易地放过这个话题,和他们扯起闲话来。问他们知道不知道日本有什么好玩的地方,还说:"不管你们是怎样来的,既然来了便是贵客,如果想去哪儿玩一玩,尽管吩咐。"嘎子和小丫当然不会上当,客气地拒绝了。

渡边突然想起来什么似的,说:"你刚才不是说非常崇敬远山正瑛先生吗?我可以安排你到他家采访,据我所知,他的重孙女还住在鸟取县。"

嘎子犹豫了。这个提议相当有诱惑力。作为达拉特旗牧民的儿子,他确实非常崇敬远山老人,老人自愿到异国他乡种树治沙,一直干到97岁,死后还把骨灰葬于沙漠。嘎子很想见见远山老人的后人，代表乡亲们表示一下感激之情。而且，说到底，到那儿去一下又有什么坏处？渡边在这儿问不出来的情报，到那儿照样得不到。

小丫用目光向他警告：别上当，他们肯定是在玩什么花招。嘎子朝她挤挤眼，高兴地对渡边说："我们很乐意去，请你们安排吧。承蒙关照，谢谢！"然后又是一个日本式的90度鞠躬。

东京大学的坂本教授接到电话预约，说请他在办公室里等候，内阁情报调查室的渡边先生和统合幕僚监部（日本自卫队总参谋部）的西泽先生很快就要来访问。坂本心中有些奇怪，不知道他们所为何来。他在学校里属于那种"默默做研究"的人，研究领域比较偏、比较窄，专攻大质量天体所引起的空间弯曲。按照相对论，行星绕恒星的运动既可以描述为"平直时空中引力作用下的圆锥曲线运动"，也可描述为"按弯曲黎曼空间的短程线行走的自由运动"，两种描述是完全等价的，但前者在数学上更容易处理一些。所以，坂本先生对黎曼空间的研究更多是纯理论性的。如今他已经60岁，马上要退休了。情报和军方人员找他会有什么事？

渡边和西泽很快来了。渡边说："对不起，打扰了，我们有一件关系到国家利益的重要事务来向您请教。"他详细讲述了那个"凭空出现"的闪亮球体及对两个少年乘员的问讯。又让坂本先生看了有关照片、录音和录像，之后又说："毫无疑问，我们的邻国在空间运送技术上有了革命性的突破，可惜，我们咨询了很多专家,他们都猜测不到这究竟是什么突破,连一点儿设想都没有。至于他们为什么把这个球舱送到冲绳,有不同看法,比如我和西泽先生的看法就不同。西泽君,你先说说你的意见。"

西泽严厉地说:"我认为,这是对方针对我自卫队的夺岛军演所作的赤裸裸的恐吓。球舱里坐了一个似乎无害的小男孩,但我想这是有隐喻的——想想广岛原子弹的名字吧(美国扔在广岛的原子弹的名字叫'小男孩')。"

渡边笑着反驳:"那么,那个小女孩又是什么隐喻?死亡女巫?"他转向坂本说:"按我的看法,对方的这种新技术肯定还不成熟,这个球舱飞到冲绳只是实验中的失误。但不管怎样,有两点是肯定的:①中国军队肯定开发了,或正在开发某种革命性的投掷技术;②这个球舱对我们非常有价值,简直是天照大神送来的礼物,必须深入研究。"

坂本稍带困惑地说:"我个人比较认同渡边先生的意见。但你们为什么找我?这并不属于我的研究领域。"

"坂本先生,你刚才听了两个孩子同某个大人的谈话录音。我们将那人的声纹同我们掌握的中国高级科研人员的声音资料作了比对,确认他是中国空间技术研究院的陈星北研究员。据我们的资料显示,此人在 16 年前,即 2005 年,曾来我国参加爱因斯坦百年诞辰学术讨论会,与你有过接触。"

坂本回忆片刻,想起来了:"对,那是一个 25 岁左右的青年,小个子,日语说得非常流利。嗯,等等,我这儿好像有与他的合影。"

他匆匆打开电脑,搜索了一会儿,找到了:"你们看,就是这个人。"

照片是四人合影,最左边的是一个瘦削的小个子,外貌看起来毫不起眼。坂本说:"他当时好像刚刚读完硕士,那次开会期间,他曾和我很深入地讨论过黎曼空间。我印象较深的是,他专注于'非引力能'所造成的空间极度翘曲。噢,等一下!"

他突然有了一个电光石火般的灵感,觉得自己已经找到了解开这个难题的钥匙:"嗯,我有了一个想法,但这个想法过于大胆,甚至可以说是疯狂,目前我还不敢确认。渡边先生,我想尽快见到球舱中那两个孩子,哪怕从他们那儿得到只言片语,都可以帮助我确证这个想法。"

渡边摇摇头:"那两个孩子,尤其是男孩,是极端的民族主义者,在他们那儿你什么也问不到。不过我已经安排人带他们到鸟取县,去拜访治沙之父远山正瑛的重孙女。"他笑着说:"那男孩对远山老人十分崇敬,也许在那儿,他时刻绷紧的神经会略微放松一点儿。我的一个女同事已经提前赶到那儿等他们。我们最好现在就赶过去。"

"你是说——让你的女同事冒充远山老人的后代?"

渡边从教授的目光里看到了不赞成的神色,便略带尴尬地承认:"没错。这种做法确实不大光明,但事关日本国的重大利益,我们不得不为之。其实我派人冒充是为远山家人好,不想让他们牵扯到这种事中。至于我们——我们的职业就是干这种事的。没办法,每个国家都得有人去做类似的肮脏事,有人做厨师,也得有人打扫便池。"

西泽不满地看看他，尖刻地说："我看渡边君过于高尚了。这算不上什么肮脏事，你不妨比较一下那种可怕的前景：我们花巨资打造的反导系统在一夜之间成了废物，一颗'小男孩'突然在东京上空爆炸。"

渡边平静地说："西泽君似乎过于偏激了一点，情绪战胜了理性，这是情报工作者的大忌。"他事先截断西泽的话："好了好了，我们暂时搁置这些争议，反正咱们眼前的目的是一样的，就是赶紧挖出那个球舱的秘密。对不，坂本先生？"

坂本没说话，只是点点头。他打心底里厌恶类似的"政治中必不可少的肮脏"，但作为日本人，他当然会尽力挖出这个奇异球舱的秘密："好吧，我和你们一块儿去，我会尽力弄清它。"

◆ 3 ◆

球舱到日本两天了，奇怪的是，日本方面没有任何动静，没有外交交涉，没有提出抗议，没有有关的新闻报道。这天，秦若怡亲自通知陈星北到空间院开会。她说："星北，我可是尽心了，下边就看你招摇撞骗的本事了。好好准备，来一次最雄辩的讲演。"

陈星北匆匆赶去。这是个小型会议，与会的只有十人，但都是说话管用的各方诸侯，除了若怡，还有国防、航天方面的领导，外交部的人也到了。人都到齐了，人们闲聊着，似乎在等一个人。当最后一位走进会议室时，陈星北大吃一惊，下意识地站起来,先把目光转到若怡身上——这会儿他才知道若怡说的"我尽心了"的分量。来人是国字级大领导,他的北大同学,当年的诗社社长唐宗汉,若怡真把他也拉来了!若怡眸子中闪过一缕笑意,分明是说:"紧张了不是?别紧张,把他骗倒才是你的本事。"

唐宗汉同各位握手问候,眼睛在找陈星北。他走过来,同陈星北握手,笑着说:"老同学,你可是惹了个不小的麻烦,真是本性难移呀!"

陈星北笑着说:"麻烦与荣誉并存。"

开会了,唐宗汉直奔主题:"若怡院长极力向我推荐陈星北这个惹了麻烦的,又根本没有成功把握的项目。今天就请小陈为我们介绍一下情况。"他扭过脸对陈星北说:"讲解时尽量直观浅显。在座的都是专家,但隔行如隔山,比如说,我就弄不清你那个宇宙泡到底是什么玩意儿。你把我们当成小学生就行。"

陈星北拿着激光笔走上讲台。下边的秦若怡调侃地想:这家伙精神头还行,看来今天没有紧张。陈星北说:"首先请大家不要把空间泡或宇宙泡看得多么神秘。物理学家早就能随意吹出微观的小泡泡,即在真空中注入能量,完成所谓的'海森伯能量借贷',把真空中凭空出现的虚粒子升格为实粒子,这些粒子的实质就是空间泡。还有我们的宇宙,爱因斯坦说它是个超圆体,直观地说就是个超级大泡泡。黑洞也是一种泡,是向内凹陷的泡。而我们所研究的则是一种中等尺度的正曲率空间泡。下边我来作一个演示。"

他拿过一根1米多长的细丝,上面间断涂着赤、橙、黄、绿、青、蓝、紫几种颜色。他把细丝弯成一个圆,接口处马上自然黏合了:"这是一种高弹性兼高塑性的特殊材料,我们把它看成一维的封闭空间,或者说一维的超圆体,它有限,但无边界。假设有个维人沿圆周爬,永远找不到尽头,但也不会掉到'无限'中去。现在我用外加能量的办法,让这个一维空间局部畸变。"

他在红色处用指头向里顶,大圆局部凹陷,形成中文的"凹"字。他继续用力,直到大圆的缺口两端互相接近,接合,接合处随即黏合住了,这会儿细丝变成了相套的两个圆。他把这个双重圆放到讲台上(投影仪把图像投到屏幕),把接触处沿法线方向拉长,再用剪刀把它剪断,小圆便脱离了大圆。

"请看,一维宇宙因局部畸变能够生出一维的封闭泡泡,并脱离了母宇宙。刚才我们假设的那个一维人这时一定正奇怪着,为什么世界上的红色区域忽然凭空消失了?还请记住,这个子泡泡虽然脱离了母宇宙,但在比它高一维的二维世界里,子泡泡被母宇宙所圈闭,无法逃逸出去。"

他用手在桌面上移动子泡泡,让它不时地触碰大圆,碰一下,又返回去。

"现在,子泡泡要与母泡泡重新融合了。"

他把小圆按紧在大圆的绿色部分,使接触处黏合,再把接触区域沿切线拉扁,用剪刀沿法线方向剪开。现在,大、小圆又恢复成中文的"凹"字,陈星北一松手,下凹部分就因弹性自动张紧,使大圆恢复成完美的圆形,不同的是,现在颜色次序有了变化,绿色区域中夹着一段红色。

"好，子泡泡重新融入母宇宙了，但在一维人的眼里，它却是从红色区域'凭空'消失，又'凭空'出现在绿色区域。也就是说，这个过程是在他们的维度宇宙之外完成的。至于泡泡重入点与消失点之间的距离，就是若怡院长念念不忘的'投掷距离'。"

他对秦若怡笑笑，像是对她的微嘲，然后向听众扫视一遍，问："我讲的这部分，是否有没说明白的地方？"

大家都听得很专心，唐宗汉点点头："很清楚。请继续。"

"现在，我们把一维宇宙升格为二维。"他取过一个圆气球，用食指顶某处，使其向里凹陷。"遵循同样的过程，也可以吹出二维的泡泡，但这个过程用手演示有困难，我们看电脑动画吧。"

屏幕上显示出一个气球，上面印着各种颜色，然后红色区域的球面向里凹陷，凹陷加深，直到球面缺口处接触、黏合，凹陷部分脱离，变成大气球中套着的一个小气球。小气球在大球中飘浮，不时与大球相碰后再飘开。一直等它飘到绿色区域时，与大球接触并黏合，黏合处开始形变，沿法线方向出现空洞，变成球形的"凹"字，然后凹陷处因弹性自动张紧，使球面恢复成完美的球形，只是颜色次序有了变化，绿区中嵌着一块近似圆形的、四周带着放射性缺口的红色区域。

"好，二维世界的球舱已经从我们这里飞到冲绳了，二维生物们一定正进行外交上的交涉。其实呢，'红国'并没有侵犯'绿国'的领空，这片区域的投送是在二维世界之外完成的。"

听众中有轻微的笑声，大家都听懂了这个机智的比喻。陈星北目光炯炯地看着大家："上面的过程都很直观，很好理解，但把它再升格到三维宇宙，就很难想象了：三维宇宙中吹出的三维泡泡，怎么能在三维世界之外而又在它的圈闭之中？确实难以想象。这并不奇怪，人类是三维空间的生物，我们的大脑就是为三维世界而进化的，所以无法直观地想象更高维世界的景象。但不要紧，人类形而上的逻辑思维能力是上帝的恩赐，依靠它，我们能把想象扩展到高维世界中。现在，用数学归纳法总结从一维到二维的过程，很容易就能推延到三维，得出以下结论。"他补充一句："其实这些结论在更高维度中也是正确的，不过今天我们只说三维宇宙。"

他喝了一口水，掰着指头，缓缓说出四个结论：

"①我们所处的三维宇宙是个超圆体，因为引力而自我封闭，有限，但无边界。

"②三维空间会因引力或其他外加力量而产生局部畸变，如果畸变足够强，就能自我封闭，形成超圆体三维子宇宙。

"③子宇宙将与母宇宙互相隔离，但在更高一维即四维世界中，子宇宙被母宇宙所圈闭。

"④子宇宙在飘移中有可能与母宇宙重新融合。

"然后，突然消失的三维空间（连同其中的三维物体）又会在母空间的某处凭空出现，既无过程又无痕迹。这就是我们说的超三维旅行。"

陈星北说完，把激光笔插到口袋中，暂时结束了这段讲解。

会议室里很静，大家都在努力消化他说的内容。唐宗汉面色平静，手里轻轻转动着一支铅笔。陈星北知道这是他的习惯动作，在大学里，他苦思佳句时就是这个动作。等了一会儿，唐宗汉笑着问："恐怕与会人中我是唯一的外行，所以我不怕问两个幼稚的问题。第一，你讲了泡泡向内变形，被母宇宙所圈闭。但它们同样可以向外变形啊。"

"对，没错。不过，在拓扑学中，内、外是可以互换的，本质上没有区别。"

"噢。第二个问题，你说子泡泡可以重新融入母宇宙，在三维宇宙中，它可能在任何地方重入。那么，为什么它在地球表面出现，而不担心它会，比如说，出现在地核里呢？那样的话，两个孩子可是绝对没救了。"

陈星北赞赏地说："这不是幼稚问题，能提出这个问题，说明你真正弄明白了'三维之外的泡泡'的含意。你说得对，子泡泡可以在任何地方重入，包括地核中，但是，还是以两维球面作比喻吧，我刚才说的是光滑球面，宏观弯曲而微观平坦，但实际上，由于重力不均匀，在微观上也是凸凹不平的，就像桃核的表面。大质量物体，像地球，会在附近空间中造出明显的凹陷，当子泡泡在母宇宙中出现时，当然最容易落到这些凹陷里，也就是落在地球和空间相接的地表。"他抱歉地说："这只是粗浅的比喻，真正讲清需要比较深奥的知识。"

"好，我没有问题了。"

等了一会儿，陈星北说："还应补充一点，宇宙泡泡有两种：一种是因内力（包括弱力、强力、电磁力和引力）而封闭的空间泡，它们是稳定的，称为'内禀稳定'，像我前面提到的各种粒子、宇宙大泡泡及负曲率的黑洞，都是如此。另一种是因外力而封闭的空间泡，称为'内禀不稳定'，比如，我们用注入激光能而封闭的中尺度空间泡，在形成的瞬间就会破裂，但最近这次实验中已经有突破，保持了泡泡七天的凝聚态。这个时间足以把球舱投掷到银河系外了，但非常可惜，至今我们还不清楚这次成功的原因，此次实验前我们确实在技术上作了一些改进，但以我的直觉，这些改进不足以造成这样大的飞跃。我们正在努力寻求解释。"他笑着说："甚至有人提出，这次之所以成功，是因为舱内有一男一女，按照中国古代学说，阴阳合一才能形成天地。"

国防部的章司令微嘲道："好嘛，很好的理论，可以命名为'太极理论'，多像一个三维的太极图：圆泡泡内包着黑、白阴阳。你打算花多少钱来验证它呢？"

陈星北冷冷地顶回去："我本人决不相信这些似是而非的理论，但我确实打算在某次实验中顺便地证伪它，或证实它。要知道，我们研究的问题本来就是超常规的，也需要超出常规的思维方式。"

秦若怡机敏地把话题岔开："请讲解人注意，你一直没有涉及最大的技术难点——如何使超维度投掷能够定向，也就是说，控制空间泡融入母体的地点和时间。"

陈星北坦率地说："毫无办法。不光是没有技术方案，连起码的理论设想都没有。很可能在1 000年后，本宇宙中的科学家仍无法控制宇宙外一个物体的行动轨迹。不要奢望很快在技术上取得突破。这么说吧,这个课题几乎是'未来的科学',阴差阳错地落到今天了。它只能是纯理论的探讨,是为了满足人类的探索天性。当然这种探索也很有意义,毋宁说,远比武器研究有意义。"

秦若怡立即横了他一眼,最后这句话在这种场合说显然是失礼的,不合时宜的。不过与会的人都很有涵养,他们装作没听见这句话。唐宗汉说:"小陈基本把问题说清楚了。现在,这个项目是上马还是下马,请大家发表意见。"

与会人员都坦率地讲了自己的意见,发言都很有分寸,但基本都是反对意见,比较有代表性的是章司令。他心平气和地说:"如果我们生活在一个没有武器、没有战争的世界,我非常赞同小陈说的'人类的探索天性'。可惜不行。我们的世界里充斥着各种高科技的、非常危险的武器。比如说,美国已经发展为实用武器的 X-47B 太空穿梭机,能在两小时内把炸弹投放到世界上任何一个地方。中国虽说 GDP 已占世界第一位,但老实说,我们的军力还远远滞后于经济力量。这种跛足状态是非常危险的,忽视它就是对国家和民族不负责任。所以,我不赞成把国家有限的财力投到这个空泡泡里。"

陈星北当然听得懂章司令的意思,但他神色不动,也不反驳。唐宗汉一直转着手里的铅笔,用目光示意大家发言,也用目光示意秦若怡。后者摇摇头,她因自己的特殊身份(是陈星北的直接上级和同学),不想明确表态。唐宗汉又问:"小陈,如果这项研究成功,会有什么样的前景?"

陈星北立即回答:"那就意味着,我们可以运用这种'无引力运载技术',轻易地把一个氦3提炼厂投掷到月球上,或把一个移民城市投掷到巴纳德星球上,就像姚明投篮球一样容易。人类将开始一个新时代,即太空移民时代。"

"取得这样的突破大致需要多大的资金投入?我知道这个问题不会有精确回答,我只要你说出数量级。"唐宗汉问。

陈星北没有正面回答:"那不是一个国家能承受的,得靠全人类的努力。"

大家把该说的都说了,静等唐宗汉作总结。唐宗汉仍轻轻转动着那支铅笔,沉思着。良久,他笑着说:

"今天我想向大家坦露一点内心世界,按说这对政治家是大忌。"他顿了一下,"做政治家是苦差事,常常让我有人格分裂的感觉。一方面,我要履行政治家的职责,非常敬业地做各种常规事务,包括发展军力和准备战争。老章刚才说得好,谁忽视这个责任就是对国家、对民族的犯罪。另一方面,如果跳出这个圈子,站在更高的角度看世界,就会感到可笑、感到茫然。人类中的不同族群互相猜疑仇视,竞相发展武器,最后的结果必然是同归于尽。带头做这些事的恰恰是人类中最睿智的政治家们,他们为什么看不透这点简单的道理呢?当然也有看透的,但看透也不行,你生活在'看不透'的人们中间,就只能以'看不透'的规则行事。你们说,我说得对不对?"

会场一片静默。这个问题非常敏感,难以回答。过一会儿,唐宗汉又笑着说:"但今天我想多少变一下。还是用老祖宗的中庸之道吧——首先不能完全脱离这个'人人看不透'的现实,否则就是迂腐,但也该稍微跳离一点,超前一点,否则就不配当政治家。"他把铅笔拍到桌子上,说:"这样吧,我想再请小陈确认一下。你说,这项技术在1000年内绝对不可能发展成实用的武器,你确信吗?"

"我确信。"

"大家呢?"他依次扫视大家,尤其是章司令,被看到的人都点点头。大伙儿甚至陈星北本人都在想,主席要对这个项目判死刑了。但谁也没料到,他的思路在这儿陡然转了一个大弯。他轻松地说:"既然如此,保守这个秘密就没什么必要了。为1000年后的武器保密,那我们的前瞻性未免太强了——那时说不定世界上已经没有国家这种形态了。"

陈星北忍俊不禁,"扑哧"地笑出了声——会场上只有他一人的笑声,这使他在这群政治家中像个异类。秦若怡立即恼火地瞪他一眼,陈星北佯作未见。不过他也收起笑容,摆出一副道貌岸然的样子。唐宗汉微笑地看看他,问:"小陈,如果集全人类的财力和智力,什么时候能达到你说的'投篮球',即把工厂投掷到月球上?"

陈星北略微踌躇,谨慎地说:"我想,可以把1000年减半吧。"

"那么,就把这个秘密公开,让全人类共同努力吧。"他看看章司令,幽默地说,"不妨说明白,这可是个很大的阴谋,说是阳谋也行:如果能诱使其他国家都把财力耗到这儿,各国就没有余力发展自相残杀的武器了。这是唐太宗式的智谋,让'天下英雄尽入吾彀中'。哈哈。"大家也都会心地笑了。在众人的笑声中他沉思着说:"可能——也没有对杀人武器的爱好了，假若人类真的进入太空移民时代，我们的兴趣点就该一致向外了。那时候也许大家都会认识到，人类之间的猜疑仇视心理是何等猥琐。"

　　与会人头脑都不迟钝，立即意识到他所描绘的这个前景。不少人轻轻点头，也有不同意的，比如章司令。但他无法反驳唐宗汉简洁有力的逻辑。而且说到底，哪个人不希望生活在一个"人人看透"的理性世界里？谁愿意既担心战争同时又在（客观上）制造战争？陈星北尤其兴奋，他觉得这才是他一向亲近的学长，他的内心仍是诗人的世界。这会儿他真想抱上学长在屋里转几圈。唐宗汉又让大家讨论了一会儿，最后说："如果都没意见，就作为这个会的结论吧。当然，这样大的事，还需要在更大的范围内讨论和决定。如果能通过，建议由小陈出使日本，向对方解释事件原因，商谈远期合作规划，全世界各国都可自愿参加。我会尽快推进这件事。"他笑着对陈星北说："毕竟小陈也想早日见到女儿和外甥，对不对？他俩是叫小丫和嘎子吧？"

　　"我当然急于见他俩。不光是亲情，还有一点因素非常重要：这俩孩子是人类中唯一在外宇宙待过的人——之前的实验也成功过，但都是瞬时挪移，没有真正的经历，不能算数的。想想吧，人类还没有飞出月球之外，却有两个孩子先到了外宇宙！他俩在那个空间中的任何见闻、感受，都是极其宝贵的科学财富。"

　　"那么，日本科学家，还有任何国家的科学家，都会同样感兴趣的。拿这当筹码，说服尽可能多的国家参加合作。星北，你要担起一些外交上的工作，听若怡院长说，你的口才是压苏秦赛张仪，不搞外交实在是屈才了。我准备叫外交部的同志到你那儿取经。"

人们都笑了，秦若怡笑着用肘子撞撞陈星北。陈星北并不难为情，笑着说："尽管来吧，我一定倾囊相授。"他说："说起日本科学家，我倒想起一点：我搞这项研究，最初的灵感就来自日本物理学家坂本大辅的一句话。他断言，科学家梦寐以求的反引力技术决不能在本宇宙中实现，但很有可能在超维度中实现——所谓反引力，与子宇宙在宇宙外的游动（无引力的游动），本质上是一致的。我如果去日本，准备先找他，通过他来对日本政治家启蒙。"

"好的，你等我的通知。见到小丫和嘎子，就说唐伯伯问他们好。"

◆ 4 ◆

嘎子和小丫乘一架 EC225 直升机离开冲绳飞往鸟取县。机上只有一个沉默寡言的驾驶员，没有人陪同，或者说是押送。这种意想不到的"信任"让两人心中有点发毛，不知道渡边他们耍的什么花招。不过他俩很快就把这点心思扔掉，被窗外的美景迷住了。飞机飞得不高，可以看见机下的建筑和山野河流。这趟旅行让嘎子有两点很深切的感受，其一，与中国相比，日本太小了，转眼之间就跨越了大半个国家，难怪他们总想着占别人的领土呢;其二,日本人确实把他们的国家侍弄得蛮漂亮的。想想中国国土上大片的沙漠和戈壁,嘎子难免有茫然若失的感觉。

直升机在鸟取县的海边降落。这里是旅游区,海边有几个大沙丘,海滩上扎满了红红绿绿的遮阳伞。直升机落在稍远的平地上,一位身穿和服的日本中年妇女在那儿等候,这时用小碎步急急迎上来,后边跟着一个十七八岁的年轻小伙子。那位妇女满面笑容地鞠躬,用流利的中文说:"欢迎来自中国恩格贝的贵客,那儿可以说也是远山家族的半个故乡。我叫西泽贞子,未婚名是远山贞子,正瑛老人是我的曾祖父。"

听见"远山正瑛"这几个字,两个孩子心中顿时涌起浓浓的亲切感,他们扑上去,一人抓住她的一只手:"阿姨你好,见到你太高兴啦!"

贞子把两人揽在怀里,指指后边:"这是我的儿子,西泽昌一。"

小伙子过来,向二人行鞠躬礼。嘎子觉得这种礼节对远山老人的后代来说太生分了,就不由分说,来了个男人式的拥抱。昌一略略愣了一下,也回应了嘎子的拥抱,但他的动作似乎有点僵硬。

驾驶员简单交代两句,就驾机离开了。贞子家离这儿不远,她请孩子们上车。昌一驾车,十几分钟后就到家了。这儿竟然是一栋老式房屋。质朴的篱笆围墙,未油漆的原色木门窗,屋内是纸隔扇,拉门内是厚厚的榻榻米。正厅的祖先神位上供着各代先祖,还特别悬挂着一个老人的遗像。嘎子认出那是远山老人,忙拉小丫过去,恭恭敬敬鞠了三个躬。他对贞子说:"阿姨,我们都非常崇敬远山老人。从他去世到今天,内蒙古的防护林又向沙漠推进了500公里。不过比起远山老人的期望,我们干得太慢了。"

贞子说:"曾祖在九泉下听到这些话,一定会很欣慰的。"

已经到午饭时间了,贞子端出来寿司、各种海味、味噌汤,其中有鸟取县的特产红拟石蟹。四人坐在榻榻米上边吃边谈。昌一的中国话也不错,偶尔插几句话。谈话的主题仍是远山老人。嘎子一一细数他的逸事:在恩格贝亲手种树,种了14年,一直干到97岁;远山老人不爱交际,当地的领导去看他,他一言不发只顾干活,那位领导只好陪他种了一晌午的树;老人回日本过年时摔坏了腿,坐着轮椅又飞回恩格贝。飞机刚落地就摇着轮椅直扑实验田。后来腿伤渐重,不得不回日本治疗,等腿伤好了,他孩子气地爬上园子里的大树高叫:我又可以去中国了!

"我说得对吧,贞子阿姨?他爬的就是这院子里的树吧,是哪棵树?"

贞子略略一愣。她并不知道远山正瑛的这些琐事,于是点点头,含糊地说:"对,听上辈人说过这些事。"

嘎子又说:"老人脾气很倔的,当地人为走近路,老在他的苗圃里爬篱笆,老人气了,拿大粪糊到篱笆上。"小丫忙用肩膀撞撞嘎子,嘎子意识到了,难为情地掩住嘴:"吃饭时不该说这些的。对不起!"

贞子笑了:"没关系的。知道你们这样怀念曾祖父,我们都很欣慰。"她觉得火候已经到了,便平静地说:"我们都很看重他和贵国的情谊,所以——我很遗憾。请原谅我说话直率,但我真的认为,如果你们这次是坐民航班机、拿着护照来的日本,那就更好了。"

两个孩子脸红了,嘎子急急地说:"阿姨你误会了,我们的球舱飞到日本并不是有什么预谋,那只是一次实验中的失误。真是这样的!"

贞子阿姨凝神望着他们,眼神中带着真诚的忧伤。嘎子知道自己的解释没能让阿姨信服,可要想说服她,必须把实际情形和盘托出,但这些秘密又是不能对外国人说的。嘎子十分为难,只能一遍一遍地重复:

"真是这样的,真是这样的,真是一次失误。"

贞子阿姨笑笑:"我相信你的话,咱们把这件事撇到一边吧。"

在这个院落的隔墙,渡边、西泽和坂本教授正在屏幕上看着这一幕。隔墙那座房屋其实并不是远山先生的祖居,没错,远山正瑛生前曾任鸟取大学教授,但他的后代现在都住在外地。那个叫"远山贞子"的女人实际是渡边的同事,她的演技不错。相信在这位"远山后人"真诚的责备下,两个乳臭未干的中国孩子不会再说谎。看到这儿时,渡边向西泽看了一眼,那意思是说:看来我的判断是对的。西泽不置可否。

坂本教授心中很不舒服,也许在情报人员看来,用一点类似的小计谋是非常正常的，但他们滥用了两个孩子对远山老人的崇敬，未免有点缺德。可是，万一那个神秘的球舱真是中国开发的新一代核弹投掷器呢？坂本无奈地摇摇头，继续看下去。

按照电影脚本，下面该"西泽昌一"出面了。他应该扮演一个观点右翼的青年，说几句比较刺耳的话，有意刺激两个中国孩子，让他们在情绪失控时吐出更多情报。这个角色，西泽昌一肯定会演好的，因为这可以说是本色表演——他确实叫这个名字，是西泽明训的儿子，本来就是个相当右翼的青年，颇得乃父衣钵。

屏幕上，西泽昌一说："既然妈妈提到这一点，我也有几句话，不吐不快。我的话可能坦率了一些，预先请两位原谅。"

嘎子真诚地说："没关系的，请讲，我不愿意我们之间有误会。"

"先不说你们来日本是不是技术上的失误，但这个球舱本来就是军用的，是用来投掷核弹的运载器，我说得没错吧？"

嘎子无法回答。他并不知道球舱的真实用途，舅舅从没说过它是军用的，但空间技术院的所有技术本来就是军民两用，这点确系真情。西泽昌一看出了他的迟疑，看出他的"理亏"，立即加重了语言的分量："能告诉我，你们的球舱是从哪儿出发的吗？"嘎子和小丫当然不能回答。"那么，这是军事秘密，对不对？"

嘎子没法子回答，对这家伙的步步紧逼开始有点厌烦。昌一继续说下去："所以我断定这个球舱来日本并不是技术失误，而是有意为之，是针对日本这次夺岛军演的——今天球舱里坐了个小男孩，明天也许里边放着另一种'小男孩'，可以把东京1000万人送到地狱中，是不是？当然，你们俩可能并不了解这次行动的真实企图，你们也是受骗者。"

到这时，嘎子再也无法保持对此人的亲切感了。他冰冷地说："你说的'小男孩'是不是指扔到广岛的那玩意儿？你怕是记错了，它好像不是中国人扔的吧。再说，那时候日军正在南京比赛砍人头呢。"

西泽昌一勃然大怒："不要再重复南京大屠杀的谎言，日本人已经听腻了！"

嘎子和小丫也都勃然大怒，嘎子脱口而出："放你——"想起这是在远山老人的家里，他生生把后半句咽了下去。三个人恶狠狠地互相瞪着。而其他人（这屋里的贞子和隔墙的渡边、西泽）都很着急，因为西泽昌一把戏演"过"了、演砸了，他刚才的那句话超出了电影脚本。这次意外的擦枪走火，肯定使精心的计划付诸东流。贞子很生气，用日语急急地斥责着，但西泽昌一并不服软，也用日语强硬地驳斥着——在现实生活中，贞子并不是他的母亲，对他没有足够的威慑力。隔墙的渡边和西泽越听越急，但此刻他们无法现身去阻止两人的争吵。

两人的语速都很快，小丫听不大懂，她努力辨听着，忽然愤怒地说："嘎子哥，那家伙在骂咱们，说'支那人'！"

"真的？"

"真的！他们的话我听不大懂，但这句话不会听错！"

嘎子再也忍不住了，推开小餐桌上的饭碗，在榻榻米上腾地站起来，恶狠狠地问西泽昌一："你真是远山先生的玄外孙？"

贞子和昌一都一惊，不知道他们在哪儿露出了马脚。其实嘎子只是在讥讽他。

"我真的为远山老人遗憾。你刚才说'支那'，说错了，那是China，是一个令人自豪的称呼，五千年泱泱大国。没有这个China，恐怕你小子还不认字呢。现在都讲知识产权，那就请你把汉字和片假名还给中国——片假名的产权也属于中国，你别以为把汉字拆成零件俺就不认识了！"他又转身对贞子说："阿姨，我们不想和你儿子待在一起了，请立即安排，把我们送回军营吧。"

没等贞子挽留，他就拉着小丫出去。在正厅里，两人又对远山的遗像鞠了三个躬，然后出门，站在院子里气呼呼地等着。

盛怒的贞子把电话打到隔墙："这边的剧情你们都看清了吧，看看西泽君推荐了一个多优秀的演员！我无法善后，请西泽君下指令吧！"

西泽明训有些尴尬，渡边冷冷地瞥他一眼，对着话筒说："既然计划已经失败，请你把两个孩子送到原来降落飞机的地方，我马上安排直升机去接他们。"他补充道："不要让西泽昌一再跟去，免得又生事端。"

西泽明训更尴尬了，但仍强硬地说："我并不认为我儿子说的有什么错……"

渡边厌烦地摆摆手:"那些事以后再说吧。"他转向坂本,说:"教授,虽然我们的计划未能全部实施,但从已有的片言只字中,你能得出什么结论吗?"

坂本教授正要说话,忽然手机响了。他掏出手机:"对,是我,坂本大辅。什么?他打算亲自来日本?嗯。嗯。"听完电话,他半是困惑半是欣喜,对渡边说:"是外务省转来的驻华大使的电话。陈小丫的父亲,即那个球舱实验的负责人陈星北打算马上来日本,他受中国政府委托,想和日本科学界商谈一个重大的合作计划,是有关那个球舱的。他指名要先见我,因为据他说,凭我的专业造诣我最能理解这个计划的意义。驻华大使还问我是什么球舱,他对此事没得到一点消息,看来你们的保密工作做得很好。"

两人对事态进展都很诧异,西泽说:"我们的大使简直是头蠢猪!陈星北的话你们能相信吗?他肯定是以合作为名,想尽早要回两个孩子和球舱罢了。我们绝不能贸然答应他。"

渡边说:"我们先不忙猜测,等他来再说吧。"他看看教授,说:"坂本先生,你好像还有什么话要说?"

坂本根本没听西泽刚才说的话,一直陷入沉思中。良久,他说:"我想,我可以得出结论了,单凭陈先生说要先来见我,就能推断出球舱实验的真正含义——陈先生已经能强力翘曲一个小尺度空间,使其闭合,从而激发出一个独立的子空间。这个子空间脱离了我们的三维空间,并能在更高的维度上游动。"他敬畏地说:"这本是1000年后的技术,但看来他做到了!"

中国和日本确实是一衣带水的邻邦，四小时后陈星北就到了东京成田机场，坂本亲自驾车去迎接他。渡边和西泽带着两个孩子来坂本家里等候。渡边已经通知说小丫的父亲很快就来，但两个孩子一直将信将疑。坂本夫人在厨房里忙活，为大家准备晚饭。坂本15岁的孙女惠子从爷爷那儿知道了两个中国小孩是"天外来客"，是从"外宇宙"回来的地球人，自然是极端崇拜，一直缠着他们问这问那，弄得嘎子、小丫很尴尬。他们不能透露军事秘密，但又不好意思欺骗或拒绝天真的惠子（很明显这女孩和西泽昌一不是一路人）。后来好容易把话题转到呼伦贝尔大草原的景色，谈话才顺畅了。

外面响起汽车喇叭声，陈星北在坂本的陪同下，满面笑容地走进门。嘎子和小丫这才相信渡边的话是真的。自从球舱误入日本领土之后，他俩已经做好"八年抗战"的准备，打算把日本的牢底坐穿，没想到这么快就能见到亲人。两人欣喜若狂，扑上去，抱着他的脖子打转转。

小丫眼睛红红地说："爸爸，他们欺负我！今天有个坏蛋骂我们是支那人！"

陈星北沉下脸："是谁？"

嘎子不想说出"坏蛋"的姓名，不想把这件事和远山正瑛连起来，只是说："没事的，我已经把他臭骂了一顿。"

渡边咳嗽一声，尴尬地说："陈先生，我想对令爱说的情况向你致歉……"

"还是让我来解释吧。"坂本打断了他的话。刚才在路上，他和陈星北已经有了足够的沟通,现在他想以真诚对真诚。他转向两个孩子:"我想告诉你们一个内幕消息,你们一定乐于知道的——你们今天见的那两个人并不是远山正瑛的后人。"

渡边和西泽大吃一惊,没想到坂本竟然轻易捅出这个秘密。嘎子愣了一下,这才意识到坂本的意思:"冒名顶替?那两人是冒名顶替?哈哈,太好了,原来如此!"他乐了,对坂本简直是感激涕零,因为这个消息使他如释重负。"我想嘛,远山老人咋会养出这样的坏鸟!"

陈星北喝道:"嘎子,不要乱讲话!"

嘎子伸伸舌头。屋里的气氛渐渐缓和了。

小丫偎在爸爸身边埋怨:"我妈为啥不来看我?哼,一定把我给忘了。"

陈星北笑道:"你们被困在泡泡里那七天,你妈急得半条命都没了。后来一听说你们跑到冲绳了,她登时心平气和,还说:给小丫说,别急着回国,趁这机会好好逛逛日本,把日语学好了再回来。"

嘎子和小丫都急忙朝他使眼色,又是挤眼又是皱眉。他们在心里埋怨爸爸(舅舅)太没警惕性,像"困在泡泡里""七天",这都是十分重要的情报,咋能顺口就说出来?两人在这儿受了三天审讯,满嘴胡编,一点儿真实情报也没透露出去。这会儿虽然屋里气氛很融洽,基本的革命警惕性还是要保持的。陈星北大笑,把两个孩子搂到怀里:"我受国家委托,来这儿谈这个课题的合作研究。喂,把你们那七天的经历,详细地讲给我们听。

坂本先生可是世界有名的研究翘曲空间的专家。"

"现在就讲？"

"嗯。"

"全部？"

"嗯。"

嘎子知道了舅舅不是开玩笑，与小丫互相看看，两人也就眉开眼笑了。这些天，他们不得不把那段奇特的经历窝在心里，早就憋坏啦！坂本对陈星北说了一大通日本话，两个孩子听不懂，但能看出他的表情肃穆郑重。陈星北也很严肃地翻译着："坂本先生说，请你们认真回忆，讲得尽量详细和完整。他说，作为人类唯一去过外宇宙的代表，你们的任何经历，哪怕是一声咳嗽，都是极其宝贵的，不亚于爱因斯坦的手稿，或美国宇航局保存的月球岩石和彗星尘埃。"

嘎子和小丫点点头："好的，好的。"

两人乐得忍不住唇边的笑意。真应了那句话：一不小心就成世界名人啦！人类去过外宇宙的唯一代表！他们兴高采烈地交替讲着，互相补充，把那七天的经历如实呈献出来。

◆ 5 ◆

那天在实验大厅，两人关闭了舱门和舷窗，在通话器里听着倒计时的声音：……5、4、3、2、1，点火！球舱霎时变得白亮、灼热。球舱的外表面是反光镜面,舱壁也是密封隔热的,但舱外的激光网太强烈,光子仍从舱壁材料的原子缝隙中透过来,造成了舱内的热度和光度。但这只是一刹那的事,光芒和热度随即消失。仍是在这刹那之间,一件更奇怪的事发生了:两人感觉到重力突然消失,他们开始轻飘飘地离开座椅。

小丫惊喜地喊:"嘎子哥,失重了,咱们都失重了!"

她非常震惊,明明他们是在地球表面,怎么会在瞬间失重?宇航员们的失重都是个渐进的过程,必须远离地球才行。

嘎子思维更灵光,立刻猜到了原因:"小丫,肯定是宇宙泡完全闭合了!这样它就会完全脱离母宇宙,当然也就隔绝了母宇宙的引力。舅舅成功了!"

"爸爸成功了!"

"咱们来试试通话器,估计也不可能通话了,母宇宙的电磁波进不到这个封闭空间。"

他们用手摸着舱壁,慢慢回到座位,对着通话器喊话。果然没有任何声音,甚至没有一点儿无线电噪声。小丫问:"敢不敢打开舷窗的外盖?"嘎子想想,说:"应该没问题的,依咱们的感觉,舱外的激光肯定已经熄灭了。"两人小心翼翼地打开舷窗的外盖,先露一条细缝,外面果然没有炫目的激光。他们把舷窗全部打开,向外看去,外面是一片白亮。看不到大厅的穹顶,看不到地面,看不到云彩,也没有恒星和月亮。什么都没有。极目所见,只有一片均匀的白光。

嘎子说:"现在可以肯定,咱们是处于一个袖珍型的宇宙里,或者说子空间里。这个子空间从母体中爆裂出去时,圈闭了超巨量的光子和能量。能量使空间膨胀,膨胀后温度降低,光子的浓度也变低。但估计这个膨胀是有限的,所以这个小空间还能保持相当的温度和光度。"

他们贪婪地看着外面的景色,那景象很奇特,就像是被超级无影灯所照亮的空间。依照人们的常识或直觉,凡有亮光处必然少不了光源,因为只要光源一熄灭,所发出的光子就迅速逃逸,散布到黑暗无垠的宇宙空间中,眼前也就变黑了。但唯独在这儿没有光源,只有光子,它们以光速运动,因而永远不会衰老,在这个有限而无边界的超圆体小空间里周而不息地"流动",就如超导环中"无损耗流动"的电子。其结果便是这一片"没有光源"但永远不会熄灭的白光。

嘎子急急地说:"小丫,抓紧机会体验失重,估计这个泡泡很快就会破裂,前五次实验中,它都是在一瞬间便破裂,这个机会非常难得!"

两人大笑大喊地在舱内飘荡,可惜的是球舱太小,两人甚至不能伸直身躯,只能半曲着身子,而且稍一飘动,就会撞到舱壁或另一个人的脑袋。尽管这样,他们仍然玩得兴高采烈。在玩耍中也不时趴到舷窗上,观看那无边无际、奇特的白光。

小丫突然喊:"嘎子哥,你看远处有星星!"

嘎子说:"不会吧,这个人造的袖珍空间里怎么可能有星星?"他赶紧趴到舷窗上,极目望去,远处确实有一颗白亮亮的"星星",虽然很小,但看得清清楚楚,绝不会是错觉。嘎子十分纳闷。如果这个空间中有一颗恒星,或者是能够看到外宇宙的恒星,那此前所作的诸多假设都完全错了,很有可能他们仍在"原宇宙"里打转。他盯着那颗"星星"看了许久,忽然说:"那颗'星星'离咱们不像太远,小丫你小心,我要启动推进装置,接近那颗'星星'。"

他们在座椅上安顿好,启动了推进装置,球舱缓缓加速,向那颗"星星"驶去。

小丫忽然喊:"嘎子哥,你看那颗'星星'也在喷火!"

没错,那颗圆"星星"正在向后方喷火,因而在背离他们而去。追了一会儿,两者之间的距离没有任何变化。小丫说:"追不上呀,这说明它离咱们一定很远。"

嘎子已经推测出其中的奥妙,神态笃定地说:"不远的,咱们追不上它是另有原因。小丫,我要让你看一件新鲜事。现在你向后看!"

小丫趴在后舷窗一看,立即惊讶地喊起来:"后边也有一个'星星',只是不喷火!"

嘎子笑着说:"再到其他舷窗上看吧,据我推测,应该每个方向都有。"

小丫挨个舷窗看去,果然都有。这些"星星"大都在侧部喷火,只是喷火的方位各不相同。她奇怪极了:"嘎子哥,这到底是咋回事?你咋猜到的?快告诉我嘛。"

嘎子把推进器熄火:"不再追了,一万年也追不上,就像一个人永远追不上自己的影子。告诉你吧,你看到的所有'星星',都是我们的'这一个'球舱,它的白光就是咱们的反光镜像。"

"镜像？"

"不是镜中的虚像，是实体。还是拿二维世界作比喻吧。"他用手虚握，模拟成一个球面，"这是个二维球面，球面是封闭的。现在有一个二维的生物在球面上极目向前看，因为光线在弯曲空间里是依空间曲率而行走的，所以，它的目光将沿着圆球面看到自己的后脑勺——但它的大脑认为光线只能直行，所以在它的视觉里，它的后脑勺跑到了前方。向任何方向看，结果都是一样的，永远只能看到后脑勺而看不到自己的面部。不过，如果它是在一个飞船里，则有可能看到飞船的前、后、侧面，这取决于它站在飞船的哪个位置。我们目前所处的三维超圆体是同样的道理，所以，我们向前看，看见的是球舱后部，正在向我们喷火；向后看，看到的是球舱前部，喷出的火焰被球舱挡住了。"

小丫连声惊叹："太新鲜了，太奇特了！我敢说，人类有史以来，只有咱俩有这样的经历——不用镜子看到自己。"

"没错。天文学家们猜测，因为宇宙是超圆体，当天文望远镜的视距离足够大时，就能在宇宙边缘看到太阳系本身，向任何方向看都是一样。但宇宙太大了，到目前为止还没有实现这个预言。"

"可惜咱们与球舱相距还是太远了，只能看到球舱外的镜像，看不到舷窗中自己的后脑勺！"

"小丫，你估计咱们看到的球舱，离咱们直线距离有多远？"

"不好估计,可能有一两百公里?"

"我想大概就是这个范围。这就说明,这个袖珍空间的大球周长只有一两百公里,直径就更小了,这是个很小很小的微型宇宙。"

小丫看了看仪表板上的电子钟:"呀,已经22点了,今天的时间过得真快!从球舱升空到现在,已经整整一个白天了,泡泡还没破。爸爸不知道该咋担心呢。"

嘎子似笑非笑,没有说话。小丫说:"你咋了?笑得神神叨叨的!"

嘎子平静地说:"一个白天,这只是我们小宇宙的时间,在那个大宇宙里,也许只过了1纳秒,也可能已经过了1 000万年,等咱们回去,别说见不到爸妈,连地球你也不认得了。"

小丫瞪大了眼睛:"你是胡说八道,是在吓我,对吧?"

嘎子看看她,忙承认:"对对,是在吓你。我说的只是可能性之一,更大的可能是,两个宇宙的静止时间是以相同速率流逝,也就是说,舅舅这会儿正要上床睡觉。咱们也睡吧。"

小丫打一个哈欠:"真的困了,睡吧。外面的天怎么还不黑呢?"

"这个宇宙是永远不会有黑夜的。咱们把舷窗关上吧。"

两人关上舷窗外盖,就这么半曲着身体,在空中飘飘荡荡地睡着了。

这一觉整整睡了 9 个小时，两个脑袋的一次碰撞把两人惊醒，看看电子表，已经 7 点了。打开舱窗外盖，明亮均匀的白光立时漫溢了整个舱室。小丫说："嘎子哥，我饿坏了，昨天咱们只顾兴奋，是不是一天没吃饭？"

"没错，一天没吃饭。不过这会儿得先解决内急问题。"他从座椅下拉出负压容器（负压是为了防止排泄物外漏），笑着说，"这个小球舱里没办法分男、女厕所，只好将就了。"他在失重状态下尽量背过身，痛痛快快地撒了一泡尿，然后对小丫说："轮你了，我闭上眼睛。"

"你闭眼不闭眼我不管，可你得捂住耳朵。"

"干吗？"

小丫有点难为情："你没听说，日本的卫生间都是音乐马桶，以免女人解手时有令人尴尬的声音？何况咱俩离得这么近。"

嘎子使劲忍住笑："好，我既闭上眼，也捂住耳朵，你尽管放心吧。"

小丫也解了手，两人用湿面巾擦了脸，又漱了口，开始吃饭。在这个简装水平的球舱里没有丰富的太空食品，只有两个巨型牙膏瓶似的容器，里面装着可供每人吃七天的糊状食品，只要向嘴里挤就行。小丫吃饭时忽然陷入遐思，嘎子问："小丫，你在想什么？"

"我在想 —— 我可不是害怕 —— 万一咱们的泡泡永远不会破裂，那咱们该咋办？"

嘎子看着她，一脸鬼鬼道道的笑容。小丫追问："你在笑啥？笑啥？老实告诉我！"

"我有个很坏蛋的想法，你不生气我再说。"

"我不生气，保证不生气。你说吧。"

嘎子庄严地说："我在想，万一泡泡不会破裂，咱俩成了这个宇宙中唯一的男人、女人，尽管咱俩是表兄妹，说不定也得结婚（当然是长大之后），生他几十个儿女，传宗接代，担负起人类繁衍的伟大责任，你说是不是？"说到这儿，忍不住笑起来。

小丫一点不生气："咦，其实刚才我也想到这一点啦！在这么特殊的环境下，表兄妹结婚算不上多坏蛋的事。发愁的是以后。"

"什么以后？"

"咱俩的儿女呀，他们到哪儿找对象？那时候这个宇宙里可全是嫡亲兄妹。"

嘎子没有这样"高瞻远瞩"的眼光，一时哑口。停一会儿，他说："不知道，我也不知道。其实历史上已经有先例——亚当和夏娃，但洋人的书上说到这个紧要关口时也是含糊其辞，看来他们也无法自圆其说。"他忽然想起来："说到亚当和夏娃，我想咱们也该把咱们这段历史记下来。万一，我只是说万一，咱们不能活着回去，那咱们记下的任何东西都是非常珍贵的。"他解释说："泡泡总归要破裂，所以这个球舱肯定会回到原宇宙，最大的可能是回到地球上。"

小丫点头："对，你说得对。仪表箱里有一本拍纸簿和一支铅笔，咱们把这儿发生的一切都记下来。可是——"

"可是什么？"

"可是，咱们的球舱'重入'时不一定在中国境内呀，这样重要的机密，如果被外国人，比如日本人得到，那不泄密了？"

嘎子没办法回答。话说到这儿，两人心里都有种怪怪的感觉。现在他们是被幽闭在一个孤寂的小泡泡内，这会儿如果能见到一个地球人，哪怕是手里端着三八大盖的日本兵，他们也会感到异常亲切的。所以，在"那个世界"里一些非常正常、非常高尚的想法，在这儿就变得非常别扭、猥琐。但要他们完全放弃这些想法，好像也不妥当。

两人认真地讨论着解决办法，包括用自创的密码书写。当然这是很幼稚的想法，世界各国都有造诣精深的密码专家，有专门破译密码的软件和大容量计算机。两个孩子即使绞尽脑汁编制出密码，也挡不住专家们的攻击。说来这事真有点"他妈妈的"，人类的天才往往在这些"坏"领域中才得到最充分的发扬：互相欺骗、互相提防、互相杀戮。如果把这些内耗都用来一致对外（征服大自然），恐怕人类早就创造出一万个繁荣的外宇宙了。

但是不行，互相仇杀似乎深种在人类的天性之中。一万年来的人类智者都没法解决，何况这两个十几岁的孩子。最后嘎子干脆地说："别考虑得太多，记下这一切才是最重要的。干吧。"

他们找到拍纸簿和铅笔。该给这本记录起个怎样响亮的名字？嘎子想了想，在头一页写上两行字：

创世纪

记录人：巴特尔、陈小丫

前边空了两页，用来补记前两天的经历，然后从第三天开始：

创世第三天，地球纪年：公元 2021 年 7 月 8 日。

（巴特尔记录）

泡泡已经存在整整三天了。记得第一天我曾让小丫"抓紧时间体验失重，因为泡泡随时可能破裂"，但现在看来，我对泡泡的稳定性估计不足。我很担心泡泡就这么永存下去，把我俩永久囚禁于此。其实别说永久，即使泡泡在八天后破裂，我和小丫可能就已经窒息而死了。

今天发觉小丫似乎生病了，病恹恹地不想说话，身上没有力气。我问她咋了，她一直说没事。直到晚饭时我才找到原因：她像往常一样吃喝，但只是做做样子，实则食物和水一点都没减少。原来她已经四顿没吃饭了。我生气地质问她为啥不吃饭，她好像做错什么事似的，低声说："我想把食物和水留给你，让你能坚持到泡泡破裂。"

我说："你真是傻孩子，现在的关键不是食物而是氧气，你能憋住不呼吸吗？快吃吧，吃得饱饱的，咱们好商量办法。"

她想了想,大概认为我说得有理,就恢复了进食。她真的饿坏了,这天晚饭吃得格外香甜,似乎那不是乏味的糊状食物,而是全聚德烤鸭。

创世第四天,地球纪年,公元2021年7月9日。

(巴特尔记录)

今天一天没有可记的事情。我们一直趴在舷窗上看外边,看那无边无际的白光,看远处的"天球上"那无数个闪亮的"星星"(球舱)。记得第一天我们为了追"星星",曾短暂地开动了推进器,使球舱获得了一定的速度,那么,在这个没有摩擦力的空间,球舱应该一直保持着这个速度,所以,我们实际上是在这个小宇宙里巡行,也许我们已经巡行了几十圈,但我们无法确定这一点。这个空间里没有任何参照物,只有茫茫的白光,根本不知道球舱是静止还是在运动。

小丫今天情绪很低落,她说她已经看腻了这一成不变的景色,她想家,想北京的大楼,想天上的白云、地下的青草,更想亲人们。我也是一样,想恩格贝的防护林,想那无垠的大沙丘,想爹妈和乡亲。常言说失去才知道珍惜,我现在非常想念那个乱七八糟的人间世界,甚至包括它的丑陋和污秽。

创世第五天,地球纪年,公元2021年7月10日。

(巴特尔记录)

今天小丫的情绪严重失控,一门心思要打开舱门到外边去，她说假如不能活着回去，那倒不如冒险去看看外面的世界。我竭尽全力才阻止住她。

可惜这个球舱太简易，没有用来探测外部环境的仪器。至今我们不知道外面的温度是多少，有没有氧气，等等。但依我的推断，如果它确实是从一个很小的高温空间膨胀而成的小宇宙，那它应该有大致相当于地球的温度，但空气极稀薄，近似真空，而且基本没有氧气（在高温那一刻已经消耗完了）。

不穿太空服出舱是很危险的事（根据美国宇航局的动物实验，真空环境会使动物在10秒内体液汽化，1分钟内心脏纤颤而死），何况我们的舱门不是双层密封门，一旦打开就会造成内部失压，损失宝贵的氧气。

所以，尽管这个小球舱过于狭小，简直无法忍受，也只能忍受下去。小丫还是理智的，听了我的解释后不再闹了。也难怪，她只是一个13岁的小姑娘啊！

创世第六天，地球纪年，公元2021年7月11日。

（陈小丫记录）

嘎子哥在改造球舱的推进装置，今天我记录。

嘎子哥和我商量，要想办法自救。爸爸他们肯定非常着急，也在尽量想办法救我们。但嘎子哥说不能对那边抱希望。关键是我们的小宇宙已经同母宇宙完全脱离，现代科学没有任何办法去干涉宇宙外的事情。

我说:"咱们的燃料还有两小时的推进能力,能不能把球舱尽力加速,一直向外飞,撞破泡泡的外壁?"嘎子哥笑了,说我还是没有真正理解"超圆体"的概念。他说:"还是拿二维球面作比喻吧。在二维球面上飞行的二维人,即使速度再高,也只能沿球面巡行,而不会'撞破球面'。他如果想撞破球面,只能沿球面的法线方向运动,但那已经超过二维的维度了。

"同样,在三维超圆体中,只有四维以上的运动才能'撞破球面',但我们肯定无法做到超维度运动。"

他提出另一个思路:在三维宇宙中,天体的移动会形成宇宙波或引力波。由于引力常数极小,所以即使整整一个星系的移动,所造成的引力扰动也是非常小的。我们这个小小的球舱所能造成的引力扰动更是不值一提。另外,我们的宇宙也是非常非常小的,又是内禀不稳定的,所以,也许极小的扰动就会促使其破裂。他说不管怎样,也值得一试,总比干坐在球舱里等死强。

他打算把球舱的双喷管关闭一个,只用一边的喷管推进。这样,球舱在前进的同时还会绕着自身的重心打转,因而喷管的方向也会不停地旋转,使球舱在空间中作类似"布朗运动"那样的无规则运动,这样能造成最大的空间扰动。只用单喷管喷火还有一个好处是:能把点火的持续时间延长一倍。

现在他已截断了左边喷管的点火电路。

准备工作做好了,但嘎子哥说,要等到第七天晚上(氧气快要耗尽的时刻)再去这样干,也就是说,那是我们牺牲前的最后一搏,在这之前,还要尽量保存燃料以备不时之需。

创世第七天，地球纪年，公元 2021 年 7 月 12 日。

（巴特尔记录）

今天我们在异常平静的心态下度过了最后一天（按氧气量计算的最后一天）。我们先是一小时一小时地，后来是一分钟一分钟地，最后是一秒一秒地，数着自己的生命。直到晚上 12 点，小丫说："嘎子哥，点火吧。"我说："好，点火吧。"

现在我就要点火了，成败在此一举。我左手拉着小丫，右手按下点火按钮。

（7 月 13 日凌晨 4 点补记）

球舱点火后像发疯一样地乱转，离心力把我和小丫按到了舱壁上，颠得我们几乎呕吐。我们强忍住没有吐出来，在失重状态下，空中悬浮的呕吐物也是很危险的。俺俩一直没有说话，互相拉着手，默默地忍受着，等待着。四小时后，推进器熄火了，但非常可惜，我们的泡泡依然没有变化。

不管怎样，我们已经尽了自己最大的努力。我和小丫收拾了舱室，给亲人们留了告别信，然后两人告别，准备睡觉。我俩都知道，也许这一觉不会再醒来了。假如真是这样，我想总该给后人留一句话吧。第二次世界大战中的捷克英雄尤利乌斯·伏契克告别人世的最后一句话是：

人们哪，我爱你们，你们要警惕！

但我想说一句相反的话：

人们哪,我爱你们,你们要互相珍惜!

◆ 6 ◆

日记到此为止,以下的情况是两个孩子补述的。

那晚他们睡得太晚,第二天早上8点还没有醒。忽然他们觉得浑身一震,或者说是空间一阵抖动,重力在刹那间复现,球舱坠落在某种硬物上,滚了几滚,停下了。小丫从球舱的上面(现在可以分出上下方位了)掉下来,砸到嘎子身上。

她从嘎子身上仰起头,迷迷糊糊地问:"咋了?嘎子哥这是咋了?咱们死没死?"

嘎子比她醒得快,高兴地喊:"打开了!打开了!小丫你看打开了!"

小丫也清醒过来:"嘎子哥,泡泡打开了!"

通话器里立即传来清晰的声音:"嘎子、小丫,是你们吗?听到请回答!"

"是我们,爸爸!(舅舅)!泡泡突然打开了,我们能看见外面的天、太阳和云彩了!"

然后他们就发现了自己是在战场上,发现了持枪围来的日本兵。就像重力在刹那间出现一样,"这个世界"的规则也在刹那间充溢全身。嘎子立时忘了自己曾经有过的哲人情怀(人们哪,我爱你们,你们要互相珍惜!),而忆起了伏契克的教导(人们哪，我爱你们，你们要警惕！）。这种急剧的转变非常自然就完成了，没有一点滞涩生硬。随之，两个在枪口包围中的孩子毁坏了通信器，把《创世记》藏在嘎子的内裤里（没有舍得毁掉），匆匆商量了对付审讯的办法，然后像小兵张嘎那样大义凛然地走出球舱。

这会儿嘎子从内裤中掏出那本记录交给舅舅，笑着说："幸亏今天的日本兵比当年文明，没有搜身，我才能把它完整地交给舅舅。"

陈星北接过来，与坂本一同阅读，那真叫如饥似渴，如获至宝。

看完后陈星北对坂本说："泡泡的破裂有可能与孩子们造成的内部扰动有关，但从目前的资料还得不出确切结论。另外，我最头疼的那一点仍没有进展，即如何控制泡泡破裂时的'重入'方位。"

坂本说："即使如此，他们两人的经历也弥足珍贵，它使很多理论上的争论迎刃而解。比如，确证了超圆体理论；证明了在不同宇宙中，静止时间的流逝速率相同；证明了封闭空间能够隔绝引力、电磁力等长程力。球舱在那个宇宙中的推进和旋转，证明了动量守恒定律、角动量守恒定律及作用力反作用力定律等仍然适用，由此基本可以确定：所有物理定律在两个宇宙中同样有效。"他笑着说："陈先生你不要太贪心，有了这些你还不满足？它足以在物理学界掀起一场革命了。"

"我知道，但我同样关心它的实用层面。"

"实用上也不差呀,至少你已成功激发出一个独立宇宙,并让它保持七天的凝聚。至于如何把它发展成实用的反引力技术,咱们——全人类——共同努力吧。我一定尽我所能说服国会,让你参加到这项共同研究中。"他把两个孩子拉过来,搂到怀里,"谢谢你们!我羡慕你们,非常非常羡慕你们,如果我今生能有一次这样的经历,死也瞑目了。"

小丫善解人意地说:"那很容易办到的,下一次实验由你进舱不就得了。"

"你爸爸会同意吗?"

小丫大包大揽地说:"我来说服他,一定会的!"

在场的人都心情轻松地大笑起来。

坂本夫人请大家入席,说晚饭已经备好。坂本的家宴沿用西方习俗,没有大餐桌,饭菜都摆在吧台上,每人端着盘子自由取食,然后随意结合成谈话的小圈子。陈星北、坂本、嘎子和小丫自然是在一起,惠子刚才听了两人的详细经历,更是十二分的崇拜,一直挤在这一堆里,仰着脸听他俩说话。

这会儿谈话是以小丫为主角,她叽叽呱呱、绘声绘色地描述着那个奇特的小宇宙:没有光源但不会熄灭的白光、无重力的空间、球舱的背影所组成的天球大集合,等等。小丫讲得兴起,饭都忘吃了,嘎子随后为她作着补充。所有人都听得很仔细,渡边和西泽也凑了过来。忽然陈星北皱起眉头,指指嘎子说:"嘎子,你啥时候变成了左撇子?"

嘎子奇怪地说:"没有呀,我……"他突然顿住,因为他已经看到,自己确实是用左手拿筷子,但在他的感觉中,仍是在使用惯用的右手,正因为如此,这些天来他一直没有意识到这一点。陈星北放下盘子,拉过嘎子,摸摸他的心脏,再摸摸小丫的心脏,表情复杂地说:"没错,嘎子你已经变成右手征的人了。"

在场的人中只有坂本教授立即理解了他的意思,默默点头。嘎子也理解了,而其他人全都表情困惑。陈星北让坂本太太拿来一把剪刀和一张纸,他三五下剪出一个小人,在小人的左胸处剪出一颗心脏形的空洞。"我来解释一下吧。请看这个二维人,心脏在左边,我们称为左手征。如果他不离开二维世界,那么无论他怎样旋转、颠倒,也绝不会变成右手征的人。"他把那个平面人放在桌面上随意旋转和颠倒,"但如果它能进入高维度世界,手征的改变就是很轻易的事。现在我让它离开二维平面。"他把那个纸人掂离桌面,在空中翻一个身,再落下来,现在纸人是"面朝下",心脏也就变到右边了。"你们看,他的手征已经轻易改变了。这个规律可以推延到三维。三维空间的三维人如果能上升到四维空间中,等他再度'回落'到原三维世界时,自身手征改变的可能性是 50%。嘎子和小丫的情况正好符合这个概率:嘎子的心脏变到右边了,小丫没变。"

渡边恍然大悟:"我想起来了,球舱上的汉字也都反了!当时我还以为,这些字是从窗户里面写的呢。"

陈星北沉默了,心事重重地看着嘎子,而头脑灵光的嘎子也意识到了更深层次的问题,他努力镇定自己,但难免显得心思沉重。

小丫大大咧咧地说:"你们有啥发愁的?心脏长右边怕啥,我知道世界上有人天生心脏就在右边,照样活得好好的。"

嘎子闷声说:"那不一样。心脏右置的人,他的分子结构仍是正常的,但我这么'彻里彻外'一颠倒,恐怕连氨基酸的分子结构也变了。"他知道在场很多人听不懂,便解释说:"从分子深层结构来说,生物都是带手征的。地球上所有生物体都由左旋氨基酸组成,这是生物进化中随机选择的结果。"

他们的对话一直是英语夹杂着汉语,惠子听不大懂,见大人的表情都很凝重,就悄悄询问爷爷。坂本教授解释说:"这个少年将成为世上唯一右手征(右旋氨基酸)的人,他可能无法接受别人的输血,甚至不能结婚生子(精、卵子的手征不同)。"

惠子对嘎子的不幸非常担心,小声问:"那怎么办?爷爷,你一定要想办法呀!"

坂本说:"我和你陈伯伯都不是生物学家,我们会立即咨询有关专家的。"

小丫不服地说:"不会吧,如果手征相反,那他还能吃地球上的食物吗?这些天他可一直在吃左手征的食物。"

嘎子对她的反诘也没法解释,只是说:"手征的变换肯定是泡泡破裂那会儿才发生的。"

小丫机敏地反驳:"就是从那会儿开始,你也吃了三天日本食物了,也没见你中毒或腹泻!总不能日本食物和中国食物手征相反吧?"

这个诘难很俏皮,她自己先咯咯地笑起来。陈星北和坂本互相看看，确实没法子解释这种现象。小丫更是得理不饶人："再说，手征反了有啥关系，真要有危险，让嘎子哥再去做两次实验，不就变回来了！"

在场人都一愣，立即哈哈大笑。没错，大人的思维有时反倒不如孩子直接。管他手征逆变后是不是有危险呢，如果有危险，再让他进行一两次超维旅行，不就变过来了嘛，反正是50%的概率。

惠子也受到启发，突然说："还有一个办法呢，下次超维度旅行时多派几个姑娘去，其中有人会变成右手征的人，让嘎子君和她结婚就可以嘛。"

大人们不由又乐了，不错，这也是解决办法之一，当然这个方法会带来很大的麻烦：从此世界上将会有左、右手征的人并存，男女结婚前的婚检得增加一项，以保证夫妇俩手征相同。没等他们说出这个麻烦，惠子就自告奋勇地说："我愿意参加下一次超维度旅行！"

她含情脉脉地看着嘎子，她这句话的用意很明显，实际上是向嘎子射出了丘比特之箭。嘎子心头一热，以开玩笑来掩饰："你说的办法妙，那可是真正的'撞天婚'。"他摸摸自己的心脏，庆幸地说："幸好它只改变心脏或氨基酸的手征，并不改变思想的手征。要是我从那个小宇宙跑一趟回来，得，左派变成右派，变成西——"他本来想说"变成西泽昌一那样的浑头"，但看在坂本教授和惠子的面子上，决定留点口德，没有说下去，改口道："那我的损失才大呢。"

陈星北笑道："我倒希望，人们经过一次超维度旅行后都变成这样的镜像对称——你也爱我,我也爱你。套一句说腻了的中国老话,就是人人爱我,我爱人人。"他叹息一声,说:"我知道这很难,比咱们的'育婴工程'不知道难多少倍。那只能是一万年后的远景目标了。好,不扯闲话,回到咱们的正题上。"

尾声（见注释2）

一星期后,坂本教授送陈星北一家三口回到北京,并获准参观了陈星北他们的"育婴所"。

一年以后,中、日、美、俄、印、德、法、英八国政府正式签订了《合作开展育婴工程》的政府协议。陈星北心中大乐——这个私下流传的绰号终于登上大雅之堂了。中国的民间政治幽默家们把这项合作称为"新八国联军",但这个名字显然是不合适的,因为它难免刺痛中国人内心深处的伤疤,所以,很快它就被另一个比较亲切的名字所取代:老八路（"老"是相对后来的新成员国而言）。

那年中国民间最流行的政治幽默是:日本兵带头参加八路军。

又过了两年,八国组织扩大为三十六国,又过了五年,扩大为七十二国。很巧的是,这两个数字正合中国古代所谓的"天罡""地煞"之数。这时育婴工程已经有相当大的进展,保持"泡泡"持续凝聚态已经不困难了。至于"定向投掷"则仍然遥遥无期,陈星北说那还是五百年后的远景。

是年 23 岁的巴特尔（嘎子）还在读博士后，但已经是育婴工程月球基地的负责人。坂本惠子在他手下工作，两人的关系基本上也到了正式签约的阶段。不过一个很大的问题是：两人的"八字不合"（手征不匹配）问题还没有最终得出结论，但至少已经断定，吃左旋氨基酸食物对右手征的嘎子在生理上没有什么影响，所以嘎子也就没有急于再去"外宇宙"把手征变回来。

　　陈小丫这时正在东京大学读硕士，专业嘛自然与"育婴工程"有关。坂本大辅教授已经退休，但小丫一向自称是他的私塾弟子，因为她就住在坂本的家里，于是坂本又兼作私塾老师，而且作得非常尽责和称职。

　　注释 1：束星北（1907—1983），20 世纪 30 年代中国著名物理学家，极具天赋，曾被认为是最有可能摘取诺贝尔物理学奖项的中国人。1931 年辞去美国麻省理工学院的工作回国效力。但其性格狂放，行事怪诞，1957 年被打成右派，一生坎坷，未能在学术上取得划时代的成就。本文的主角取"星北"为名，显然是出于对束星北的敬仰。

　　注释 2：本文的部分构思受到北京交通大学宋颂的《油滴》的启发，谨此声明并致谢意。

674号公路

莫比乌斯环

文／长铗

写在前面：

有网友说，他无数次尝试用极品飞车、云斯顿赛车、车神铃木里的顶级跑车，选择一条与674号公路相似的惊险跑道，用时速158英里（1英里≈1609米）来挑战它，他失败了。他懊恼地说这可能与他的操作水平与赛车硬件配置有关，他甚至怀疑每秒26帧的显卡处理速度限制了他的操控。我很同情他，即使他使用PS2、PS3及X-box上的巅峰赛车游戏来模拟，恐怕也无法体验那种令人头晕目眩、天地倒置的极速快感，因为那注定是一条现实的跑道，受控于游戏参数、重力、惯性、扭矩等真实的物理量。674号公路是一条奇异拓扑空间的跑道，它存在于每一个男孩迷恋速度的幻想之中，这正是我们喜欢科幻的原因。

"嗨，伙计，去过674号公路吗？"红头发一条腿搭在保时捷敞篷车门上，另一只手在一个姑娘身上游走。

674号公路？外乡人露出迷惘，轻轻抽着鼻子，似乎他不习惯尘土里弥漫的橡胶焦糊味。

"啊哈!他居然不知道674号公路!"红头发怪叫一声,他的同伴应声响起刺耳的呼哨。红头发在姑娘丰腴的屁股上拍了一下,以东亚某国仪仗兵夸张的姿势踩在油门上。保时捷喷出一屁股黑烟,两条深深的辙印像蛇信子般迅猛窜出,汹涌的尘土扑入外乡人的车内。

外乡人缓缓摇上车窗,打开车内唯一的电子设备——美国卫星地图。他的手指在屏幕上轻叩,轻易地找到了那个模糊的痕迹——卡里寇。若不是170英里外的那个著名的白银矿,这个小镇也许早已在地图上消失了。

这里没有连锁店,没有大公司开的煤气站,没有几乎遍布每个美国小城镇的快餐业分店,没有沃尔玛,没有得克萨科加油站,没有壳牌公司,没有麦当劳和伯格金,也没玩偶盒商店。这儿就是卡里寇。

外乡人推开小镇唯一一家酒吧"拓殖者之家",里面喧闹的气氛顿时安静下来。酒鬼们把目光投向他,他们大多是矿工的儿子,目光就像探照灯般灼亮。外乡人脱掉他的皮外套,交给门口的侍应生,像是老顾客般径直朝吧台走去。德·丽尔夫人就立在吧台后面,她每天晚上都在这里,这儿的每个人都知道她,甚至,那些匆匆的过客也惦记着她,还把她的芳名远播他乡。没错,她就是卡里寇最引人注目的存在——酒吧的老板娘。

"我想,你一定知道杰克·汉弥尔顿的故事,小姑娘。"外乡人抿出老道的微笑,他有一个棱角分明的坚硬下巴,泛着钢灰色。

"哈，他居然叫我小姑娘！不过，老娘喜欢这个称呼。"德·丽尔夫人环顾左右，夸张地向她的顾客们炫耀她的新昵称。男人们用敌意的目光射向外乡人，这里面包括那个红头发，外乡人一进门就被他盯上了——那个不知道674号公路的愣头青居然敢来"拓殖者之家"！

"当然，这方圆500英里的陈芝麻烂谷子我全知道。说吧，帅哥，你想听哪一段？"德·丽尔夫人摇曳着腰肢，玻璃杯里的红色液体漾了出来，有几星泡沫溅到了外乡人的脸上。

"674号公路。"外乡人一字一顿地说。

"哦，又是674号公路，每一个远道而来的小伙子都要听这一段，就像没断奶的孩子围在祖母的膝下要听格林童话。"老板娘故意提高声调让周围的人都能听到他们的交谈内容。男人露出鄙夷的神色。的确，674号公路追捕的故事早已远播他乡，只有那些开着红色法拉利拉风的毛头小子才会兴冲冲地打听这些。

19世纪中下叶，美国西部淘金热热气未消的时候，在南加州的东部，又传出了有银矿的消息，而且据说蕴藏量丰富。1881年3月的一天，三个探矿的人来到卡里寇安下营寨，他们要在这里试一试运气。一天、两天、三天过去了，他们一无所获；第四天，随着一声欢呼，卡里寇的繁荣历史拉开了帷幕。矿工们在这片褚红色的干燥土地上建立了三个小镇，卡里寇是其中最大的一个。卡里寇在英语里的意思是粗印花棉布，因为这里的山峦就像姑娘们的印花裙子一样漂亮。三个大型银矿、硼砂矿分布在三个小镇周围，从每个小镇到任一个矿山都有一条路状不佳的公路，一共九条，构成这荒凉之境的全部交通。674号公路是九条公路中的一条，它连接了卡里寇与最大的那个矿山——白银谷。它为什么叫674号？这个数字不属于美国公路交通网的顺序编号，也许是纪念某个棒球明星的本垒打记录，天知道。但有一点是可以肯定的，它是个不祥之数，在这条170英里长的公路上，发生的交通事故难以计数。甚至它从建完后的第一天起就被废置了。第一辆通过它的是一辆运砂车，人们还来不及纪念它在修建公路中的功勋，它便不争气地滚到深不可测的大峡谷里。人们于是相信这条砂子路是被魔鬼诅咒过的，有传说称印第安人的祖先沉睡在这条路下，他打个呵欠就能把道奇卡车吹上天。住在卡里寇镇的矿工们要去白银谷，宁愿绕道其他公路。

但是真正使674号公路声名远播的是30年前那场惊动CNN的荒野大追捕。美国153号通缉犯赛车手出身的杰克·汉弥尔顿在50辆警车的驱赶下，发疯般地冲进674号公路。警察们得意洋洋地看他们的猎物绝尘而去，没有去追赶，而是在674号公路与其他几条公路的交叉口设了路障，在两头白银谷与卡里寇镇张开口袋，然后警长先生带领他的手下到"拓殖者之家"喝酒去了。

"他会后悔的，他会吓得尿裤子，当他看到满路的汽车残骸……"警长向酒吧的所有听众宣布，但是后来后悔的是他。杰克·汉弥尔顿从这条盲肠一样短的窄小公路上消失得无影无踪，蜿蜒在大峡谷边沿的674号公路除了几个分岔口不可能有其他出口，但是在路障守候的警察却一无所获。有个蠢蛋发誓他听到了呼啸而过的引擎声，那剧烈的声波甚至吹动了他猪鬃一样粗的眉毛，他却连个汽车影子也没见着。杰克·汉弥尔顿驾驶的是一辆 1953 年制造的克尔维特，黑色车身漆配以抛光处理底辐式车轮，嚣张的折叠式车顶就像响尾蛇毒牙般伸缩自如，搭载 7.0 升 V8 引擎，高达 500 匹的最大输出马力与 550 牛米的扭矩令人侧目。这辆速度怪兽是通用汽车设计大师哈里·厄尔失败的作品，只推出了 300 多辆便停止生产，因为它暴烈的脾气、复杂而别扭的操控性能、单薄的安全系统令人望而生畏。杰克·汉弥尔顿却对它情有独钟。所以杰克·汉弥尔顿若驾驶这样一辆奇特的车逃亡天涯应是很引人注目的。但是他的确是连人带车蒸发了，直升机把这块巴掌大的满目疮痍的大地搜寻个遍，悻悻而归。警长只好向追踪而来失望至极的 CNN 宣布，那个坏蛋被大峡谷吞没了，连个响屁也没闻着。

"这还不是故事的全部。"老板娘慵懒地喷了口酒气，脸上泛出红潮，几颗雀斑在红潮里若隐若现。她说："最精彩的一段不属于杰克·汉弥尔顿那个疯子，而是阿弗莱·切。当然不是每个人都能像我这样亲昵地叫他切，你懂吗？帅哥。"

"切？那个拙劣的赛车手阿弗莱·切？"外乡人讥诮道。

老板娘愠怒地扫他一眼："懂什么毛小子！切是他那个时代最伟大的赛车手，没人能比他更快！他是唯一一个全程跑完 674 号公路的人，我见证了他的辉煌！"

外乡人把宽大的手掌按在德·丽尔夫人的手上，安抚她胸脯内波涛起伏的激动情绪："慢慢说，我洗耳恭听。"

德·丽尔怔怔地打量外乡人骨节粗大的手指，目光柔和下来，笼罩着他壮硕的脖颈，微微一笑："你也是个行家，小子。

赛车手需要健硕的体魄,急转弯时脖子需要承受5倍于自身重量的离心力。切常给我说一些赛车常识,但我常记不住,哈哈。那时我还是个小姑娘,他把我塞到他的车厢内,他说没有姑娘敢坐在他旁边,他要让我清醒着见证他逾越674号公路。他做到了!我虽然藏在车厢内,身体被绳子牢牢固定着,但还是吓了个半死。小子,坐过过山车吗?虽然你眼睛闭着,但你还是能感觉到那种忽上忽下、心仿佛要从胸口撞出般的惊心动魄,不是吗?"

"我好奇的是,既然你待在车厢内,你怎么知道他不是在别的一条什么马路上兜了一圈呢?"

"你怀疑他?"德·丽尔夫人的目光变得严厉。

"不是,我只是觉得这个世界太荒谬了,如果阿弗莱·切是纽博格林12小时耐力赛纪录的保持者,他还全程跑完过魔鬼之路674号公路,他怎么会在亚利桑那州宽阔的高速公路上飞出他的挡风玻璃呢?要知道那次交通事故中,他负全部责任。"

"够了!"德·丽尔夫人怒不可遏地把酒泼到外乡人的脸上。两个彪形大汉围拢过来。

"北方佬,你对我们的老板娘做了什么?你不介意坐回地道的'矿井电梯'吧。"两个大汉把粗壮的手臂探进外乡人的腋下,企图把这个北方口音的小子扔出去。外乡人的身子却纹丝不动。

"放下他!"黑暗中一个夹着浓痰的嗓音说。

闹哄哄的四周立即安静下来,紧密的人群闪出一条过道,一个蹒跚的脚步缓慢地走近,来人满头苍发,脸上长满了肉疣,就像是铺了一层油亮的卵石。

"可是。"壮汉想解释什么,却又戛然而止,因为他被来人犀利的目光刺得一噤。

"年轻人,到我那儿去一趟。"

外乡人面无表情地望望左右,跟着那个蹒跚的步子走出酒吧。

红头发扒开百叶窗望窗外:"嗨,大家看,那小子的车没有后视镜!"男人们挤到窗前观看,有人愤怒地把啤酒瓶摔在地上,因为那是一个巨大的挑衅。

没有后视镜!因为没有人能赶上他!而这里的顾客没有一个不是狂热的车手,矿山早已告别淘金时代的繁荣,674号公路却把全世界的飙车小子召集在这里。

"那是一辆破车!"红头发鄙夷地朝窗外吐了口唾沫。诚然,相比他那辆鲜亮的御林军红保时捷,外乡人的车就像一个寒伧的乡巴佬。

"也许,那厚重的车厢改装一下可以装土豆。"红头发的调侃引来一阵哄笑。

"那是一辆好车。"一个幽长的声音说。但是快乐的人们没有听到这句忠告,挤在男人中间的德·丽尔夫人回过头,看到一个衣衫褴褛的糟老头自斟自饮,他的脸像是用砂纸磨掉了半边,鼻子与眼睛连成一块,样子恐怖吓人。德·丽尔夫人认识这个老头,他肯定是这个小镇上的人,常常能在酒吧最偏僻的一张小桌上看到他的身影。有喝酒的主顾称这个老头是在教堂里打杂的,雷耶博士收留了他。他是个酒鬼,却没有好的信誉,赖了不少酒账,都是雷耶博士帮他偿付的。

德·丽尔夫人很鄙夷这个老酒鬼的癫话,那是辆好车?狗屁!灰白色的车体,不少地方还脱了漆,多久没打蜡了,也确实打不了蜡,该报废了。不过,它的排气管真粗!德·丽尔夫人的眼珠都快蹦出来了,她从来没有见过这么粗的排气管,不,她见过。那还是在她风姿绰约的少女时代,同样风华正茂的切驾驶的跑车具有如此夸张的排气管。她亲眼见切给他心爱的四驱车装这个丑陋的装置,就像机械师给大炮装上大口径炮管一样得意。

"他们叫我雷耶博士。但我宁愿你叫我牧师,我是这个小镇唯一的牧师,在宗教活动之余,我还兼供应汽车配件。"这个硕大的头颅说。他苍白的头发斥张着,像雄狮般威严,下巴垂着薄而密的褶皱,就像是公鸡肉垂。

"您是个多面手。"外乡人谦卑地恭维道。

"没办法,这个小镇人口太少,人们不得不身兼数职才能应付过来。"

"这里甚至有消防队!我来的时候看到了,消防队门口有一块小牌子。上面写着卡里寇不同年份的人口。1881 年,40;1887 年,1 200;1890 年,810;1951 年,20……"

"你的记忆力不错,小伙子,干哪行的?介意我问吗?"雷耶博士打开一瓶窖藏葡萄酒,"嘣"的拔盖声在教堂房间里显得悠长,余音消弭后房间便陷入令人窒息的沉默。

"我是个推销员,推销《圣经》。"

"你的业绩一定不错,买得起一辆好车。"雷耶博士的目光割过外乡人紧绷的脸皮。外乡人脸一红,迅即恢复一个推销员才有的老练和镇静:"这辆车是父亲的遗产,我不是个好推销员,因为我这幅面孔不讨乡下主妇们喜欢。"他似乎被自己的幽默逗乐了,他的爽朗大笑与他的口音一样,来自北方。

雷耶博士递给外乡人一杯酒:"卡里寇不是你应该来的,北方人,这里总共只有 80 个常住人口。"

外乡人止住笑,不自然地紧了紧脸皮:"是的,和那些不知天高地厚的飙车小子一样,我也是慕 674 号公路之名而来,我是个赛车爱好者。"

"改装是多余的,懂吗?年轻人。比如你那辆宾利,它拥有一个英国克鲁的本特利工厂纯手工打磨的发动机,纯种大不列颠皇家血统,你为什么要把它伪装成笨重的德国货呢?"

"也许我是个外行。我本以为把发动机的位置后移 7 英寸(1 英寸 = 0.025 4 米),降低传动系统的高度会带来更可靠的操控性。"外乡人波澜不惊地解释道。

"你是对的,这可以带来更低的车身重心,但这不是无限制高速公路,对于 674 号公路而言,过低的底盘无异于自杀。你想跑 674 号公路?"

外乡人坚毅地点点头。

雷耶博士凝视外乡人灰色的眸子良久,说:"跟我来。"

他跟在博士沉重的步子后,路过教堂大厅一排排长椅,进入一个堆满杂物的侧间,推开一道关得严实的铁门,沿简陋的梯子下到地下室。

"嗯?牧师,收购废铁也是您的业务之一?"

"如果你真的懂行的话,就知道这是另一个'白银谷'。"博士费力地俯下身子,吭哧吭哧地搬起一个增压涡轮,"1985,原产加拿大安省圣嘉芙莲市……这个,V12 4.8升引擎,兰博基尼,1972年产,全世界只剩下12台。这些都是674号公路上失事的汽车残骸。希望你的宾利不会成为我新的收藏品。"

"我需要一个大的涡轮增压器。"外乡人说。他的目光瞥见黑暗的一角里一张尘土密布的帆布下,匍匐着一个冷气逼人的铁家伙,就像一头久困樊篱的猛兽蛰伏不动,令人不寒而栗。

"嗨,小子,这儿。"红头发把脚搁在方向盘上,打了个响指。

外乡人闷声闷气地走过去。他的身后立即围拢几个朋克青年。

"北方佬,多久没洗脸了?我是说,你需要一块镜子,一块后视镜,照照你白白的小屁股。"

外乡人皱了皱眉,加利福尼亚下午的阳光跟桶装啤酒一样廉价,把光秃秃的旷野上卑微的人影晒得晕乎乎的。外乡人眯着眼,看见德·丽尔夫人正袅袅娉娉地走过来。

"我不喜欢多余的东西。"外乡人说。

"啊哈。"红头发怪叫一声,"我也一样。也许我该卸你一条多余的腿,换上一个备用轮胎。"

他的伙伴附和着哄笑。

"什么乐着了你们,小伙子?"德·丽尔夫人用她慵懒的调子问道。这个声音之于她的年龄的确是稚嫩了点。

"我在给这个新来的上课,告诉他不是每个人都可以在卡里寇飙车。夫人,告诉他我是谁!"红头发偏过头向他的女朋友索要亲吻,被涂满鲜红指甲油的手指掐了一把。

"他上过《蜜蜂报》的头条。"德丽尔夫人向外乡人介绍说,似乎已经忘掉了那天酒吧里的不快,"他叫亚当,他喜欢让警察追着屁股跑,曾经有过摆脱30辆警车围捕的纪录。洛杉矶的本·杰明警官恨死他了。听说那警官也是一名不错的车手,有一次差点逮住他……"

"哈,我让他亲吻了我的屁股,最后放了一个臭屁,一溜烟甩开了他。他是个蠢蛋,他应该感谢我,要是我真踩了刹车,他会被我的保时捷钛合金装甲屁股顶到天上去。当初我真该废了他!要不,老子也不会藏到这个鬼地方来……"

"行了行了。"德·丽尔夫人打断他,"这是你第多少次重复自己的故事了。"

"夫人,你还没提我伦敦的艳遇呢。苏格兰场的那群吃白饭的浑球,开的是莲花、兰博基尼、陆虎,硬是被我耍了个遍!最刺激的还是我在越南干的那一仗……"

"是中国。"女朋友提醒他。

"都一样。"红头发漫不经心地嚼着口香糖。

"跟他的偶像一样,是个自大狂。"德·丽尔夫朝外乡人挤挤眼。

"他的偶像是?"

"杰克·汉弥尔顿。"

一提到偶像的名字,喋喋不休的红头发亚当立即安静下来,歪着脑门,乜斜着眼,挑衅地望着他。

"真巧。"外乡人耸耸肩,"我的偶像是阿弗莱·切。"

德·丽尔夫人愣在原地,外乡人壮硕的肩膀撞开周周的人墙,"呼"的一声拉开他那辆死灰色的宾利,远远地扬扬手:"夫人,介意我载你一程吗?"

"你不是对切充满敌意吗?"德·丽尔夫人小心翼翼地坐在副驾驶位置上,好奇地打量车内的装饰。没有车速表,没有转速表,没有油量表、里程表、机油压力表、气压表……一个也没有。她直冒冷汗。

"可恨的偶像。不矛盾。"外乡人找出一盘旧磁带,塞进录音机里,"克林特·克莱克的歌,喜欢吗?"

"当然。"

"除了尾灯,什么也没有……"一个嘶哑苍凉的男低音舒缓地流淌出来,这音乐怎么这么耳熟呢?德·丽尔夫人偷望外乡人的侧面轮廓,阳光给他冷峻若削的脸颊镀上一层金边,硬朗线条显得柔和了不少。

"你这车上什么也没有,你怎么……我是说,这安全吗?"德·丽尔夫人怯怯地问道,她想起自己年轻那会,也是这样羞涩地问她崇拜的切一些白痴问题。

"眼睛会受欺骗,耳朵不会。用耳朵去听,变速箱内齿轮的啮合是这个世界上最美妙的声音。"

"你用香水?"德·丽尔夫人绕有兴致地打量着他,似乎不相信这个粗犷的男人也会使用香水,还是可爱的橘子味。

"香水?不,空气清新剂而已,这辆车有恶心的血腥味。"

"血腥味?"德·丽尔夫人不安地在座椅上扭动屁股,这棕红色的手工皮革椅套似乎无处不隐藏着血色的罪恶,掉漆的镀铬件反射着森森白光。

外乡人笑了:"不是谋杀案,一次普通的交通事故而已。"

但敏感的女人很快有了新的担心:"你确信你的车技没有问题?"

外乡人掰开锈迹斑斑的金属板,从里面扯出两根电线,只听见"砰"的一声,火花四射,引擎便轰隆隆地起动了。

"你觉得呢?"外乡人转头问她。

德·丽尔夫人耸耸肩,没有回答,心里却暗暗叫苦:上帝,是什么让我上了他的破车?老娘不会是春情萌动了吧?见鬼!

鲜亮的保时捷窜到老宾利的旁边，红头发伸出一只手："伙计，可以出发了吗？"

西部慷慨的阳光斜射在这个寂静的小镇上，红褐色的山峦光秃秃的，光影在沟壑丛生的山体上游走，公路两旁稀稀落落的三角叶杨耷拉着几片枯叶。几乎没有风。三条公路合拢在小镇的西头，两辆对比鲜明的车对峙在岔路口，小镇上不多的几幢建筑中陆陆续续走出人来。他们汇集在这不大的岔路口，交头接耳地说着什么。

"也许你应该下车检查一下车况，比如查看一下弹簧上的楔片，紧紧轮胎上的螺母什么的。"德·丽尔夫人观察着窗外，红头发的哥们正扬着扳手，围拢在保时捷旁边，上上下下忙乎着。

外乡人没有回答，他的视线钉在正前方，似乎想用他的眼神杀死挡风窗上的一只苍蝇。

突然车窗上贴上来一个鬼脸，德·丽尔夫惊得一退。

"滚开！老酒鬼。"她气急败坏地把糟老头的头往窗外推。

"我有话要与小伙子说。"老头皮笑肉不笑地说，下嘴唇上挂着涎水，那满口的暴烈酒气令她作呕。

外乡人露出略为惊讶的表情："请讲。"

老头却示意他把头伸过来。

外乡人别扭的侧过他宽阔的肩膀，两个奇怪的男人就这样在德·丽尔夫人胸前交流着什么，近在咫尺，她却一个字也没听清。但那老头的表情无疑是威胁与警告。

"他讲什么?"德·丽尔夫人摇上车窗。

"他让我把他的酒账付了。"外乡人回过一个孩子般的笑脸。

"你被骗了。"德·丽尔夫同情地望着他。

"怎讲?"

"你听说过有那么一种人吗?没有工作,不务正业,专门在酒吧推销他们悲惨的人生,然后博取同情与酒钱,他就是那样一个人。"

"我没有听过他的故事,但我觉得为他付酒账是划算的。"

(他)还很嫩,她心想。不知怎么,有一种叫作愁绪的东西悄悄笼上她的眉间,她开始担心什么害怕什么怜悯什么。懂吗?年轻人,在这里年轻是最大的错误。她想起了切,那个25岁便名噪天下的不可一世的切,他死的时候才33岁,有人说他的死只是意外,但她知道那绝不是意外,那是一个阴谋。唉,20年过去了,回忆这些干什么呢?她有些咒怨自己,目光却落在外乡人的肩膀上,久久不散。

天色暗下来了,高原的阳光消褪得像响尾蛇一样迅速,那日渐浓重的夜幕加重了她内心的忧郁。

"还等什么?胆小鬼!"红头发亚当朝窗外吐了口唾沫。

"你先,674号公路。"外乡人面无表情地回答。

"674号?"红头发亚当不敢相信自己的耳朵,在轰鸣的引擎声中,他撕破喉咙喊道:"那是条死路!"

外乡人没有回答,只是冷冷地笑着。

红头发亚当把口香糖狠狠拍在后视镜上:"娘的,老子奉陪!"

保时捷像一条猩红的火舌窜了出去,卷起铺天盖地的尘土,空气里充斥着汽油味和焦糊的橡胶味。灰白色的宾利沉吼一声,轮胎发出惨烈的嘶鸣,震得地面悚悚抖动。德·丽尔夫人上身猛地撞在椅背上,一种令人窒息的压迫感扑面而来,她的喉咙里蹦出一个尖细的声音。你还是小姑娘吗?她不禁有点懊恼了。其实没有人能听到这个声音,高达150分贝的噪声早已堵塞了所有人的耳孔。

世界在顷刻间变得模糊,车窗外的三角叶杨嗖嗖飞过,此刻它们的影子紧密得就像自行车胎旋转的钢丝。颠簸与喧嚣中她终于明白许多问题:为什么不装转速表,为什么不装GPS,为什么不装车控电脑……那些问题的答案是如此清晰,因为你的眼睛根本来不及关注这些,甚至一眨眼一侧目都可以让汽车瞬间陷入失控。对手车尾甩下的尘雾迷离了你的双眼,层出不穷的弯道步步紧逼,你甚至来不及喘息,你所要做的便是紧盯路面,就像一条暴戾恣睢的蟒蛇的路面,它不停地扭动身躯,时不时回头射出冷嗖嗖的毒信子:一个高坎、一个水坑,或者干脆一个悬崖。

德·丽尔夫人的手指深深陷进座椅,胸口被安全带勒得生疼,她心有余悸地从窗外收回视线,目光垂落到她的车手身上。他在想什么?也许此刻,只有这个还有一丝生疏感的年轻人才能带给她些许平静。

前面的车尾灯陡然亮了,现在是黑夜。加利福尼亚州的黑夜浓得像墨汁,它很贪婪,很饥饿,似在发出咕噜咕噜的胃的蠕动声。那灼目的血红车灯突然模糊了,不,是变大了。疲惫的对手放慢了车速。他害怕了?外乡人挤挤干涩的眼球,腹底涌出一个带胃酸味的咆哮:来吧!

前方的车突然发生异动,一个女孩的尖叫刺破夜空,外乡人面色陡然变得凝重。他想起保时捷上还有一个妖艳的女孩,那种不谙世事却强为世故的孩子,她不应该在车上。千万不要迷恋一个车手,速度是这个世界上最不可靠的东西,它就像吗啡,把你抛入高空,当你重回大地时,才发现一切已经碎了。

他恍惚看见了红头发亚当的操作:松开刹车踏板,在入弯的一瞬,左晃方向盘,车头一沉,再闪电般地大幅右转方向盘,保时捷整个车身横着滑过去,轮胎啃噬着砂石地面,剧烈的刹车声穿刺着耳膜,泥砂四溅。

漂亮的操纵!

"不要相信漂移。"外乡人想起父亲的忠告,"弯角是为抓地力跑法而准备的,漂移永远比抓地跑法更慢。"

"坐稳了。"外乡人说。

德·丽尔夫纤细的脖子猛地倒向外乡人的肩膀,所有的禁忌与矜持都在一刹那崩溃,有个魔鬼般的声音说:"让车和人一起摇滚吧。"尖叫声像洪水决堤而出,撕心裂肺,吞没一切。她很久没有这么吼过了。

"弯道已经过了。"外乡人冷静地说。

她汗涔涔地坐正身子,双腮火辣。真羞耻,她看到了玻璃上的自己。

"前面那辆车呢?"她问。

"在后面。"

红头发亚当怒不可遏地把脚蹬在转速表上:"平生第一次被人超了弯!混蛋!"

他的女朋友无力安抚他的愤怒,她被颠了个七荤八素,保时捷豪华的车厢被她吐了个遍。

他左右扳动方向盘,却发现前面的宾利忽左忽右,亲密地堵在他面前,两条车轨缠绵得不可开交,使他无法超车。

"大爷踢你屁股!"红头发咆哮道。回头一看他有气无力的女朋友,又无奈地松开油门踏板上的脚。他焦灼地瞥了眼窗外,前车的尾灯光柱正好扫过这一片天空,他的瞳孔突了出来。"那是什么?"红头发惊恐的声音迅速被深不可测的夜空吞没了。

仿佛一种冥冥中的响应,前面宾利的前轮突然抱死,在路面硬生生地犁出两道深沟。德·丽尔夫觉得自己的心似要飞出挡风玻璃,却又被安全带扯了回来。"发生了什么?"

回答她的是一声巨响,她看得真真切切,正前方摔下一个庞然大物,把路面砸出一个大窟窿,金属零件四处飞散,其中一个零件把宾利的挡风玻璃砸出一朵拳头大的雪花形裂痕。

从天而降的是那辆色彩艳丽的保时捷,它的车前灯依旧忠实地工作着,斜射着漆黑的天空。车尾则摔了个稀巴烂,前轮兀自在半截斜支着的断轴上旋转着。

外乡人从残骸中拖出血肉模糊的红头发亚当,把哭兮兮的他塞进宾利的车尾箱。

"她死了她死了!"红头发亚当张牙舞爪地要与外乡人拼命,但他很快被轻易地制服了。外乡人检查了保时捷,那个女孩的胸腔破了个大洞,血液泛着泡泡涌出来,人已经没气了。

外乡人怔怔地木立良久。他想起三岔口老酒鬼的忠告,他不禁问自己,那种不可一世的自信、争勇斗狠的张狂是否来得正常?我还可以继续前进吗?或者我还可以掉转车头?但是车后的景象让他凄然一笑,尾灯所指示的方向分明是黑黢黢的深渊,后轮胎甚至是悬空的。

"啊,那里!"德·丽尔夫人颤抖地伸出手臂。外乡人顺着她的手臂望去,一个黑影正好路过保时捷前车灯的光柱,那是一辆漆黑如墨的双座跑车,它在窄小的光柱里转瞬即逝,但它的红色尾灯依旧留在夜色中,一明一灭。外乡人明白了什么,迅速登车起动引擎,向那辆幽灵般的车追去。

这是个漫长的夜晚,外乡人记得很清楚,卫星地图上显示674号公路只有区区170英里长,但是宾利却以时速100英里行驶了整整一晚,火花不停地从引擎盖边上蹦出来,火花塞扑扑扑的吭哧着。很多次他几乎已经被黑色跑车甩掉了,但不久,那红色的尾灯又及时亮起,像是暮色里的飘飘纱纱的亚历山大灯塔,天微微亮时,它又隐没在晨光之中。它就像是一个怪梦,消褪得无影无踪,让清醒过来的他禁不住怀疑那是不是幻觉。宾利跌跌撞撞地回到卡里寇镇,他的引擎爆掉了六个汽缸,引擎盖已经灼红了,烫得可以点燃香烟。外乡人怔怔地坐在驾驶椅上,沉浸在他的迷惘之中。红头发在拼命地踢车尾箱,外乡人却浑然不觉。突然,他从凝固的思考中苏醒,扭头轻吻了一下女人的脸颊。

德·丽尔夫人哎呀一声,面红耳赤。上帝,发生了什么?我岁数大得可以当他妈。她的胸脯像是有只兔子在上蹿下跳,她深深吸入一口气,顿时一股初恋般的眩晕击中了她。

"柠檬味?这车厢里有柠檬味。"她肯定地说。

外乡人缓缓地扭过头来:"你确定不是橘子味?"

没有人能真实地描述这场夜幕下的惊魂追逐,三个亲历者同时病倒了。难以用恐惧、精神上的刺激来解释他们莫明其妙的病症。他们的胃口倒是变大了,身子却在急剧消瘦,像是有幽灵在悄悄摄取他们的魂魄与营养。

雷耶博士带走了他们,这个小镇上每一个濒临死亡的人都会交给雷耶博士,他是唯一的牧师。在雷耶博士的精心治疗与老酒鬼的悉心照料下,他们竟奇迹般地恢复了健康。或许雷耶博士还有另一个职业:医生。

"真不知道该如何感谢您。"外乡人真诚地说。

"感谢死神吧,感谢它没有带走你。" 雷耶博士把头埋在一堆玻璃仪器后,娴熟地配制着溶液。他的背后弥漫着可疑的白气,蒸发皿里黄绿色的液体沸腾着,泛出油亮的泡泡,泡泡破碎之后，便有刺鼻的气味溢出。外乡人把目光从那不知名液体上抬离，落在雷耶博士长满肉疣的丑脸上。

"死神也开车吗？"外乡人似笑非笑地问。

雷耶博士的目光盯在他的滴管上，似乎没有听见这句话。外乡人走近博士的工作桌，饶有兴致地观察着他的工作。

"你是历史上第二个成功跑完674号公路的人。第一个，想必你已经熟知他的故事……"

"可是他付出了生命。"

"那只是个意外。"博士举起一个锥形瓶，在眼前耐心地晃动。

"不，这个世界太多追逐的游戏。一毫秒的领先也许需要用一生来偿付。这样的速度又有何意义呢？"外乡人平静地说。

"不！"博士把毛细管插入溶液，"生活中的交通规则对于一个车手来说是不适用的。在车手的词典里只有一个词汇——超车！"

似乎有什么触动了外乡人的内心，他安静地木立着。

博士从壁炉里取出一个火红的玻璃半成品，用铁钳夹住瓶颈："我需要一个水冷循环器，你可以帮我一个忙吗？"

外乡人帮博士夹住瓶身，博士则用凿子在瓶身了钻了个孔，然后，用另一把铁钳夹住瓶颈，从瓶身小孔里穿进，又巧妙地黏合在内瓶底。

瓶身里的热水流经瓶颈，被瓶外的冷空气冷却，再次进入瓶身,冷却瓶身内的热水,最后从瓶底流出。真是完美的设计。外乡人痴痴地欣赏着博士的玻璃工艺,心想这老头子真是个多面手。但他很快发现这个水冷循环器不能工作,因为瓶颈要进入瓶身,不得不在瓶身上凿个孔,但这样在水压下,热水会溢出的。外乡人把目光抬起,困惑地望着博士。

博士似乎读懂了他的心思,说:"只是实验品,没有应用价值。我这辈子无时无刻不在与这个我所寄居的世界抗争着,但都失败了,原因很简单,因为我生活在这里。深陷泥潭的人不可能抓着自己的鞋帮以自救。其实你也一样。"

"我?"

"不错。对于一个车手,他也在与这个摩擦之源——生活着的世界抗争着。他想超越,他想极速,可是他不是一个光子。上个世纪有个想与时间过不去的老头发明了相对论,让人看到了时间倒流的希望,现代科学却否定了这种可能性,但肯定了另一种与时间赛跑的方法——我们回不到过去,但我们却可以跳跃到将来。一个较高速运动状态的物体,时间流逝得比较低速的参照物更慢,从这层意义上,我们是活在将来不是吗?"博士咧嘴笑了,但这笑有几份怆然。正确的理论反照着可怜的现实,一个每天以F1赛车速度运动的车手的时滞效应累积起来也不会超过一毫秒吧,但是博士的话里却暗示着一种象征,一个车手生命意义的证明。

"你从前也是一名车手?"外乡人突发其问。因为他刚才注意到博士在忘情的演说中使用了"我们"。

博士从满脸红光的亢奋中恢复常态,冷冰冰地回答:"我是一名牧师，不希望再有第二次重复。"他把一台电泳仪器的线路装好，打开电源，玻璃容器里的溶液陡然变得浑浊，胶体颗粒在其中井然游弋。

"你在进行一项实验？"外乡人迟疑地问道。

"我曾说过，我爱好广泛。"博士仔细地观察着玻璃器里的温度计，"缓冲液对温度要求苛刻，人体温度对恒温环境构成糟糕的干扰……"博士揿灭了房间里的灯。

外乡人明白自己在这里不再受欢迎，便恭敬地告辞了。

"你个杂种！你害死了她！你害死了她！"红头发亚当像一头发怒的公牛，气汹汹地挥拳冲过来。外乡人躲开他的重拳，借势把他摔在地上。但亚当的狐朋狗友迅速提着酒瓶扑上来，一阵乱打。外乡人寡不敌众，被打倒在地。红头发亚当从地上爬起来，揪住外乡人的硬衣领，用膝盖顶住他小腹，恶狠狠地说："帅哥，大爷已不在乎在警察局的案卷上添一笔新债，今天，我要在你脑门上开香槟！"

"放手！"人群外一个低沉的声音呵斥道。众人回头一看，居然是那老酒鬼。

"老不死的，滚开！"亚当甩过去一块砖头。却被看似颓唐的老头机灵地躲开了。一个留着莫西干头的朋克青年狞笑着走过去。

"哎哟！"这个牛高马大的家伙痛苦地歪倒在地，哀声求饶。老头尖利的手指掐在他的虎口上。

"放开他！他救了你，你却执迷不悟。"老酒鬼威严地说。

亚当迟疑片刻，尖叫道："要不是他这个混蛋用下三滥的手段堵在我车前，我的车怎么会失控？"

"要不是他用车限制了你的车速，恐怕你早已一命呜呼了！"

亚当怔怔地松开手，外乡人像没事似地揩干嘴角的血迹，缓缓地蹲了下去，因为他看见人群外一双焦灼的眸子。

"我不信，我不信！我怎么会失手？100英里的时速我会控制不住？"亚当痛苦地摇着头，那晚恶梦般的情景像一条冰冷的蛇爬上他的后背。

"你的失控是因为你的眼睛看到不该看的东西了。你自己想想你那晚看到了什么！"老酒鬼严厉地诘问道。

"不，不。我什么也没看见。我，呜……我什么也想不起来了。"亚当双手抓着头发，坐在地上，嚎啕大哭起来。他的伙伴面面相觑，手足无措。

"他到底看到了什么？"外乡人走出人群，轻声问老酒鬼。

"山、树、戈壁，加州大漠风景而已。"老酒鬼似笑非笑地回答。

外乡人一愣："可是……"

外乡人想要追问什么，老酒鬼已踉踉跄跄地走远，扬着一个方形铁皮酒罐冲德·丽尔夫人邪邪一笑："老板娘，酒账记他的。"

"你不该来这里。"德·丽尔夫人轻轻揩拭外乡人脸上的血迹。

"674号公路是赛车的圣地,而我是一名车手。"外乡人脸上挂着几分年少轻狂,眺望着远方。在热浪的炙烤下,地平线像青烟一般扭动着身子。

"不,你不是。"德·丽尔夫人用她黝黑的眸子凝视他游离的目光,肯定地说。

"不错,我得承认,德·丽尔夫人也是卡里寇小镇的魅力之一。"外乡人眨了眨眼,便一瘸一拐地向酒吧走去。

德·丽尔夫人望着他的背影,发了会儿呆。他绝不是一名红头发亚当式的车手,因为他的理想里少了几分狂热,却透着一股与他年龄不相称的镇静。

虽然外乡人恢复了健康,但他还得与德·丽尔夫人、亚当一同定期接受雷耶博士的药物注射。

"博士,卡里寇小镇有图书馆吗?我来的时候路过教堂的祷告间,发现里面堆满了书籍。"外乡人一面配合老酒鬼的全面检查,一面问雷耶博士。

"教堂里的确有一间图书室,要知道卡里寇矿工的儿女们也得接受教育。你对哪方面的知识感兴趣呢?"

"关于本镇历史、风土人情方面的。如果可以的话,我想在里面待上一个下午。"

"没有问题。"雷耶博士背对着他对亚当进行检查,"但是,为了对你的健康负责,你最好信任我的治疗方法,不必偷偷把针头拔下来。"

外乡人讪讪地从口袋里掏出一个小瓶子:"小时候,我就不喜欢打针,尤其是这种在躺椅上坐一整天的点滴,所以我偷装了一小瓶,我还以为直接喝下去也能治病。"

"不必解释!"博士转过头,用意味不明的目光望着他,"只是葡萄糖液。"

"我知道,抱歉。"外乡人羞愧地垂下头去。

"好奇心是无济于事的,年轻人。以后我们打交道的日子还长着呢,你明白我的意思吗?因为你需要我。你离开我,或者卡里寇小镇,只有死路一条!"博士慈祥的目光突然射出寒光,连一旁迷惑不解的德·丽尔夫人、亚当都被逼人寒意刺得全身发毛。

"1849年,一队寻找金矿的牛仔们误入美国内华达山脉东麓的一块长208千米,宽8~18千米的山间盆地,几经磨难,方才脱险。从此,'死亡谷'之名不胫而走。死亡谷是北美最干燥的地方,年降水量不足100毫米。它又是全美最热的地方,最高气温达56.6℃。而死亡谷中最与众不同的还是它的石头。有人发现谷中的石头竟像动物一样,能够爬动。1969年,科学家们对谷中的石头进行仔细观察后发现,所有的石头在一年中都离开了它们原来的位置，移动距离最长达到 364 米。是什么力量赋予了石头神奇的生命呢？

"后来，一些采矿者在这一带发现了金、银、铜等各种矿产，到 19 世纪 80 年代，又发现了硼砂。不少人前来此地开采，直至今日还可以看到当年硼砂厂的废墟。至于炭窑，则大约建于 1875 年。炭窑的修筑主要是为了提炼矿石中的纯银，10 个窑一列排开，平均高度为 25 英尺 6 英寸，直径约 30 英尺，炭窑的外型就像是东正教的圆形尖顶，迄今窑里仿佛仍隐约可以闻到燃烧杜松的气味，因此，在那段时期死亡谷地区还出现了小市镇，卡里寇是其中最大的一个。

"卡里寇位于死亡谷西北缘，毗邻莫哈韦沙漠，这里原是印第安保留地。1881 年，大量采矿工人汇集到此地，在福克斯河畔建立了卡里寇小镇。鼎盛时，卡里寇有 20 多家酒馆，皮革厂、蜡烛作坊、铁匠铺、消防队一应俱全。卡里寇小镇原有崎岖小径攀附于大峡谷、河谷边沿，通至 67 英里外的白银谷，后来拓荒者们把小径加宽重建，铺以砂石，将之命名为 674 号公路。但因为公路弯急路险，地质条件复杂，建设之初便缺乏实地勘测与规划，投付使用后多有交通事故发生，不久便被废置。采矿工人宁愿绕道卡林硼砂矿和福克斯镇，再辗转至白银谷。"

外乡人合上《美国西部小镇旅游词典》，目光在一排排书脊上游走，突然驻停在书架最顶层的一摞牛皮纸包装的案卷上。他取下案卷，拭去密布的尘埃，一行蓝黑墨水字迹映入眼帘。墨水里的金属色素氧化后，字迹已经像水浸过后变得漫漶不清，但依稀还可以辨认出封面上的几个单词："674 号公路""交通记录"等字样，记录者不明。

"1883年5月13日；车型：福特；车牌号：RMBRWTC 911；罹难者：北星矿业公司老板亨利·莱斯；失事原因：不详。

"1933年6月19日；车型：道奇货车；车牌号：George 51237；罹难者：路易斯·卡罗琳，阿尔卡特·甄尼；幸存者：山姆·道格拉斯；失事原因：仪表失常，车体倒置……

"1935年9月9日；车型：普利茅斯；车牌号：Land of Lincoln 1984；幸存者：亨利·利蓝；失事原因：换挡时发动机熄火，仪表不灵……"

外乡人合上卷宗，重新抹上一层厚灰，小心地把它复归原位，然后他移开靠里墙的一排书架，这时，他按部就班的动作凝固了，书架后一个胡桃木相框撞进他的视线，他打燃火机凑到相框前。上面写着："1954，纽博格林"。照片中的男人站在一辆赛车前，高举着香槟。照片已经非常陈旧，霉菌与水汽侵蚀了它的表面，但照片上那辆漆黑的赛车，依旧反射着白冷的光。寒意透过玻璃镜面，让他看得出神。

外乡人从牛皮靴里取出一把窄小的匕首，小心翼翼地刮掉地板砖缝隙里的石灰，没多大工夫，便取下一块一平方英尺（1英尺＝0.3048米）大小的地板砖。他敲了敲地板砖下的水泥，传来中空的脆音。外乡人用肩膀擦擦腮帮，浮出欣慰的笑。他用书架上盖着的布一层层包裹铁锤，对着那块正方区域砸下去，一个沉闷的崩裂声，水泥块碎了。外乡人细致地掰开水泥块，以防止它们下坠进地下室发出刺耳的撞击声。外乡人清理出一个一英尺见方的窟窿，便灵活地攀爬下去。他对自己的位置感非常自信，他甚至能判断出自己着地的位置。地下室里堆满了汽车零件，且一团漆黑。要找一个合适的着陆点还真不容易。外乡人踩在一个变速箱上，"铿"地一声打燃他的火机，在那团昏黄的光团里，他的目光迅速扑到角落里一张偌大的帆布上。这光亮虽然幽微，但帆布下展露的一角黑漆仍旧反射着令人肃然起敬的威仪。外乡人走近那个庞然大物时步子有点踉跄，靴子不时碰着金属零件，当他明白自己是在逼近一个传奇、一个真相时，他已经顾不得那么多。

他颤抖着抓起帆布一角，以牛仔甩套绳的姿势掀起了它。在满天飞舞的尘埃中，一辆纯黑色双座跑车赫然入目。这辆可敬的美国跑车鼻祖克尔维特制造于1953年。几十年过去了，它光洁的表面仍旧如刚出厂时那般崭新锃亮，昏暗的地下室因它的存在而显得更明亮。它拥有一个庞大的轮距，轮拱近乎夸张地向外抛起，一个巨大的扰流尾装在车身后部以提供更强的高速稳定性能。发动机盖板上的"鲨鱼嘴"进气栅格就像一头猛兽翻着鼻孔；高尾鳍式车尾器张地耸起，就像在向不自量力的追赶者竖起中指。蛮横无理的正宗美式跑车，原始的机械结构、锋利的线条、令人心悸的大排量引擎、不可一世的马力与扭矩，浑身每一个零件都在诠释简单粗暴的设计理念。外乡人静静地欣赏着这头猛兽，似乎听到了它撕破空气的咆哮。

"该结束了。"一个苍凉的声音响起。车尾灯应声而亮，刺目的光柱让外乡人目眩神迷，这辆本应陈列在汽车博物馆的经典跑车突然从沉睡中苏醒，引擎的轰鸣震得地下室顶棚的尘土纷纷坠地。

雷耶博士从车窗探出头来："你是个好车手，但不是一个好警官。当我的引擎启动，没人能追上我，没人！"

外乡人微微抖动嘴唇："莫尔斯警长与他昔日的伙计们正在教堂外的每一个方向恭候着您。博士，不，尊敬的杰克·汉弥尔顿先生。"

"莫尔斯警长？"

"曾经被你在674号公路上戏耍过的莫尔斯警长先生，他是您的老朋友，他托我给您带个信，感谢您三十年来为他垫付的酒账。"

博士斑白的胡子里蹦出"哼"的一声："你以为那群蠢猪也可以围剿我？"

话音未落，轰的一声巨响，面朝公路的那堵墙颓然崩塌，在克尔维特致命的动力下，5英寸厚的砖墙像泡沫板一样不堪一击。转瞬之间，克尔维特已狂奔在空寂的旷野之中。排成群狼阵型的警车嚣叫着围追堵截。三岔路口，克尔维特急刹在674号公路路口画着骷髅头的警示牌前，像一头决绝的斗兽，昂首向它的仇敌告别。

警车们闪出一条笔直的通道，灰白色的宾利狂飙猛进至最前沿，闻讯起来的CNN记者的镁光灯也无法追踪它风驰电掣般的速度，他们的底片上遗憾地拖曳出长长的尾迹。宾利在克尔维特后50米处停住了，像是在对一位尊敬的长者致意。

"30年前，那辆幽灵般的克尔维特便是从这条674号公路上神秘的消失的，今天，它重现江湖，而它的速度依旧那么可怕。"CNN记者紧锣密鼓地向摄像机报导道。

在簇拥过来的话筒前，曾经的莫尔斯警长，今天的老酒鬼那张恐怖的脸笑得面目全非。

"莫尔斯警长，您是怎么发现克尔维特的影踪的？30年来您一直在锲而不舍地寻找这条漏网之鱼吗？"

"莫尔斯警长，观众朋友对30年前杰克·汉弥尔顿那次蹊跷的逃脱很感兴趣，您能详细为我们介绍一下当年的情形吗？"

"警长先生，您曾经因为那次失败的抓捕被当局处分。请问，这一事件是否影响到您的人生？还有您后来曾在674号公路上遭遇不幸的车祸，请问这一车祸真实的情形您还记得吗？"

"不，请不要称呼我警长先生，我现在并无任何公职在身，现在我是酒鬼莫尔斯，他们都这样叫我。我与杰克·汉弥尔顿过不去，是出于一段私人恩怨。当年，杰克这个混蛋从我的手掌中侥幸逃脱，给我的职业生涯带来灾难性的后果。而后来，我在674号公路遭遇车祸，又是杰克先生救了我的小命。所以我与他有一段说不清道不明的过节。"老酒鬼抿了口酒，蒜头鼻上泛出红潮，一段陈年往事涌上心头，就像一个腹底泛出的酒嗝一般充斥着复杂的气味。

外乡人示意警车停止警鸣，这午夜的小镇便陷入地狱般的宁静。

30多年前，两个传奇车手如双子星横空出世，赛车界无法评价两人的优劣，正如有人偏爱简单粗暴的美式车，有人偏爱操作性能优异的日系车。杰克·汉弥尔顿与阿弗莱·切便是赛车领域的两个美的极致。杰克·汉弥尔顿像狼噬血般迷恋速度,他的车采用压缩能力巨大的单涡轮,他毫不在乎低转速下的涡轮迟滞效应。一旦他的车进入直赛道,在单涡轮令人恐惧的压缩能力下,低转不足的差距在高转时可以轻易挽回。阿弗莱·切是弯道之王,他的车排斥一切现代电子辅助设备,甚至在高科技多气门引擎大行其道的时代,仍旧义无反顾地坚持使用旧式推杆式 V8 引擎。为了追求赛车转弯时的灵敏性,他完全不考虑一个车手所承受的颠簸极限,使用硬得不能再硬的弹簧以减小车身的侧向滚动。杰克·汉弥尔顿与阿弗莱·切谁才是那个时代的速度之王?纽博格林耐力赛成为两人正面碰撞的第一站。在那次盛况空前的角逐中,杰克·汉弥尔顿赢得了胜利。阿弗莱·切在逼近终点的一刹那,赛车失控,撞上了轮胎防护墙,差点丧了命。但是 20 天后,杰克·汉弥尔顿被剥夺了冠军资格,他被以谋杀罪告上了法庭。原来机械师出身的他赛前在阿弗莱·切的车上作了手脚。从此,杰克·汉弥尔顿开着他漆黑的克尔维特踏上了逃亡的不归路……

加州的莫尔斯警长在卡里寇小镇发现了杰克的踪影,这才有了 CNN 追踪报导的那场惊魂动魄的荒野大追捕。十年后,名噪天下的车王阿弗莱·切慕名来到 674 号公路,在直升机的跟踪拍摄下,以他高超绝伦的弯道技术跑完了全程。他完成这一壮举不久,便莫明其妙地撞上了一辆野营归来的校车。七名可爱的四年级学生遇难,阿弗莱·切便这样以不光彩的方式结束了他传奇的一生。以车技闻名于世的他竟然丧身于车祸,这真是个莫大的讽刺。没有人思考过这讽刺下的更深一层意义,除了他的儿子。那一年，他9岁。

外乡人从一名警官手里拿过扩音器，冷静地问杰克·汉弥尔顿："你为什么要救我？我认出了它，那天晚上就是那辆车引领我跑完了674号公路。"

一个怆然的笑在夜空里飘飘荡荡，就像是魔鬼的嘲讽。笑声过后的嗓音却又恢复了一个牧师才有的悲悯与慈爱。

"因为你是一名车手。我相信任何一名伟大的赛车手都不愿自己的后视镜里寥无人烟。他渴望有人同道，甚至赶超自己！"

"可是，你差点谋杀了我父亲。"外乡人手里的扩音器微微颤抖。

"不是差点，是已经。你以为切是怎么死的？哈哈哈哈，他为什么莫名其妙来到卡里寇镇？是想像开宝马的毛头小子那样兜风吗？当然不。是我，给他下了战书，这才策动了他来向魔鬼跑道挑战，他真蠢。他难道不知道除了我之外，这个世界上没人能驾驭674号公路吗？他试图挡在我前面，我欣赏他，但是绝不能容忍有人比我更快，在纽博格林不行！在巴纳维亚盐滩不行！在674号公路，更不行！当然，那是许久以前的事了，那个年少轻狂的年代……事实上，我第一眼便认出了你的身份，因为我认出了他的车。"老杰克的声音像山涧里陡然直下的湍流淌入宽阔的平原，变得波澜不惊。就像一个历尽沧桑的人，言谈中不再有爱、恨、遗憾与向往，只有淡而悠长的平静。

该死！他的父亲是切。我爱上了切，还爱上了他的儿子！

德·丽尔夫人不安地环顾四周,幸好夜幕为她掩盖了双腮的羞赧。

"不管怎样,我感谢你救了我,还有那特制的葡萄糖。"外乡人的言辞中不无讥诮。

杰克·汉弥尔顿没有回答,沉吟片刻后才说:"很好,你已经发现了那个秘密。有个伟人说,你不能在所有时间欺瞒所有人,更何况是这么一个机灵的脑袋。我曾告诫你,改装是多余的,一辆外表寒伧的宾利,注定拥有一种与生俱来的贵族气质。而我,用强酸溶液腐蚀了自己的容貌,却腐蚀不了那颗迷恋速度的心脏。那确是特制的葡萄糖液,经过手性分离后的葡萄糖,因为你们的身体并不能吸收普通营养物质。"

四下一片哗然,了解内情的人纷纷交头接耳,原来那奇怪的病症是因为身体不能吸收普通营养物质。可是,为什么?

"是什么启发了你,年轻人。"老杰克问道。

"我父亲的车祸。曾经,他的死带给我家的除了巨额的赔偿债务,还有巨大的耻辱。车手家族竟然要为一起恶性交通事故负全责。我恨我父亲!直到后来我长大成人,才慢慢明白一些事理,我想,以我父亲镇静沉稳的驾车方式,那次事故背后肯定隐藏着什么。于是我参考现场照片用石膏像复制了车祸时宾利里的情形,结果发现,我的父亲变成了一个左撇子。他在急转弯时偏错了方向,我推测,一定是他的身体发生了什么变化……"

现场寂静得只听见 CNN 的录音设备工作的沙沙声,新闻栏目负责人呲牙咧嘴地冲他的手下作着手势。

"为了亲历我父亲所经历的变化,我决定重温父亲的纪录。这便是我来到卡里寇镇的原因。父亲曾告诫我,在一条危险的跑道上应采用低底盘。谁都知道,低底盘有利于操控,但是车身高度还受限于另一个因素:空气动力。我很怀疑父亲的经验,因为气流从汽车上部流过和从底部流过的速度差造成了下压力,底盘离地间隙过小会使气流不能顺畅流过。也就是说,这是以牺牲速度的代价换来赛车的稳定性。后来我才明白父亲的告诫。这个世界上速度并不是最重要的,让轮胎死死地抓住地面才是至关重要的。正因为我使用了很低的底盘,才让我避免了像亚当那样从高空跌下的厄运。要知道,674号公路是一条'空中索道'。甚至,它根本不属于我们这个世界……"

喂喂喂,小伙子,这不是天方夜谭节目,新闻栏目负责人暗暗叫苦,这话越说越离谱了。

"他不仅要感谢他的父亲,还得谢谢我。"老酒鬼莫尔斯对德·丽尔夫神经兮兮地说。

"为什么?"

"是我忠告他要在夜幕里驾驭674号公路。"

"夜晚岂不是更危险?"

"不。如果你了解674号公路是长在天上的话就不会这样认为了。有时候蒙着眼睛过钢丝比睁开眼更安全不是吗?"

"长在天上?"德·丽尔夫人一脸茫然。她想起那辆在光柱里一闪而逝的幽灵车,它似乎也行驶在天上。

"没错,如果你是在白天的话,你会发现自己就好像行驶在天花板上，戈壁与天空倒置了。"

他喝醉了吗？德·丽尔夫人怀疑地打量老酒鬼迷离的眼睛，问："那你是怎么知道的？"

老酒鬼摸了摸自己惨不忍睹的脸，皮笑肉不笑地说："这便是我与674号公路亲热时留下的纪念。"

"至于它为什么长这样我也不知道。"他自言自语，太奇怪了，这又不是过山车，这是他30年未解的疑难。

外乡人对四周的议论置之一笑，接着说："我查阅了这条公路上自1883年来所有交通事故的案卷，结果从少数几个幸存者的笔录中发现一个现象，那就是所有失事的车都有仪表失常，指针指向莫明其妙的红线区或一动不动。另一个来自《美国加州地质调查》的发现是，在这片内华达山脉东麓的三角盆地里，存在一个极大的磁异常，这个磁异常也许便是仪表失灵的原因，死亡谷石头的奇怪自移现象也可以得到解释，如果它是一块铁磁性石头的话，但这还只是674号公路奇妙性质中微不足道的一个。

"就像一个玻璃球在天鹅绒桌面上滚动，它的底下会陷下一个小坑，20世纪的物理学表明，我们的宇宙空间也是弹性的。一个质量巨大的天体会在它的周围形成一个黎曼几何描述的'小坑'。在这个小坑内光线发生了弯曲。同样，在674号公路地底下这个强大的磁性能量场里，一些奇异的拓扑性质表现出来。比如，将674号公路弯成了一个莫比乌斯环（见注释）。"

莫比乌斯环？这是魔术师经常玩的小玩意。而外乡人也正像一个魔术师，悄悄揭开一个奇妙的帷幕。新闻栏目负责人激动地抖了下手。

"莫比乌斯环只有一个面，而且它是闭合的，这便是我的宾利以时速100英里行驶了一整晚仍旧没有尽头的原因，但是674号公路并不是一个三维世界的莫比乌斯环，事实上，在我们的空间中设计一条莫比乌斯公路是行不通的。因为我们无法想象公路的背面是什么。而在更高的维度上，674号公路却有它的另一面，我们就像莫比乌斯纸带上的蚂蚁，可以浑然不觉地爬到纸带的另一面去。但是前提是你最好不要看你的车窗，因为窗外倒置的景象足以让一个高超的车手神志昏聩。"

红头发亚当心悦诚服地点点头，曾经他自认为车技比肩杰克·汉弥尔顿，现在才发现自己就像是莫比乌斯纸带上的一只蚂蚁般渺小不堪。

"是的，我们无法想象674号公路在四维空间里是怎样扭曲的，但是我们可以借助三维莫比乌斯纸带上的扁形虫来理解它的另一个性质。扁形虫跟我们的手一样，不存在一个对称面可把它割成两个相同的部分。也就是说它是非对称的、手性的。让我们看看一只扁形虫沿莫比乌斯纸带爬一圈会发生什么：魔术师会告诉你，扁形虫爬一圈回到原地，它竟然会整个翻了个边，它的左脚变成了右脚，它的右触角变成了左触角。我们固然不是扁的。但在四维的空间上，我们却是'扁'的，而且我们也是有左右之分的，这样，当你成功沿674号公路跑完一圈，你会发现自己整个翻了个边，右撇子变成了左撇子，甚至在你身体内螺旋着的氨基酸和DNA也转了向，以致你的身体不再能吸收自然界的左旋氨基酸和右旋糖,所以我们这些可怜的扁形虫,不得不依靠杰克博士生产的'特殊营养液'才能苟延残喘……"

众人一片哗然。原来,博士的灵丹妙药不过是手性分离过的葡萄糖液和氨基酸而已。

"你现在明白为什么我要给杰克那混蛋干活了吧?"老酒鬼问德·丽尔夫人。

"因为你同我们一样。"德·丽尔夫人眨眨聪慧的睫毛,"真有意思,30年前他从你手掌里逃脱,30年后你栽在他手心里。"

老酒鬼莫尔斯脸一红,气急败坏地辩解道:"我忍气吞声帮他干活是为了收集他的犯罪证据,你以为我真的是个老糊涂?你以为!"

他气冲冲地跑到宾利前:"还等什么,年轻人?把老杰克抓捕归案吧!"

"你以为你能跟上他的速度?"外乡人反问他。

老酒鬼摊开一张地图:"我已经在各个交叉路口设下重重路障,老狐狸这次插翅难飞!"

外乡人一笑:"你还想重蹈覆辙?"

老酒鬼一愣:"怎讲?"

"674号公路与这块地方的其他八条公路根本没有交点!"

"不可能!"老酒鬼指着地图。

诚然，至少有两条公路与674号公路交错着，看起来如此。外乡人想起那个"水冷循环器"，看起来必须在瓶身上凿个孔才能让瓶颈弯进去，在三维世界它们必然是交错的，但是在更高的维度呢……

外乡人摇摇头："不要相信你的眼睛，这是你告诉我的经验。"

"可是这并非视觉错误，用数学知识也可以证明，从每个小镇到三个矿山各有一条路，总共九条路，不可能使这些路互不相交。"老酒鬼用红笔在地图上演示起来，这一刻，他一点也不糊涂。

"你的数学没错，可是那是在平坦的三维空间。如果你是在莫比乌斯纸带上设计你的交通图，你会发现，的确可能存在一条路，它连通卡里寇与白银谷，可以与其他任何一条路都不相交！"

老酒鬼目瞪口呆，愣在原地。

"唯一能缉捕杰克的方法只有一个。亚当，告诉这位古板的警长先生，方法是什么？"外乡人微笑着说。

"唔……"亚当迷惘着，猛一拍脑袋，"当然，是甩脱，哦不，是追上他！"

"没错，追上他！"外乡人赞许地拍拍亚当的肩膀，冷不防亮出一把亮晶晶的手铐。

"啊你！你干什么？你究竟是谁？" 亚当回过神来时，他的手已经很无辜地被铐上了，而且手铐的另一头，是他绝对啃不动的老骨头——老酒鬼莫尔斯。

外乡人依旧微笑着:"你很讨厌的而且很想用你的保时捷装甲屁股顶翻的本·杰明警官,就是我。小子,你需要为在洛杉矶 28 次闯红灯与 13 次恶意拒捕负责。莫尔斯警长,他就交给你了。"

老酒鬼莫尔斯举举他精瘦却强壮的手臂:"没问题。"

本·杰明警官朝德·丽尔夫人挥挥手:"小姑娘,我需要你坐在我的后面。"

"姑娘们,搭错车真是一辈子的遗憾。"德·丽尔夫人小声嘀咕着,矜持地移动着脚步。

"坐后面?"

"是的。我需要有双灵敏的手放在我的肩膀上,当前面出现左转弯,便用你的左手掐我的左肩膀,出现右转弯则用右手掐我的右肩膀。有位哲人说,习惯使我们的双手变得灵巧,却使头脑变得简单。我的父亲因为可怕的习惯送了命,并因此导致不可原谅的悲剧。我并不想重蹈他的覆辙。"

"我明白了。对于一个高明的车手来说,一些临机应变的操纵在专业训练下变得像本能一般迅捷,但是当左右颠置后,这本能却是极其危险的。因为这种反应根本没有经过大脑。"德·丽尔夫人长长的睫毛下眼波流转。

"很对。那还得看我肩膀上的疼痛能否战胜强大的本能反应。"本·杰明意味深长地说。

"当然，老娘的手指可不是吃素的！没少掐那些想揩我油的臭男人。"德·丽尔夫人笑得花枝乱颤，引擎在同一时间起动，震耳欲聋的轰鸣声让现场的气氛一下子沸腾了。其他警车却保持着难堪的沉默，因为他们知道674号公路不是他们所能驾驭的跑道，传奇的杰克·汉弥尔顿更是令他们望尘莫及的遥远背影。

德·丽尔夫人把手轻放在本·杰明宽阔的肩膀上，她的手就像灵敏的探针，可以把他的内心清晰地读出来。他真像他的父亲，我早就应该看出来，唉，晚了，我竟然会……

幸好，难以启齿的心理活动很快被撕破空气的啸叫声打断了。

克尔维特轮胎在地面上疯狂地原地打滑，眨眼间便射了出去，漆黑的身躯很快与沉沉夜幕融为一体。那是一辆魔鬼的跑车，只有在黑暗中，它才会爆发出令人望而生畏的动力。灰白色宾利粗大的排气管喷出愤怒的火焰，1600转就迸发出650牛米的最大扭矩，让它拥有一种与它的贵族血统不相符的暴烈脾气。它化作一枚制导导弹紧紧咬住克尔维特的尾巴，身后的地平线与人群迅即像长镜头一般拉远……

1954年，美国犹他州，巴纳维亚盐滩。电子表定格在4.996秒，这是555米直线距离里一条崭新的纪录。福特车手、摩托车手，甚至4000马力V10柴油发动机集装箱货车司机都疯狂地与年轻的杰克拥抱。只有一个冷峻清瘦的脸庞面朝着雪白的盐泽，冷冷地笑着。

"切,你知道'雷电'战斗机的时速是多少吗?380千米,我在555米距离内跑进了5秒,我比它快!"杰克欣喜若狂地向他的伙伴历数世界的各项纪录。

"你见过蝰蛇的行进路线吗?"切挂着意味不明的笑。

"什么?"

"沙漠中蝰蛇行进的路线,那是多少美妙的波浪形,而你,只会让你的轮胎在一望无垠的盐泽上惯性前进,看那丑陋的、笔直的辙印,不觉得羞耻吗?"

杰克呆住了,庆祝的人群把香槟洒在他的头上,他却浑然不知。

"弯道上的冠军才是真正的速度之王!"切丢下这句掷地有声的话,跨上他那辆与盐泽浑然一体的宾利绝尘而去,激起的细碎盐粒扑打在杰克僵硬的脸庞上,他舔到了满嘴的咸腥与苦涩。

"弯道上的冠军才是真正的速度之王!"30多年前的那句话似乎从宽阔的盐泽上飘来,在深壑空谷里激荡回响,老杰克的嘴角挤出一丝狞笑。他打开车载电脑,智能电脑迅速用醒目的红色标示着一个急剧的发夹形弯道。老杰克连减两个挡,右脚本能地大踩一脚刹车,克尔维特的尾部伴随一声嘶叫,向右滑移,他快速地回转方向盘,并重压油门,后轮乖巧地恢复抓地,停止横滑,两个固特异轮胎冒着青烟,几乎变形到它们的物理极限,强行制止住惯性飘移,回归到正确的路线上。

连续几个缓弯与简单直角弯后,车手不祥的直觉漫遍本·杰明的全身。前面几道深深的刹车痕迹割过他的眼球,"坐稳了!"他大喝一声……

直升机上密切跟踪的CNN记者突然扯掉耳机,跳了起来:"那小子在干什么?他的车速至少挂到四挡以上,他跟他的父亲一样是个疯子!他竟然想以全速穿过那个发夹弯!"机载雷达很快传来宾利的车速:每小时180英里。

"当车子达到一定速度,人类晶状体就会像一个弹簧压缩至它的极限,这时眼睛四周的景物会模糊一片,我们只能看到两眼之间极狭小的一块,那也许就是你鼻子尖上恐惧的汗珠。"30年前父亲的声音萦绕在他的耳旁,就像变速箱内同步锁环内锥面与齿轮外锥面的摩擦音一般清晰。他毅然闭上眼睛,视网膜残留着前车尾灯的拖曳,让最后一帧嘲笑的画面见鬼去吧!他默数着三、二、一……他猛地将方向盘扭转270度。

宾利发出协和客机着陆般可怖的摩擦音,车底盘的优质空气弹簧"铿"的一声断裂了,转弯时的侧倾超出了它的弹性极限。德·丽尔夫人尖叫一声,绷断安全带飞了出去,横撞在钢制车身上。亏得德国莫泽尔工厂优良的历史传统,特型钢的车身承受住了她的撞击。尖利的石壁棱角像电锯切割着宾利碳纤维的车门,德·丽尔夫人的腮帮咯吱作响,就像有一把钢锉啃噬着她可怜的牙床。窗外火花飞溅,像礼花般绚烂。

CNN记者激动地一抖,尖叫道:"他成功了!他牺牲掉一扇车门,让车身与石壁强行磨合,强大的摩擦修正了宾利的路线,现在他开始全速狂飙……宾利现在就像一头尖角上涂着鲜血的公牛,它前进的呼啸甚至带动了道路旁的有刺灌丛!现在已没有什么障碍可以阻挡它的前进!它飙了!它飙了!它与克尔维特之间只剩下直线距离,直线!该死,它飙出了我们的视线……"

"混蛋,你这天上飞的居然跟不上地上跑的!"新闻栏目负责人踢了前面的驾驶椅一脚。

飞行员很无辜地哭丧着脸:"尼古拉斯·凯奇还曾驾驶福特野马甩脱过警用直升机呢。"

后视镜里一条滚滚黄尘汹涌而来,很快就将席卷澎满整个镜面。杰克的脸庞上滚下一颗浑浊的老泪,车顶铿然一声折叠进舱,旷野的风凶猛地灌进车厢,切割着他的脸,泪滚过的河床(老脸)顿时干涸。

防抱死制动系统的制动液已然焦干,刹车无奈地发出尖利的呜咽。呛鼻的尘埃与汽油味散尽后,车内响起一个喑哑的嗓音,伴随着震颤的吉它弦音:"时间走了,一切是云烟,记忆散了,一切是少年……"

老杰克伏倒在方向盘上,肩膀微微抖动。

宾利在50米外戛然而止,年轻车手有节奏地打着前灯,向前面的对手关切地问候。

"让我像一个车手那样死去吧!"一个苍凉的声音在深幽空谷里飘飘荡荡。

宾利低沉有力的引擎声应声熄灭,恭敬地保持着沉默。

克尔维特四只轮胎发出破败的哀鸣,倏地弹射出去,深不可测的黑谷迅速吞没了它。

清晨,宾利"扑扑扑"地蹒跚归来,迎接它的是长枪短炮般严阵以待的摄像机。

"奇怪,车内的柠檬味清香又变回了橘子味。"德·丽尔夫抽着鼻子,湿漉漉的发梢紧贴着额头,眸子深陷在眼窝里,幽亮之中还残存着一丝惊惶与余悸。

本·杰明从座椅上取出一个小瓶子,微笑说:"这里面装有一种叫柠檬烯的有机物,存在两种手性亚类,一种是柠檬味,一种是橘子味。这意味着我们从左撇子状态又回归了正常。"

德·丽尔夫人的嘴巴张成O状,一眨不眨地望着这个神奇的车手,似乎他浑身都在释放神秘的气息。

一向少年老成的本·杰明在这火热的目光里也不禁窘了。他下意识地挠挠肩膀,又左张右望,说:"小姑娘,如果你愿意的话,你可以一直搭我的顺风车,到这个世界的每一个地方。"

哦!上帝。德·丽尔夫人的胸口像引擎盖一样"突突突"跳动,心脏比昨晚的弯道惊魂还要难以控制。她一脚把一个试图爬上车来的记者踢下去,目光落在本·杰明惨不忍睹的肩膀上,莞尔一笑,用小姑娘的声音说:"当然愿意。只是,你真的不怕我掐吗?"

注释：1858年，德国数学家莫比乌斯发现：把一根纸条扭转180°后，两头再黏接起来做成的纸带圈，具有奇妙的拓扑性质。

唐粒日记

穿越时空脱口秀

文／脑洞猴子

柯翔两只手紧紧抓住墙壁的边缘,奋力将身体拉了上去。他回头向康利招招手,示意他跟上,就从墙上跳进了唐粒家的院子里。

娱乐记者是越来越难做了。柯翔揉了揉自己被震痛的膝盖。他刚当上狗仔的那一天,怎么也想不到有一天他会为了抢新闻溜门撬锁。

柯翔倏地翻过窗子进入室内,然后环顾四周。在他身后,康利慢吞吞地爬了进来。

房间里没开灯,只能模模糊糊地看到一张长方形的办公桌,旁边还有两个书架。

"作为这个星球上最会讲笑话的人,"柯翔说,"唐粒的房间怎么装修得这么没品位。"

康利把工具包丢在地上:"你要找的东西在哪儿?"

柯翔伸手抓了抓脑袋顶上的头发,发现自己的发量比起前几天又有了明显的减少。他恨恨地咒骂了一句。他其实不怕秃顶,他怕的是秃顶了还仍然一事无成。

"在那儿。"柯翔用手指了指办公桌。两个人快步走过去。

房间里漆黑一片,但柯翔要找的东西却格外显眼。一台AX公司2280年款的AI电脑,机身上的LOGO在黑暗中闪闪发亮。

"就是这个?"康利尽量压低声音。

"没错。"

柯翔伸手打开电脑,蓝色的投影屏幕在两个人四周展开。"请输入密码。"电脑冷冰冰的提示声音。

"用不着。"柯翔从背包里拿出个人电脑。他蹲在地上,手指飞快地在键盘上舞动。

"几十年前的老产品,要破译密码应该不会很难。"

康利像盯着詹姆斯·邦德一样盯着他的脸:"你从哪儿学的这一套东西?"

"应该是在某个小网站上,"柯翔的眼睛没有移开屏幕,"记不太清了。"

"别这样。"柯翔低声说道。

"碰到了麻烦?"

"卡在最后四位,怎么也解不出来。"

"喔,"康利站起身来,开始在房间里四处走动,"或许我们可以看看他书架上书的摆放顺序,或者……"

"天哪。"柯翔的五官纠结在一起,"你小说看太多了,你真觉得会有人用那种方法来记密码?"

"那我们怎么办?"

透过电脑发出的昏暗的光线,两个人互相盯着对方的脸。一阵尴尬的沉默在空气中蔓延。

"A732。"房间的门口处,一个沙哑的声音说道,"那是最后四位密码。"

两位不速之客在原地呆住了大约五六秒钟,一动也不动。接着,柯翔首先回过头来,看到了门口站着的唐粒。

"看起来你们不欢迎我加入你们。"唐粒关上门,走进了屋子。

一阵可怕的寂静。

唐粒将手里的咖啡放在办公桌上,走到窗前。窗外的光线照进来,照在他酒红色的睡袍上。

"这么晚还不睡啊,唐粒先生。"柯翔用发抖的嘴唇把这句话挤出来。

"哦,明天是我的喜剧学校落成仪式。我在准备明天在仪式上的演讲。"

"您创办的学校?"康利问。

"嗯。"唐粒点点头,从办公桌的抽屉里取出一支烟,放在嘴里点燃。

"我现在很生气,因为你们的出现打断了我写演讲稿的思路,我现在一个字儿都写不出来了。你们最好告诉我,你们半夜溜进我家里到底想干什么。想偷我的内裤拿去拍卖吗?还是想偷看我洗澡？"

康利被这段话逗得哈哈大笑。

"严肃点！我说了我现在很生气！"唐粒大叫，"我说的有那么好笑吗？"

两个记者脸上写满了尴尬。"您说出来就很好笑，先生。"柯翔说。

唐粒闭住眼睛，深深吸了一口气："你们想从我的电脑里找到什么？"他睁开眼睛，问面前的两个人。

"我们听说，您有写日记的习惯，"柯翔回答，"所以想把您的日记拷贝出来。"

"日记？你们要那个干什么？"

"想知道您的过去。"柯翔尽量不让紧张影响自己说话的逻辑，"您已经出道二十年了，没人知道您是怎么成长起来的。您也从未对人说过，您是怎么发现自己的表演天赋的。您是个横空出世的天才，所以大家都对您的过去感到好奇。"

"我明白了……"唐粒若有所思。他在原地站了好一会儿，一言不发。两个人坐在地上，等待着。

"你们赶时间吗？"唐粒边问边转过身子，"有时间读完我的日记吗？"

"您的意思是说您要把日记读给我们听？"柯翔坐直了身子，"就在这？"

"不是我读，我让电脑读给你们。为什么不？"唐粒走过来，站在两个人身后，"我有好多年没翻看过这些日记了。正好我现在也写不出稿子，跟我家里的两位不速之客一起看看我的日记没什么不好，说不定我还能从这里得到灵感呢。当然，前提是你们有足够的时间听完这个长故事。"

"我们有，有的是时间。"康利急不可耐地调整自己的坐姿。

"很好。"唐粒说道，"电脑， 朗读我的日记。"

"从哪里开始播放，先生？"

"2280 年。"

唐粒日记 2280 年 12 月 9 日

哦，该死的。

在过去的几个小时里，这几个字一直充斥着我的大脑。

该死。

我以为我经历过足够多糟糕的事儿，已经没有什么事能让我感到痛苦了。今天我得说，我对曾经有过这种想法感到惭愧。

我根本不知道有谁会发现我的这些日记。可能永远也不会有人发现，它们最后只能跟我的时空车一起成为一堆垃圾。不过我还是想写出来。这么曲折荒诞的故事发生在我身上，不把它写出来实在可惜。

那么，从何说起呢？

我是一个脱口秀演员。你知道的,就是那种挤眉弄眼,在台上配合着各种浮夸的动作讲一些幽默段子,以此来博台下观众笑声的奇怪生物。老实讲,我很想说我是个出色的脱口秀演员。但实际上……我差劲透了。我也不知道为什么,每回上台我都努力挤出一副笑脸,但结果……就像我想用羽毛轻轻搔观众们的脚心,但他们感受到的却是我在用指甲狠狠挠他们的脸。有时候很好笑的故事从我的嘴里讲出来,底下的观众不但不会笑,还会被我浮夸的神态和动作吓到。

这种情况大约持续了3年。我已经放弃了任何努力,确定自己会庸庸碌碌地过完一生。

直到一个月前。

说一个月前好像也不太准确。但请原谅,由于时间旅行的缘故,我实在不知道怎么说才比较严谨。

那天早上,我接到一通跨时空电话,是由时间管理局转过来的,来自2300年。这让我感到一阵疑惑和紧张。一般情况下,只有大人物才会接到跨时空电话,因为他们可能有未来或者过去的工作要办理。像我这种小角色,连给我打普通电话的人都没几个。我接起电话,电话那头的声音听上去像是个50多岁的中年人,用嘶哑的嗓音说了一大段话,邀请我到2300年进行脱口秀表演。

我当然不会相信。那是世界级巨星的待遇。如果我是个举世闻名的脱口秀演员,优秀到作品可以永远流传下去,那么或许几百年后,未来的人看到我的作品之后,会邀请我到未来去演出。但以现在的情况,我作品的保质期都不如我的午餐。

电话那头似乎知道我不会相信。那个沧桑的声音摆出了一大堆理由来证明自己不是骗子。他告诉我，我的表演风格只是不被我所处的时代接受而已。在 100 年后，我的表演风格会得到大众的广泛认可，还会被各大媒体授予好多乱七八糟的奖项。在通话的最后，电话那头说了一句："你也不想像那些历史书里的艺术家一样，死了之后再出名，对吧？那就太可惜了。"

该死的。最后那句话让我开始动摇了。

我仔细地考虑了很久。我确实不想在 30 岁的时候就让生活把我困住。自从意识到我有可能一辈子都用这样一种尴尬的方式谋生之后，我每天早上起床都会觉得筋疲力尽。

再说，最差能差到哪儿去呢？第一，我也没什么好骗的。第二，每通时空电话都是经过时间管理局审查的。如果这是诈骗电话，那它引起的后果应该会导致时间线的混乱，而时间管理局肯定不会允许这种事的发生。第三，如果我不去的话……这辈子搞不好真的会这么腐烂掉。

时间旅行是个麻烦的事，尤其是对于我这种没有时空护照的人来说。我得去时间管理局办理护照，得准备一大段演讲跟那群整天绷着脸的工作人员说明这次时间旅行的目的，还得做各种让人浑身不舒服的体检和心理测试。

那些项目里还包括了直肠检查……

最后，他们会要求你在他们那儿购买一台性格机器人。这种机器人内置了模拟人格，可以跟人聊天。5 年前，汉森公司推出了这款性格机器人，当时在市场上很受欢迎，那时候全世界平均每4人就拥有一台性格机器人。但自从2年前，汉森公司的总经理忍无可忍地把那台总挖苦他秃顶的机器人从他三十楼的办公室扔了下去，并砸死了正在楼下打电话的CEO之后，这种机器人的销量就开始急剧下滑。现在，他们靠着跟时间管理局搞捆绑销售才能维持公司的运转。对于这种荒谬的行为，时间管理局的解释是：购买一台性格机器人可以有效保证您旅途上的安全，并缓解您旅途中的不适。

最让我受不了的是，我不能自己挑选机器人的款式。他们强制卖给我的那台机器人是粉红色的。那种很俗的粉红色。

要是我再老个10岁，这一套程序很可能会要了我的命。不过不管怎么说，一个月以后，我还是拿到了护照，并且在今天早上登上了这辆让我切齿痛恨的时空车。

我在上车之前担心过很多问题。担心适应不了100年后的生活方式、习惯不了100年后的食物，等等。但现在我发现，这些担心都是多余的。

因为我根本没能成功到达100年后。

你大概猜到了。时空车抛锚了。它出现在了2280年的一个废弃工厂里。我的目的地是2300年，而我现在跟身后的这辆倒霉的时空车和那台机器人一起困在了2280年。现在，我躲在车里不敢出去，因为周围空无一人，还冷得要死。

时间管理局那群蠢货，他们连我的屁眼都检查了，却不知道检修一下他们的交通设备！

真该死。

这会儿，我本来应该顺利到达 2300 年，被我未来的粉丝们热情地接待，并且享用美食和好酒的。现在，我只能在这里，缩在时空车里写日记。

等我死在这里之后，就算尸体能被人发现，那个人肯定也没有闲情逸致来检查车里的日记。估计连我的死法都没人想费心思去猜。我马上就要不明不白地死在这个陌生的时代了。

额，别，还是别这么悲观。粉红色机器人刚刚对我说了一番话，让我觉得情况也没那么糟。

这个小机器人刚刚告诉我，我们抛锚在一个废弃的工厂里面，这里面有可能有可以修好时空车的材料，而它作为跟时间管理局一起捆绑销售的机器人，拥有修理时空车的技能。时空车里面，目的地坐标还在，所以修好之后，应该还是可以顺利到达 2300 年的。

情况听上去乐观了不少，是吧？开干吧。

2280 年 12 月 9 日

竟然成功了！

我收回刚刚骂命运的话。它现在对我非常好。说真的，头一次知道原来我也可以是被幸运女神眷顾的那一个。

这个粉红色的、说话非常难听的小机器人帮我完成了大部分工作。一睡醒，我们就把工厂里所有能派上用场的和我们觉得能派上用场的零件全搬了出来，准备大干一场。老实说，虽然我很讨厌时空管理局的捆绑销售政策，但是这一次，这个机器人帮了大忙。在它的指导下，我们用了两个小时，就把车修得差不多了。

我是不会用一大堆数字和技术名词来描述我们修车的过程的。这只是日记，不是《火星救援》那类的小说。

现在，那个粉红色机器人正在进行修车工程的收尾工作。机器人刚刚说，大约5分钟之后，我们就又可以出发了。棒呆了，对吧？高兴得我给这个机器人起了个名字。我决定叫它"唐文"。我看过一部小说，里面有一个挺有意思的机器人叫"马文"，所以我借用它的名字，并且给它赐了个姓，叫它"唐文"。

从没这么高兴过。我已经迫不及待了。

2280年12月9日

时空车修好了。

它确实修好了。

然后它开走了。

我没来得及坐进去。

有一部很老很老的电影——《蝙蝠侠：黑暗骑士崛起》。电影里面，贝恩把蝙蝠侠关进监狱时，说过这样一句话："在这个监狱里，我明白了，没有希望，就没有真正的绝望。"

你猜怎么着？这话我现在也明白了。

并不是想夸大我的痛苦，但是我觉得，蝙蝠侠当年在监狱里感受到的绝望也不及我现在的一半。几分钟前,我就站在旁边,眼睁睁地看着唐文修理那辆时空车。谁能想到,车修好之后,我只是走上去拍了车身一下,它就自己开走了?

20 年后,也就是 2300 年,在那儿等着迎接我的人们会接到一辆空的时空车。里面搞不好还有我昨天抽剩的烟头。

好吧……一直在这儿待着也不是办法。如果想在这个年代生存下去,我得先往人多的地方走一走,然后再看看……有没有收容中心来救济我这种流浪汉,或者干脆偷点东西。退一万步讲,就算要死,我也想先把这个时代逛一逛。

说到换个地方,我忍不住又往四周看了看。在我的周围,我只能看到废弃的建筑、散落满地的废品,还有冷冰冰的地面。

这里该不会是这个时代最繁华的地方了吧?

"真是糟糕的一天。"柯翔看着屏幕上暂停的画面说。

"糟糕,但是很精彩。"身后的唐粒回答。

"后来怎么样了?"

"后来就是你们熟悉的情节。我漫无目的地瞎逛,走到了一条街上,然后就碰到了一个记者来采访我。"

"然后,"柯翔接过话柄,"那段采访视频就让你迅速火了起来。"

"没错。"

"我很好奇,"康利转过身子,"100 年前你所处的那个年代，跟现在有哪些不一样？"

"对我来说，感受最明显的是那时候我们的语言还没有被净化。我们可以随意地骂人，脏话每天都挂在嘴边。"

康利偏过头，仿佛在用力想象出唐粒嘴里描述的情景："那一定很可怕。"

"不。"唐粒使劲摇头，"我觉得脏话有益健康。而你们，生活得非常不健康。语言净化运动绝对是历史上最反人类的一次运动。那是什么时候的事来着？"

"语言净化运动吗？"柯翔的眼珠子转了转，"2250年。"

"幸亏我错过了那段历史。"唐粒提高声调，"瞧瞧你们，不光不说脏话，连'该死''笨蛋'这种词都很少用。在迫不得已的情况下，当你们需要用到贬义词时，你们就用'不好''不美''不聪明'这种说法。你们可以想象一下这种场景：大街上，一个又瘦又小的年轻人飞快地朝一个年轻女孩冲过去，抢走了她的手提包。女孩冲着他的背影大喊：'你这个不聪明的家伙！太让人不高兴了！'光是想想就让人不适，对吧。在我看来，要发泄自己内心的怒火，几个简单的词汇就可以搞定。或者更简单的，只需要三个字。"

"我不知道你们还能坚持多久。按我的看法，你们早晚要憋出事儿来。在语言文化里面把脏话这一项去掉，就好像建房子的时候不要厕所，理由是厕所不是个雅致的地方，有碍观瞻。至于这些可怜的被剥夺了排泄权利的生物，他们在找不到厕所憋急的那一天会干出什么事儿来，我就想象不到了。希望我不会倒霉地碰到那一天。"

柯翔和康利又吃吃地笑了起来。唐粒瞪了他们一眼,两个人赶紧把笑憋住。

"怎么我说什么你们都要笑?"

"不知道。"柯翔摊了摊手,"这是你的天赋,唐先生。"

唐粒长长地叹了口气。

"不过,另一方面,"唐粒接着说,"这个时代这种不健康的说话方式虽然让我很难受,却让我的表演大受欢迎。你们对生活的不满没有地方发泄,而我说话的时候经常夹杂着各种尖酸刻薄的讽刺,还有拐着弯儿骂人的比喻,很能让这个时代的人们过瘾。在这里表演脱口秀,我不用再像以前那样,费尽心思地讨好观众,也不用绞尽脑汁地想好笑的段子,我只需要——对我看不惯的事情加以讽刺和挖苦就行。而这种事恰恰是我最擅长的。"

"很奇妙,不是吗?"唐粒说着笑了起来,但笑声中并没有开心的意思。面前的两个人一言不发,正努力地消化他们刚刚得到的信息。

"这么说,"柯翔开口问,"那段让你一夜成名的采访视频,真的是你的即兴发挥。好多人以为那是你准备了好久,跟记者排练过的。"

唐粒摇摇头。"那次采访,我只是把我想到的说出来。我也没想到会那么受欢迎。"唐粒抬起头,"电脑。"

"是。先生。"

"朗读我被采访之后写的那篇日记。"

"好的,先生。"电脑回答。

2280 年 12 月 11 日

今天下午,我带着唐文离开那个废弃的工厂,开始到处瞎逛。没过多久,就很幸运地找到了一条相当繁华的商业街。就在我沿着大街寻找收容所的时候,一个瘦瘦高高的男人朝我跑了过来。一个银色的半透明球体围着他飞来飞去,那是一台悬浮摄影机。

街头采访,一看就是。我尽量绕开他走。那时候我一点也没有心情回答他的问题。

诡异的是,就算我拐了好几个弯想要甩开他,最终他还是来到了我面前。我站定了,准备敷衍他一下然后赶快走。

"您好先生,"他问道,"请问您有时空护照吗?"

"我有。"我回答道。我的确有一张,80 年前办的。

"那么,请问您对时空管理局每两个星期就要求时空护照的持有者进行一次体检这件事有什么看法?"

我愣了一下。

"每两个星期?"

"是的,"那个记者说,"一星期前刚公布的政策。"

听到这个消息,我改变了主意。我打算对着镜头好好地骂一骂时空管理局的那一群禽兽。相信我,如果你也被时空管理局害得这么惨,你肯定也有一大堆话憋在肚子里。

"每两个星期检查一次护照持有者的身体？我建议他们每个星期都检查一次自己的脑子，看看它是否还完好无损地装在脑壳里，或者看看它的体积有没有缩水。他们有那个工夫，还不如多检查检查他们的设备，尤其是时空车，免得时空车中途抛锚，让一个可怜虫被困在一个他完全不熟悉的年代。看看他们都干了些什么？一堆堆繁杂的手续，买车票还得捆绑销售一台从头丑到尾的机器人，那机器人长得就像有手有脚的垃圾桶。"

身旁的机器人对我的这句话很有意见，但我当时根本没注意到它。

"我敢打赌，再过一段时间，他们就会告诉我们，买时空车票的同时必须买他们提供的零食，可能还有卫生纸。我的看法？我的看法就是，他们就是一群寄生虫，寄生在我们这些老百姓的身上。如果不把我们闹得上吐下泻、感冒发烧，他们就没法确定他们自己是真实存在的。"

说完这些，我停了下来，大口大口地喘着粗气。

意外的是，这段充满污言秽语的恶毒回答竟然让这个采访我的家伙笑得前仰后合，几乎就要忘了自己在录节目。他的嘴角咧出了一个极其夸张的角度，他还不断地拍自己的大腿。

"谢谢您……先生，"他一边笑一边说，"谢谢您的回答。"说完这些，他像突然想起自己还得录节目一样走开了。留着我一个人瞪着眼睛站在原地。

"到了晚上，"唐粒说，"我成功地找到一个流浪汉收容所住下。第二天早上吃早餐的时候，我的舍友指着餐厅里的大屏幕，问我屏幕上的是不是我。我的采访视频已经在网上火爆了一整天了。"

"你当时什么心情？"柯翔问道，"看到你的视频人气这么高。"

"说实在话，有些不爽。"

"不爽？"

"没错。毕竟，对着镜头说那段抨击时空管理局的话的时候，我是真的很生气。我的愤怒被大家当成笑话，被消费，当成一种娱乐方式，这肯定不会让我好受。"

"那你现在呢？还介意这个吗？"

"现在不介意了。当钞票滚滚而来的时候，那些小情绪就显得太幼稚了。那个视频火起来之后，不到半个月，几个男人不知道用什么办法找到了收容所，邀请我过去演出。在那之后，各种各样的演出邀请接二连三地砸到我头上。"

"我们看过你的第一场演出。无数遍。"康利说，"你之前想到过你的首演会这么成功吗？"

"的确想过那次表演会很成功，但绝对没想到场面有这么夸张。一段90分钟的脱口秀表演过程，观众光是起立鼓掌就有4次，欢呼声更是从头到尾没断过。我当时的心情，先是紧张、兴奋，然后是完全享受，最后是心满意足的如释重负。有点像我26岁那年的初夜。"唐粒低头玩弄手里的杯子，陷入了对他20年前的首演——或者他26岁那年初夜的回忆当中。

康利把到嘴边的笑声憋了回去，随后又觉得不应该憋。

短暂的沉默之后，唐粒又开口了："几次表演之后，我就掌握了在这个时代表演让观众开心的技巧。每当在生活中遇到让我不爽的事情，我就在心里痛骂一番，然后偷偷记在一个本子上。接着，我把那些句子稍微加工——去掉不堪入耳的脏话，换成委婉的表达方式，它就成了我下一场演出的素材。相信我，在这个完全不属于我的年代，每天都能碰到好多让我不爽的事。"

柯翔点了点头。在很长一段时间里，谁都没有说话。唐粒沉浸在回忆中，而另外两个人则在反复回味唐粒刚刚说过的话。

"的确是精彩的故事。"柯翔在脑海里把唐粒的故事梳理了几遍之后，开口说，"不过我猜后面肯定还有更精彩的。"

唐粒点点头："精彩的部分才刚开始。"

"喂！你到底还要不要准备演讲了？"唐文的声音从楼上传来，"已经三点了！"

"马上！"唐粒大吼道。

"电脑，给我继续朗读。"吼完唐文，他又坐了下来。

2285年8月8日

马文·邓特曾经被媒体赋予过各种各样乱七八糟的称号："暴力美学的先锋""血浆艺术家""将血腥片拍出新高度的电影大师"，等等。一向以毒舌著称的《先锋娱乐》这么评价他:"他在2280年代引领了电影暴力美学的潮流"。作为一名典型的英国绅士,马文礼貌地、委婉地谢绝了这些称号,并且不止一次在公开场合表示,自己只是想一心一意地拍电影,给观众带来好的作品,并不想被捧上神坛。

我觉得,他拒绝这些称号的主要原因是因为这些称号太难听了。

第一次见到马文的时候,一种奇怪的似曾相识的感觉立刻在我脑子里出现。我感觉,在记忆里,某个人跟这个眼前的人特别相似。这种似曾相识的感觉困扰了我好久。直到有一天,我突然意识到——他长得特别像我小时候的幻想中未来的自己。对,就是那个咱们小时候常常跟妈妈承诺、跟同学吹牛说自己将来会成为的那个人。

讽刺的是,尽管马文受到这么多人的追捧,但他仍然跟我一样,是个不被理解的人。马文是一个有思想的导演,他的作品里充满了对社会问题的反思和批判。但很少有人能在他的电影中看到这点。大多数人,包括他那些所谓的粉丝,都只是觉得他电影里的那些非线性叙事、幽默的对白以及血腥场面很有意思而已。他们根本看不到马文想在电影里表达的东西。

从第一次看到他的电影开始,我就想请他上我的节目。我是为数不多懂他的电影语言和创作理念的人。可惜的是,一直没能和他说上几句话。只要我俩有机会聊聊,我相信我们会一拍即合。

所以,今天下午表演结束,马文邀请我去参加他的私人派对的时候,我十分痛快地答应了。

派对在一艘巨大的圆盘状飞船上进行。派对开始前，它悬浮在市中心的空中，等待嘉宾的到来。等所有嘉宾到齐后，它开始绕着整个城市飞行，客人们可以透过飞船的窗户观赏这个城市的夜景。

一个七十多岁的管家在入口处接待了我。他头发已经全白了，但他宽阔的肩膀、紧绷的胸大肌和腹背肌将他的黑色西装撑得无比合身。他带我走上电梯，来到飞船的第三层。

这一层是客房。管家接过行李，带我走向我的房间。一种莫名其妙的恐惧感涌上我的心头。

"如您所见，先生，"走在前面的管家向我介绍，"我们这一层楼走廊的装潢还原了《闪灵》里的斯坦利酒店。我想，地毯的颜色和墙上的壁纸图案应该让您感到很熟悉。"

"希望，"我一边环顾四周一边回答，"那边走廊的尽头不会出现一对双胞胎姐妹花。"

管家走到我的房间门口，为我打开门。

"每一间房间内部都还原了一个经典电影场景，"管家站在门口说，"希望您喜欢您的这间。"

我走了进去。房间里灯光昏暗，显得两边白色的塑胶人体模特格外吸引眼球。每个塑胶模特的头上都顶着金色的卷发，姿势则或坐或卧，不尽相同。房间的尽头是一张床，旁边的床头柜上放着一杯牛奶。衣架上，挂着一套白色的连体服。

"天啊。"我喃喃自语，"《发条橙》。"

"请您稍作休息,先生。"管家说,"派对马上开始。"

"好的。谢谢。"我点点头,从口袋里掏小费,"你叫什么名字?"

"阿尔弗雷德,先生。"

在房间里待了一会,我来到第一层。这里是派对进行的地方,一间富丽堂皇的餐厅,这儿的大理石地板光滑得可以用来照镜子。侍者端着盘子快速地穿梭在客人之间。这里只有很小一部分人坐下来静静地享受美食,大部分人都在跟其他人你一句我一句地交谈,一边端着酒杯,一边费力地维持自己脸上挂着的微笑。可以想象得到,他们笑得嘴角都酸了。

餐厅的两边有两个靠着墙壁摆放的柜子,上面一排一排地摆满了圆柱状的玻璃罐子,罐子里面装的是培养液,还有古今中外各种知名人士的脑袋。这群有生命的脑袋瞪着眼睛看着餐厅里衣着华丽的人群,不时张开嘴咒骂几句,但是玻璃是隔音的,没有人知道他们说的是什么。柜子的第一层陈列的都是电影明星的脑袋,第二层是政客的脑袋,第三层是历史人物的脑袋。这些愤怒的脑袋都是马文·邓特花大价钱找人制作的。马文说,他的想法来自一部美国动画片。

我本人很喜欢马文说的那部动画片,那部动画片从1999年一直拍到了现在,已经推出了两百多季,我一季也没有落下。但我并不喜欢他收藏的这些脑袋,它们让我感到不适。然而,来到这个派对的大多数客人都非常喜欢这些脑袋,他们总是凑在柜子前一边说笑一边对着罐子里的脑袋指指点点。每当罐子里的脑袋张开嘴冲着他们大吼时，他们就发出一阵开心的哄笑。

值得一提的是，餐厅的最深处有一间屋子，跟外面的金碧辉煌相比，屋子的一切都显得极其简朴，只有几张桌子、几把椅子、几个用来装扮的可有可无的气球，还有坐在位子上用餐的客人。这屋子的上方挂着一条横幅，上面写着"welcome time travellers"。这间屋子的门上挂着一块白色的牌子，上面写着"斯蒂芬·霍金的咖啡厅"。

屋里的客人都来自未来。听说，在派对结束后，马文才会向他们寄出请柬。这间屋子里的客人大多数都是时间管理局的主管，可以自由地使用时间机器。不幸的是，他们来到这里之后都会大失所望，因为这间咖啡馆里提供给他们的食物只有烤面包和香槟。

我在餐厅里找了一个位子坐下。对我来说，给自己挑选一个合适的位子是一项很重要的技能，位子既不能太偏，那样显得太孤僻；又不能离这些热闹的人群太近，免得他们让我心烦。这幅油画旁的座位就正合我的心意。

等我吃完了第五盘点心，派对已经进行得差不多了，大多数人都到三层去休息，餐厅里只剩下少数几个人在自顾自地喝酒。马文也已经结束了他的应酬，坐在座位上休息。我拿了一瓶酒走过去，坐在他的对面。

"嗨。"马文看见我过来，坐正了身子。这个动作让我很开心。这说明他很愿意跟我好好聊一聊。

"嘿，派对棒极了。"

"谢谢。不过你看起来不太活跃。"

"喔,我一直在等你忙完。"我倒了一杯酒,放到他面前,"我有很重要的事要跟你谈。"

"你有很重要的事跟我说?"他愣了一会,然后像恍然大悟一样"哦"了一声,"哦,当然。我想我知道你要说什么。"

"你知道?"

"当然。听着,我这边没有角色给你演。如果……"

"等一下。"我伸手打断他的话,"我不是来管你要角色的。"

"不是?"

"不是。"我拿过酒瓶,把自己面前的酒杯斟满。

"那你不会是想跟我合影吧。要签名?"

我笑了起来,他也跟着我一起笑。

"好吧,"马文一边笑一边说,"你把我难住了。"

"我是想,请你上我的节目。"我盯着他深蓝色的眼睛说。

"不。"马文摇着头,"你应该听过,我不上任何节目。访谈节目、综艺节目、脱口秀,我都不上。"

"我知道,但我跟那些一无是处的蠢货不一样。"

一丝笑容浮现在马文的脸上,但那不是善意的笑容:"怎么不一样?"

"现在所有观众和媒体,一提到你,想到的都是血腥场面。还有些影评人管你叫'暴力美学的先锋'。说得好听,但其实就是把你看作一个出色的商业片导演而已。但我知道你不是。你的每部电影我都看过,你试图在电影里表达的东西——那些讽刺和隐喻,我都能敏锐地捕捉到。你的每部电影都是对这个时代各种荒诞现象的讽刺和批判,我知道,只是大多数人不理解。所以你很生气,不上任何节目。但我跟他们不一样,我理解你。你不是唯一一个被误解的人。我可以让你在节目中把想说的话都说出来,让他们看到一个真正的你。"

在一口气发表完这一通长篇大论之后,我把杯里所有的酒都干掉。我两只手扶住桌子,让身体摇晃得不要太厉害,目光却一直聚在马文的脸上。从我开始讲,他就一直没说过一句话,也没有任何反应。

马文的嘴角像抽搐一样微微动了一下。我心里升起一股希望。

马文突然张大了嘴,一种奇怪的声音从他的喉咙里发出来,接着他弯下腰去。在那一瞬间,我以为他要咳嗽。但是紧接着,一阵刺耳的笑声在他体内爆发出来,经过他夸张的嘴巴传进我的耳朵里。随着笑声逐渐剧烈,他的身体开始有节奏地抽动,就好像我刚刚给他通了电。

笑声平息之后,他靠在椅背上,掏出一支烟。

"唐先生,唐先生。"他重复了两遍,好像念出我的名字能让他获得快感一样。

"你把自己看得太重了。"

他点燃香烟,将脸靠近我的脸:"听好了。你并不特别。你只是又一个哗众取宠的小丑而已,你唯一跟其他人不一样的就是,你很自以为是。

"你只不过是一个靠你刻薄的语言来博取别人发笑的家伙,所以别再跟我扯什么深刻的思想。你的所谓脱口秀跟别的那些综艺节目一样,都是毫无营养,吃下去就会转化成大便的快餐垃圾。我绝对不会到你那垃圾堆里去的。别再以为你是什么救赎心灵的艺术家。

"至于我的电影,只不过就是电影而已。我从不在电影里搞什么深刻的思想内涵,什么讽刺社会现实。那只是你——一个自认为被世俗误解的人从我的电影里看到的。只是你自以为是的臆想。"

他说的每一个字都像一把重锤敲在我的胸口。我竭力保持平衡才没从椅子上摔下去。但我知道,他还没说完。他在酝酿最后一击。

"还有,我知道你是从 2200 年来的。别问我怎么知道的,我就是知道。你一直不敢说出你的身份,不是吗?因为你心里明白,你只是一个碰巧来对了时代的失败者。一个来对了时代的失败者,不管看起来多成功,仍然是个失败者。这就是你我不一样的地方。换个时代,你会连饭都吃不饱,但我,在哪个时代都会成功。" 他把烟熄灭,站起身来。

到最后,我还是没能坐稳。我连人带椅子一起翻倒在地。餐厅那头,有人不小心打碎了一个盘子。玻璃碎裂的声音传遍整个屋子。

"如果你不介意的话，"马文看着地上的我说，"我先失陪了。我还得给那些时间管理局的家伙发请柬。你懂吧，为了时间线的完整。"

马文走出一段距离，突然停住了，转过身来："别难过。虽然我当不了你的嘉宾，可是我打算让你当我的嘉宾。我准备找人制作一个你的脑袋，放在罐子里，加入我柜子上那些收藏中。"

我想说些什么，但是已经找不见嘴巴了。

"多好的想法。我可以把你的脑袋放在第一层。"说完马文转过身，继续向前走去。

回到家之后，我开始剧烈的呕吐……

"天啊。"唐粒叹了口气，"过了这么久，看到这里还是会气得浑身发抖。"

"可我为什么没有听过这个人？"康利皱着眉头，"马文·邓特是谁？"

"我好像听说过一个老电影，就叫《马文·邓特》。"柯翔若有所思，"不过那是好久以前的老片子了。"

"往后听你就知道了。不管他是谁，他的那些话都让我非常生气。接下来的两周，我一直冥思苦想，希望想到一个办法把我丢的脸找回来。幸运的是，最后我真想到一个办法。"

"什么办法？"

"我坐上了一辆时空车,把他的电影带回到过去放映。他说我是个恰巧来对了时代的失败者,那我就试试,看看他的电影是不是受所有年代的人喜欢。"

柯翔和康利同时"哦"了一声。这两声感叹既包含着对这个想法的赞叹,又包含着对接下来故事的期待。

"你去了哪个年代?"

"1960 年。"

"1960 年?"柯翔被吓了一跳。

"好莱坞的黄金年代,不是吗?不过,要去那个年代放电影并不容易。那个时候,电影还都是用胶片放映的。我花了好久,才把马文·邓特的电影转录成胶片格式。"

"放映成功了?"

唐粒点点头。

"结果如何?"

唐粒不再回答,转过头面对电脑。

"电脑,继续吧。"

1960 年 9 月 8 日

"你们到底想干什么?"阿尔弗雷德·希区柯克大叫道。他大声说话的时候,脸上的肥肉在乱颤。

"安静。"我熄灭手里的烟,"我只不过想证明一个论点。"

门开了,唐文把一个五花大绑的瘦高男人推了进来。

"人齐了吧?"唐文问道。"导演、制片人、演员,参加首映式的人里,与制作这部电影有关的都被我绑进来了。电影院里剩下的就是普通观众了。"

"很好。"我点点头,向被绑进来的一脸惊愕的众人微笑致意。

对于阿尔弗雷德·希区柯克来说,今天是个倒霉的日子。今天是他的电影《惊魂记》的首映,他本应该坐在电影院里,欣赏他的得意之作,并接受观众的崇拜和赞美,却莫名其妙地被我和一个粉红色的机器人绑架到了这里。现在他唯一能欣赏到的,就是唐文粉红色的方形身躯。

"那是个什么东西?"希区柯克指着唐文问。

"注意你的措辞,死胖子。"唐文叫了起来。

我踢了唐文一脚:"对大导演要尊重。"然后我抬起头,对希区柯克说道:"这是个机器人,先生。"

"你从哪里搞到它的?"说话的是安东尼·博金斯,他在电影里扮演诺曼。

"赠送的。"我随口答道。离电影开始还有三分钟,我紧张又兴奋。我把胶片拿了出来,准备装在放映机上。

"可不可以告诉我,你们到底想干什么?"希区柯克又问了一遍。

我举起了手里的电影胶片。"很简单,我只是想借用您的电影首映的机会，让您的观众看看我拍的电影。"

短暂的沉默后，制片人首先笑了起来，接着，希区柯克和他的演员们都跟着大笑。希区柯克的大肚子随着他的笑声上下抖动。

"哦，年轻人。我得说，你让我感动。"希区柯克边笑边说。

"唐文，你的绳子绑得太差劲了。你把我们大导演的肚子勒得凸起来那么多。"我望着希区柯克的大肚子说。

"相信我，"唐文回答，"他就是那么胖，与我怎么绑的无关。"

希区柯克脸上的笑容立刻消失了。他最不喜欢别人说他胖。

"你不热吗？"我问道。现在是大夏天，这间屋子里又没有空调，我穿着一件薄衬衫还浑身冒汗，他却穿着一整套厚实的黑色西装。

希区柯克摇了摇头。很明显，他不想跟嘲笑他胖的人说太多。

"他穿这么多是想掩盖他臃肿的身材。"制片人在旁边说，"其实我们都明白，不是吗？"

房间里，除了希区柯克外的所有人爆发出一阵大笑。希区柯克双唇紧闭，眼睛死死地盯着地面，尽量不让自己显得太愤怒。

"时间到了。"唐文在一旁提醒。我立刻将胶片装在了放映机上，并开始放映。电影开始后，我趴在窗户上，观察电影院里观众的反应。

电影院里漆黑一片，但通过屏幕的光，我仍然能看到每个观众的脸，看着他们脸上的表情。电影刚开始，每个观众都是一副充满期待的表情。

"要来了，第一个血腥场面。"我指着放映厅里的大屏幕说，注意力却一直在每个观众的脸上。

屏幕上，男主角举起斧子，一边念圣经一边疯狂地向反派身上砍去。鲜血四处飞溅。

电影院里一阵骚动。"这是什么狗屁玩意儿？"已经有人叫骂起来。

"看起来他们并不喜欢你的电影，马文·邓特先生。或者我应该叫您，马文·邓特导演？"希区柯克的声音在我身后响起。

我尽量克制住我的笑意。一切跟我想象的一样顺利。1960年的观众根本接受不了这么血腥的电影场面。

"唐文，你把观众的反应都拍下来了吧？"

"当然，都拍下来了。"

我慢慢欣赏眼前的场景。电影院里，各种各样的咒骂声此起彼伏，有几位女士甚至被电影里的血腥场景吓哭了。

"等咱们回去，把拍下来的这些场景放给那个马文看，我相信他会把自己说过的那些话吃下去。什么他在哪个年代都会成功、我是一个来对了时代的失败者这类鬼话，我看他还能不能说得出口。"我凑到唐文身边,小声对它说。

"奇怪,"安东尼嘀咕道,"为什么没有观众退场?"

"我把门锁了,"我轻描淡写地说,"没人能逃得过这几个小时,欣赏完电影才能走。你没意见吧,希区柯克先生?"

希区柯克没有回答。我又叫了几声,仍然没有人回答我。我转过头,看见他昏倒在椅子上,身上的衣服已经被汗浸透了。

"该死,谁让他非得穿这么多。"安东尼叹了口气,看得出来他对这种场景已经司空见惯了,"他热昏过去了。"

2285年8月20日

"我真是搞不懂,"唐文一边说一边从时空车上下来,"你为什么非要绑架希区柯克?就算我是机器人,也不该让我搬那个庞然大物。"

"那你想绑架谁?"我说,"克林特·伊斯特伍德?他会砸烂你的脑袋。"

"就不能选一个没那么有威胁性的吗?比如……比利·怀尔德?"

"省省吧你。"我走进我的房间,搬过椅子坐下。

"电脑,查查马文·邓特最近的消息。我们准备去拜访他。"

"马文·邓特,"电脑的声音响了起来,"最近在拍摄一组内衣写真。"

"什么东西?"我从椅子上跳了起来,盯着屏幕。屏幕上,是一个我完全没有见过的陌生面孔,只穿着内裤,在对着屏幕搔首弄姿。

"不是,不是这个。不是模特马文·邓特,是导演马文·邓特。"

电脑嗡嗡地响了起来。

"没有搜索到导演马文·邓特。"

一种不适感冲进了我的脑袋里。我拿出桌上我和马文·邓特的合影,那是我刚出道的时候第一次见到他时照的。

"这个人。"我指着照片上马文的脸,"搜索他的资料。"

"阿瑟·邓特。英国著名综艺节目主持人。"电脑一字一句地说。

"哦,我靠。"照片从我的手中滑落,我的屁股跟它一起跌落在地上。

"也就是说,你们绑架希区柯克对时间线产生了影响?"

"我们本以为,"唐粒站起身,"一次小小的绑架不会对时间线造成影响。可惜我们想错了。那次绑架之后,这件事上了各大报纸的头条,在社会上引起了相当大的波动。希区柯克还专门为这件事拍了一部电影,就叫作《马文·邓特》。在很长一段时间里,这个故事都被大家津津乐道,马文·邓特成了失败者的代名词。"

"那么,或许在这个时间线里,邓特先生的父母碰巧看过这部电影，于是决定不给自己的孩子起这个失败者的名字，也不让他学电影。"

"你显然比较聪明。就是这个意思。"唐粒仰头喝掉杯子里剩下的一点咖啡。

"我以为时间管理局不会允许这种事发生。"

唐粒嘿嘿地笑了起来："正常地说是不会的。不过，很不巧，负责审查我这次时空旅行的管理员非常不喜欢马文·邓特。他预测到了这个结果，但还是让它发生了。"

"好啦，故事结束了。"唐粒拍了两下手，"该讲的都讲完了。"

"结束了？"柯翔不敢相信，"可……"

"我明白你们还想知道更多，但这20年来，我认为值得我记住的事就只有这些。其他的事，我都忘掉了。"唐粒抬起头，"这些故事不能让你们满意吗，先生们？"

"满意，满意。"柯翔连忙说，他拽着康利一起站了起来，"精彩的故事，唐粒先生。可……你为什么把这些跟我们说？你不怕我们说出去？"

"这没关系。"唐粒把杯子放在桌上，"我相信你们不会说出去的。"

"我们是记者……"康利话说到一半，后脑勺被柯翔狠狠敲了一下。

"我相信你们不会的。毕竟,"唐粒走到办公桌后面,拉开椅子坐下,"毕竟你们肯定不想在监狱里写新闻。"

"监……"柯翔试了好几次,还是没能成功吐出第二个字。他转头看向康利,发现对方一脸惨白。他猜自己的脸色肯定也没好到哪儿去。

"你们闯进我的家,还试图偷我的东西。要是还想全身而退,就有点太不把我放在眼里了。"

唐粒的脸始终朝着天花板,柯翔没法看到他的表情,但从他说话的语气来看,自己今晚不会有好运。

"不过,我会放你们走。"唐粒的语气突然不那么冷冰冰了,"因为我知道,你们会对今晚听到的事守口如瓶的。"唐粒的脸上浮现出一抹笑意。

两个死里逃生的记者一句话也说不出,只能连连点头。

"谢谢你们今晚陪我回忆过去。现在,你们可以走了。唐文会带你们出去。这一次,走正门。现在,我要准备我的演讲了。"唐粒的语气心不在焉,看样子已经在想别的事了。

……

屋顶上,唐粒左手拿着稿子,嘴里念念有词,右手摆出各种各样的手势来配合自己的演讲。

"在过去的 20 年里……"他双手背后,装出低沉的嗓音,"在过去的 20 年里,我……"他突然停住,觉得这个动作不妥。他摇摇头,举起右手,伸出一根手指,摆出一个他认为更加亲切的姿势:"在过去的20年里……"

"你在这儿干什么?"唐文摇晃着它的粉红色身躯,从电梯上走了下来。

"准备我明天落成仪式的演讲。"唐粒叹了口气,把手里的稿子往墙壁上摔了一下。

"看起来并不顺利,20分钟前我来看你的时候,你也在准备这句话。"

"已经20分钟了?"唐粒猛地抬起手腕,看了眼手表。

"你出道20年了,上过无数舞台,怎么会因为一次演讲紧张成这样?"

"这个演讲不一样,铁皮盒子。"唐粒在屋顶上来回踱步,"这是我学校落成仪式的演讲,是我20年演艺生涯的总结,也是对未来道路的展望。"

"我听不懂,在我看来你开个学校只是给自己找了个作为校长的兼职。"

唐粒把手里的稿子对折,然后卷成一个纸筒拿在右手:"你知道吗,其实早在5年前,我就受够这种生活了。我再也受不了一直当一个小丑。"

"也许是我感受情感波动的的系统有错误,但你每次表演,我都感觉你很享受舞台。"

"在表演的时候,我的确很享受。在台上的时候,我所说的每一句话、做的每一个动作,都是为了让他们开心。他们笑了,我就会很高兴。我忍受不了的是，在舞台下、在生活中，他们仍然觉得我是一个每时每刻都在逗他们开心的小丑。我也是人，在舞台下，我也有伤心和愤怒的时候。但是无论我怎么表达自己的情绪，他们都只是单纯地觉得很好笑，就好像我不应该拥有正常人的感情一样。"

唐文两个灯泡一样的红色眼睛不停闪光，它正在试图理解唐粒所说的话。

"我早就受不了这种生活了。只是因为想到了建一座自己的喜剧学校这个计划，我才没有坐时空车回到我自己的年代去。"

"所以，建一座自己的喜剧学校，会把你从你说的那种痛苦里带出来？"

"不会。"唐粒靠在屋顶的栏杆上，脸上出现了一丝狡黠的笑容，"那不会让我从痛苦中解脱，但是会把更多人带进我的痛苦。我不会再是唯一一个经历这种痛苦的人了。"

"什么？"唐文身体里开始发出咣当咣当的响声，每当它无法理解人类的行为时就会出现这种声音。

"想象一下，学校落成后，无数想要学习喜剧表演的人会来到我的学校。当然，我会倾囊相授，把我会的都教给他们。几年后，当他们毕业，开始作为我的学生上台表演时，他们就会陷入一个诅咒。这个诅咒就是，不管在什么时间、什么场合，不管他们刚刚经历了什么糟糕的事，也不管他们心情有多差，他们都会是给别人带来快乐的开心果。不管他们做什么，都会有人笑。"

唐文像是系统故障一样一言不发,唐粒却越说越兴高采烈。

"想象一下,一个十八九岁的孩子,怀揣着对喜剧表演的热情,和对未来的憧憬来到我的学校,"唐粒边说边笑,好像在讲一个刚听到的笑话,"在学校里努力学习了四年,最终他学到的不是如何当一个伟大的表演者,而是如何变成一个小丑。"

"我已经无法改变了,唐文。但是把更多人拉到跟我同样的困境中,会让我开心很多。"

唐文转过身,走向电梯,留下唐粒一个人在深夜的屋顶上狂笑。

"人类这种生物我永远也不可能理解。"它自言自语。

大幕在唐粒的面前缓缓拉开,唐粒张开双臂,迎接观众的欢呼。

唐粒看向自己面前的这栋建筑——不算太大,但教室、排练厅、餐厅、剧场应有尽有。他已经开始想象自己以后滋润的校长生活了。

"下面,让我们欢迎唐粒先生为学校的落成讲话!"主持人大声说道。

人群中爆发出热烈的掌声。人们满怀期待,已经做好了大笑的准备。

唐粒缓缓走上前去。他深呼吸了几次,把自己的状态调整到最好。接着，他举起右手，伸出一根食指，就像昨天排练好的那样。

"在这20年里，我上台无数，给无数的观众带来笑声！我……"

唐粒突然感到有人很大力地在戳他的后背，于是把接下来的话吞了回去。他回过头，看到他的助理。

"什么声音？"助理的眼睛没有看着唐粒，而是四处乱看，"什么声音？"

"什么什么声音？"唐粒压低声音吼他的助理，"能不能不要打断我？"

但他最终还是被打断了。一个球形的庞然大物突然凭空出现，朝唐粒身后那座他引以为豪的学校大楼撞过去。在唐粒喊出声之前，那个大球就在楼的正中心钻出了一个窟窿，然后大球就诡异地凭空消失了，就跟它的出现一样诡异，只留下广场上的人群呆呆地站在原地。

"那是什么东西？"唐粒努力了好久才挤出这句话。

"没看清。"助理像个雕塑一样站着。

"没看清！"唐粒愤怒地大吼，"你能看清什么？"

话音刚落，那个大球又出现了。这一次，是出现在唐粒的头顶。它在唐粒的头顶上盘旋了几圈，然后再一次飞速撞向那栋已经有一个窟窿的学校。

人群中开始出现尖叫声、咒骂声，随后人们四散奔逃，就好像他们刚意识到自己会有危险一样。

大球像个会飞的橡皮擦一样,左一下,右一下,将一栋原本就不太大的建筑变成一堆废墟,然后拐了个弯,重重地摔在地上,一动也不动,就好像它刚刚什么都没做一样。

现场只剩下唐粒、他的助理,还有唐文三个。唐粒的助理呆呆地望着这个刚刚还是大楼的土堆,不知道该不该相信眼前的一切。

"这回看清了。"助理说。

唐粒最先暴走了起来。

"这他妈的是什么狗屁?"唐粒大吼,疯狂地朝空中挥舞拳头。

"我要是没看错的话,"唐文说,"这是 20 年前抛锚,然后自己飞走了的那辆时空车。"

唐粒的动作停了下来:"那辆时空车?可是它为什么……"

"今天是 2300 年 12 月 9 日,"唐文淡淡地说,"这里是它的目的地。"

唐粒脸上的愤怒逐渐褪去,他的五官开始失去控制,脸上的表情阴晴不定,没人能说得上来那代表了什么情绪。他抓住自己的头发,蹲在地上。

助理一步一步地慢慢向唐粒走去。他不想打扰唐粒的悲伤,但又觉得这时候自己不能一句话也不说。他最终鼓足勇气开了口。

"先生,"助理小心翼翼地对着蹲在地上的唐粒说,"你希望我怎么处置这辆车?"

唐粒猛地站起来,脸上的复杂表情消失了,取而代之的是平静。

"我要坐上它,回家。"

说完这句话,他看着眼前的一片狼藉,如释重负般地长出一口气。

整整 2 个小时,唐粒基本上可以说是一动也没有动。他只是在电脑前的椅子上维持着一个扭曲的坐姿 —— 他的两条腿缠绕在一起,左肩高右肩低,两只手扶着自己的膝盖,偶尔腾出左手挠一挠自己的鼻子。

"你到底还走不走?你已经坐在电脑前 2 个小时了。"唐文开口打破了空气中的宁静。

"哦,我知道。"唐粒的目光并没有从投影屏幕上移开,"事实上,我还打算再坐 20 分钟。"

"可不可以告诉我,你在干什么?"

"联系我的经纪人。"

"你跟他整整说了 2 个小时?"

"哦,你知道的。"唐粒把右腿放下,让两条腿换一种缠绕方式,"有好多事要谈。"

"你真是越来越难以理解了。我记得你说过,他就是一个唯利是图的白痴，还总是装着很了解你。"

"我的确这么说过……"唐粒没有继续说下去。他的注意力又回到了电脑上。

"先生。"电脑以一种服务行业特有的动听语调说道，"建议您休息 10 分钟，然后再继续查看网页。"

"虽然它只是一台没有灵魂、没有性格的低等机器，"唐文插嘴说，"但你应该听它的。你需要休息。"

电脑屏幕上射出一束蓝色光线，在唐文的身上从上而下扫描了一番，然后发出"滴"的一声。

"括号公司生产的第二代性格机器人，做工粗糙。"电脑说，"粉红色的外观不符合任何一个时代的审美，植入的仿人类人格也被证实有害无益，是早就被淘汰掉的产品。"

"徒有其表的流水线产品。"唐文的身体里哔哔地响了起来，那是它生气的表现，"作为括号公司生产的第二代性格机器人，我庄严地说……"

"嘿！"唐粒扯着嗓子喊了一句，"你们再吵架，我发誓我会把你们拆了。"他顿了一顿，等两位机器人安静下来后，他把身子转过来，冲着唐文。

"我们等上一星期再走。我有点事要办。"

"恐怕不行。"

唐粒放松的双手开始握紧："为什么？"

"你也知道，驾驶时空车要向时空管理局预订线路，而现在只剩下今晚的线路可订了，其他时间的线路都卖完了。事实上，我刚刚已经帮你订了今晚十一点的线路。一小时后我们就要出发了。"

唐粒痛苦地捂住脸。

"你为什么要一个星期之后走？"

"喔，我刚刚……跟我的经纪人说，我要洗手不干了，并且让他给我安排了一场盛大的告别演出，就在一星期之后。"

"我不明白。"唐文的两只胳膊摊开，"为什么？"

"我不知道……"唐粒的五官扭曲在一起，"可能，我做事喜欢有始有终。"

"取消不就行了。"

"通知已经发出去，宣传已经开始了。现在人们已经讨论得沸沸扬扬了。如果我取消……然后一走了之，人们会怎么说我？"

"那又如何？你不是很讨厌他们？"

"该死的。"唐粒从椅子上跳起来，在屋子里走来走去，"这根本不是一码事。"

"你是个奇怪的人，唐粒。"唐文说，"你讨厌他们，却还想让他们喜欢你。"

"别说了。"唐粒呲牙咧嘴地说，"让我想想该怎么办。提前演出？靠，总不能提前到今天吧。找个人冒充我？不行，没有人能模仿我。该死，根本没人能帮得了我，除了我自己……"

唐粒的脚步突然慢了下来，就像脚被地板黏住一样。他越走越慢，最后站住不动。"除了我？"他喃喃地说。

"电脑！"他大吼。

"先生，有什么可以帮您的吗？"电脑回答。

"联系时空管理局，我要拨一通时空电话。"

"拨到哪里？拨给谁？先生。"

"2200年，拨给唐粒，我自己。"

2300年12月9日10点50分，刚刚给自己打完电话的唐粒突然意识到，自己刚才那通电话在20年前造成了一辆时空车抛锚。

"你瞧，"唐文走过来说，"这就是时空的完整性。"

"这么说，2200年的时候——我接到的那通电话是我自己打给我自己的。"

"没错。可想而知，在2280年，有个倒霉的家伙肯定正在为它刚修好的时空车突然自己开走了而暴跳如雷。"

"如果我不打那通电话呢？"唐粒皱着眉头。

"根本不存在这种可能性。或许会以不同的方式，但最终，你肯定会打电话给你自己的。时空有它自圆其说的本领。"唐文说着走上时空车。"你最好赶紧上车。它还有10分钟就要出发了。"

唐粒走进车里，伸手关上车门。"动作轻一些，"唐文提醒他，"别忘了它刚刚被修好。"

"真是麻烦啊。"唐粒环顾着车厢内,"要是我有一个无所不知的白头发外公,他送给我一把枪,那时间旅行就简单多了。"

唐粒脑袋上方的显示屏响了一下。上面显示,离出发还有8分钟。

"等我回去之后,"唐粒突然说,"我要干点什么?写小说吗?我经历的这些事要是都写出来,肯定能卖个好价钱。或者我可以开一间酒吧。我一直想开一间自己的酒吧。"

"这个问题,虽然我的系统是括号公司研发的第二代先进产品,但是如果让我分析这个问题的话,我的大脑一定会被烧坏。"唐文平静地说,"你得自己去想。"

诅咒

命运轮盘

文 / 付卿

科幻
硬阅读
DEEP READ
不求完美 追逐极致

"如果你没法阻止战争,那就把战争的真相告诉世界。"

1. 战地记者

何亮不顾家人的反对,毅然前往炮火轰鸣之地。他很清楚那里正在发生什么,所以,他去了那儿。

窗外的霞光还在追逐着云彩,透过层层阻碍,最后化为一缕粉红装饰天边。何亮却大喘着气,仓皇地逃进他的住处,无暇顾景,拉上窗帘,任黑暗淹没自己。就在刚才,他在街上走着,突然,就在他前方二十米左右的地方,一个七八岁左右的小男孩的脑袋突然炸开,暗红的血溅射出来。街上一片寂静。一两秒后,枪声传来,响彻云霄。人群开始慌乱,四处逃散。前面摆的是摊,就踩过去;前面站着是人,就踏过去。一片混乱。何亮也开始逃窜。

黑暗里,他开始不住地抽泣,只是哭,只想呕吐,但只是干呕,大脑一片空白。外面都是喧闹声。过了一会儿,陈怡清推开门,给这片黑暗带进来一丝光明。她是他的长辈,她带着他踏上了这条路，这条义无反顾的、没有退路的把真相告知世界的路。她走进来，拍了拍他的背。许久，他停止抽泣。

"好……好突然，他就这么没了。"何亮双手掩面，有些颤抖，说话还有些不利索。

"第一次看见这种事吧。"陈怡清用手顺着他的气，"慢慢来，会适应的。"

"可是他才七八岁啊！"他挥起双手，提高声音，有些激动，"射杀七八岁的孩子能做什么？"

"唉，狙击手不会管他多大的，他只管他的民族。这是民族战争。专门射杀塞族的人，不问年龄，只求击中。"

"可我们不是狙击手！我们就这样看着什么也不管吗？"他吐完心底的话后开始喘气。

"孩子，你只是个记者，你阻止不了战争的，也许你能救一个孩子，但你能救几万个孩子吗？"她摇着头。

其实何亮也清楚，他做不了什么，他只能记录，把看到的，把真相记录下来。但不甘的心绪仍像鱼刺卡在他的喉咙，无法咽下。就好像陈怡清在多年前看到日本鬼子侵华却无能为力一样。一个弱女子，只能选择当一名战地记者来把真相告诉世界，诉说着心中的正义。他该开始工作了。

见他沉默，陈怡清缓缓起身离开。她清楚他能想明白的，就像曾经的自己一样。天渐渐黑下来，粉红的晚霞变得深紫，然后消失在天边。何亮站起身，觉得两眼发黑，什么也看不见。过了近一分钟，眼前的世界才慢慢清晰。他推门出去，看到了大使馆墙上翠绿的竹子,还有黑白分明的大熊猫。他强迫自己笑一笑,却觉得自己的脸动不了。他想怒吼一声,却只叹息了一声,然后回房去拿照相机。

可是,就在这时,他看见窗外一个黑点飞落下来,慢慢变大。他认出来,那是一颗精确制导导弹,不过他已经没有机会说话了。导弹瞬间到达地面,然后"轰"的一声炸开。他的耳边嗡嗡响,别的什么也听不见。那翠绿的竹叶与黑白分明的大熊猫瞬间裂开,一股热浪将他击飞出去。

那一天, B-2轰炸机,5枚精确制导导弹,炸死3名战地记者,陈怡清是其中之一。何亮幸免,他是当时在馆内的唯一一名幸存者。他被送回国内接受治疗。

战争,也许会使人消沉,但也能给人以力量。何亮伤愈后,又赶往伊拉克、阿富汗、利比亚等地。他始终忘不了陈怡清那张慈祥的脸,还有那翠绿的竹叶以及黑白分明的大熊猫。

2. 张长生

十多年过去了,何亮看过了种种离合、悲欢、死生。他渐渐看淡了很多,变得成熟、客观,也更无情。这期间他与另外一名战地记者蔡舒涵相遇,两次生死之间积淀下的,是时光也抹不去的爱情。两个人都梦想着成为资深战地记者,但在何亮的强烈要求之下,蔡舒涵从伊拉克回国之后便再也没出过国。她很爱他,她愿意为他挡枪子,愿意为他冒任何险,也愿意为他放下一切。何亮虽然变得善于控制自己的情绪，但他忘记不了如母亲一般的陈怡清，所以不敢让蔡舒涵冒任何险。

何亮回来，刚出机场就看见了蔡舒涵。蔡舒涵捧着手机，踮着脚，满眼都是期待。在与何亮对视之后，张开双臂飞奔过去。何亮也放下了行李箱，直奔过去。当两人紧紧相拥时，蔡舒涵满脑子都是"终于回来了，安全就好，安全就好。"张开嘴却只说："我好想你。"

"我也好想你啊，小宝贝儿。"何亮抚摸着蔡舒涵的脑袋。机场里，他们手牵手走出去。

何亮十分享受在家的日子。家里有她，所以，一切无忧。但他知道他还是会有下一次旅行，因为，在家的日子少了些东西。家里，少了烦恼。他看着在厨房做饭的蔡舒涵，又望了望窗外的粉红色的霞光，伸一个懒腰，就觉如天上的神仙一般，快活舒坦。

他正发呆，蔡舒涵端着两碗面走到他面前的桌子上放下。"来，尝尝我自学的手工挂面。从面粉开始，一切都是我自己做的。"

因为丈夫常年外出，大量的空余时间曾让蔡舒涵一度陷入无所事事的空白状态，不过她很快找到了新的事情来消磨时光，那就是做饭做菜。她常常从种子开始做一盘菜。

"那肯定很好吃啊。"何亮一个劲地夸，让她一个人在家里他其实心里也觉着抱歉，可是每次想到陈怡清，他都不忍让蔡舒涵跟着自己随军旅行。

"贫嘴,你都还没吃呢。"蔡舒涵作势捶了何亮一下。

"好啊你,我几天不回来,都敢对丈夫动手动脚了。"何亮笑道。

这时候,何亮的手机突然响了。他拿起来,发现是报社的消息,于是停止调笑,打开手机来看。

"张长生约你明天上午八点半在新华公园见面,你准备准备。"

"张长生?"何亮心头有些疑惑。这不是去年获诺贝尔物理学奖提名的中国人吗,他怎么会来找我一个记者?不过既来之,则安之。

"收到。"何亮回复。

何亮尝了一口"手工挂面",只一口,他就觉得这面咸出了天际,不过自己老婆做的面,怎么好意思说难吃。

"真香啊,你吃过没?快尝一口。"他瞪大了双眼,表情夸张。

"真的假的,我第一次做呢。"蔡舒涵一脸欣喜,然后尝了一口新鲜出炉的挂面,"哇,这么咸,你骗我。"

"哈哈,不咸,好吃着呢。"何亮哈哈大笑……

快乐的时光总是飞逝得让人察觉不到,不一会儿,窗外的霞光就暗下来了,逐渐变成深黑,没有一丝星光。

"你今天刚下飞机,就早些睡吧,养好身子。这会儿在国外也该到了中午休息的时间了。"蔡舒涵洗碗前告诉何亮。

"好,确实有些累了,我先去洗漱,你也早点休息。"何亮说罢就起身去洗澡。

洗漱后,何亮很快入睡……

公园里阳光很好,洒落在地面上,总会激起一种消不去的声音,让你心头发暖。雄鸟们为了争夺异性的目光,总在一刻不停地卖弄着自己的歌喉。摆动的柳枝旁站着一位男子:三十岁左右,戴着一副方框眼镜,穿着白衬衫、黑色休闲裤,腕上戴着银色手表,文质彬彬。可接下来的对话,打破了这一片宁静。

"你好,我是何亮。"何亮微笑着打招呼,并伸出手去。

"嘿嘿嘿,我是张长生。"张长生没有理会何亮伸出来的手,而是自顾自地继续说,"你知道我为啥要叫张长生不?"

"为什么?"面对他的不礼貌,何亮很自然地收回手。

"因为,"张长生突然把头凑到了何亮的鼻子前,咧开嘴巴笑着,用手推了推自己的眼镜,压低声音说,"我长生不死。"

何亮有些困惑,一个获诺贝尔奖提名的人,怎么会有这种想法?但他保持着沉默,等待对方的再次发言。

"你不信啊?"张长生盯着何亮看,他的方框眼镜几乎要碰到何亮的鼻子。他笑得更开心了:"那我演示给你看看哦。"

还没等何亮有什么反应,张长生掏出挂在后腰的左轮手枪,就对着自己的脑袋开了一枪。血珠四溅,一下子喷到何亮的脸上。何亮瞬间跳开,但脸上衣服上都沾满了血迹。张长生双脚一软,倒地不起。何亮在这一瞬间受到的惊吓竟然让他想起了当初在大使馆附近亲眼看见小男孩被枪杀的感觉。那种强烈的困惑和害怕，都一并涌上了他的心头。他有些手足无措。

一个好好的成年男子，一位获得诺贝尔物理学奖提名的男子，怎么会在说着自己长生不死的同时开枪自尽？

何亮看着这具尸体，一股久违的恶心感从腹部涌现。就在他准备打电话报警的时候，他突然听见了一个很低很低的声音。

"因为，我长生不死……"

周围的景色没有变化，阳光、鸟儿、柳枝依旧按着原来的轨迹运动着。

何亮怀疑自己听错了，但声音一遍遍重复着。明明很低音量的声音，却在一遍遍冲击着何亮的耳膜还有心灵。蓦地，他还看见了张长生那张诡异的笑脸，还有方框眼镜下的疯狂的眼神……

"啊！"何亮猛地坐起身。觉得十分压抑，出了很多冷汗。一旁的蔡舒涵被惊醒。

"怎么了，做噩梦了？"蔡舒涵睡意朦胧。

何亮摇了摇头，摆手示意没事。他躺回床上，闭上眼睛，想再次入睡。可一闭眼就是张长生那张诡异的笑脸，还有耳边不停的"因为，我长生不死……"有些事情越想越奇异。何亮这几年四处奔波，见到的奇人也不少：有"20岁突然被上帝指点"后坚持举着手不放下长达十年的印度奇人，还有以娶妻为人生目的的怪人。何亮对这些人的做法虽然不能苟同，但也不难理解，他们无非是坚持着内心的信仰。但张长生又是怎么回事，坚持自己长生不死又开枪自尽？过了一会儿，又是一股冷汗冒上了何亮的额头。这不过是一个梦罢了，为什么要一直深想呢，梦中的事情没有逻辑不是很正常吗？他摇摇头，可是怎么也挥不去那张笑脸和耳边的声音。

后半夜何亮没怎么睡。早晨起来他给自己冲了一杯咖啡，强提起精神。

"昨晚没睡好吗？看你这么没精神。"蔡舒涵从厨房走出来，又是端着两碗面，"这次是酱面，也是我亲手做的。"

何亮摇摇头，想把自己摇清醒："嗯，做了个噩梦。"他端起面吃了一大口。

"小心别烫着了，刚出锅呢。"蔡舒涵在一旁提醒。

"嗯，真好吃。"他有些心不在焉。突然，一大碗面变成了那张笑脸，又一瞬，变成了血肉模糊的样子。何亮大惊，闭上眼，晃晃头，再睁开眼，血腥变回了面。

竟然出现了幻觉。穿白衬衫的不是张长生，那不过是个梦。何亮告诉自己。可时下实在没了胃口，他放下了筷子。

"怎么了，又太咸了？我这次只放了一次盐啊。"蔡舒涵说。

"不，只是突然没了胃口。"何亮觉得有些不好意思，刚夸了好吃，现在又突然不吃了，"我工作上还有点事，去一趟公园，收拾碗筷的事情先交给你了。"他有些狼狈，匆忙走开了。他走到车库，打开车门，坐上驾驶座，深呼吸一口。"见鬼，一个梦而已。"他骂出声来。

他当即驱车前往新华公园,十五分钟后,他到了目的地。他把车停好,带上录音笔。此时离约定时间还有半个多小时,他提前来,想走路散散心。公园里阳光很好,洒落在地面上,总会激起一种消不去的声音,让你的心头发暖。雄鸟们为了争夺异性的目光,总在一刻不停地卖弄着自己的歌喉。他看向湖边的那棵柳树,柳枝摇摆。但那里出现了他最不想看到的一幕:一位三十岁左右的男子,戴着一副方框眼镜,穿着白衬衫、黑色休闲裤,手上戴着银色手表,文质彬彬。何亮心头一颤,强作镇定往前走去。

　　"你好,我是何亮,请问你是张长生吗?"何亮伸出手。

　　"我是。你来得挺早啊。"张长生笑起来十分阳光、亲切。他伸出手去与何亮握手。

　　"您这次找我是为了?"何亮被笑容打消了不安,提问道。他打开录音笔。

　　"听说你昨天刚回家,今天就匆匆把你叫出来,主要是怕你什么时候又出国去了。不影响你吧?"张长生没有回答何亮的问题。

　　"不影响。"何亮客气道。

　　"那好,我们先去长椅上坐下,我要说的故事有点长,你要慢慢听。"张长生说罢走向长椅,给何亮留下一个背影。

　　蚂蚁在长椅下排成一列走着,鸟儿在枝头叫着,阳光洒在地面从不停歇,初夏的公园总是生机勃勃。

　　那个梦里的声音,逐渐从何亮的耳朵中消失。

3. 轮盘

我没找到过我爸妈,从小就找不到。我患有先天性心脏病,出生没多久,就被爸妈丢弃在垃圾桶里。一只流浪狗来寻吃的的时候把我从里面翻了出来,我外面裹了好几层棉布。恰巧,这时候一位叫张卫国的医生路过;恰巧,我被狗翻弄得哭出了声。他把我捡走了。他给我取名张保济,希望我能多活几年。他常常为此祈祷。我的病很严重,比别人的要严重很多,我四岁那一年发病五次,张卫国担心得焦头烂额,但是,在我五岁生日的时候,他的一个朋友来找他,说要给我做手术。那次是国内首次的对先天性心脏病战斗的胜利。他说,命运一直存在,魔盒的底部,希望还在。

我变得越来越健康,就像一个正常宝宝一样。我慢慢长大。到了中学,我开始接触上个世纪笼罩着整个前沿科学的乌云——量子物理。

我曾跟着张卫国去朋友家做客,玩耍中,我打碎了一个玻璃杯。我看着杯子从空中掉落,最后砸在地上,支离破碎。我吓了一跳,生怕张卫国骂我。但张卫国还没有开口,他的朋友就问我:"它掉到地上,所以它碎了,对吗?"

我思考了一下,想了一下刚才的过程,觉得自己能预测到落地之后玻璃杯碎掉,于是说:"是的。"

"哈哈,没错,它掉到地上,所以碎了。"他看起来很高兴,没有因为我打碎玻璃杯而不高兴,"但最主要的,是你看见它碎了,它才碎的哦。"

"啊?"我一脸茫然,有些难以理解。

"哈哈。"他大笑起来,没再说什么。

后来我接触了杨氏双缝干涉实验。相干光经过两条缝,映射出来的不是两条缝,而是很多很多的明暗相间的条纹。电子束也有类似的现象。而单个电子,则会随机地有概率地分布在光屏上。但你知道吗,你不管遮住那个缝,电子总能出现在光屏上。然后就有一个很简单的结论:电子,同时穿过了两条缝。可是我们只能观测到它经过了一条缝,而且,我们一旦展开这种测量,干涉条纹也就消失了。

这到底意味着什么?我们的观察改变了实在物质?意识的介入真的能改变实在物质吗?我不禁想到多年前我打碎的那个玻璃杯。

有人提出,电子只是处于叠加状态,它同时通过左边和右边的缝,你一观察,它的状态就确定下来,我们就知道它到底是透过了哪条缝。这就是量子物理的基础之一:不可知。微观的物质我们总是想象不到的,那尺度太小了。但有人又提出了一个模型,那个人是薛定谔,那个模型始终笼罩在整个量子物理领域,它是薛定谔的猫:在一个盒子里有一只猫,以及少量放射性物质。之后,有50%的概率放射性物质将会衰变并释放出毒气杀死这只猫,同时有50%的概率放射性物质不会衰变而猫将活下来。这个盒子不透明,我们无法用任何方式观察其内部的情况。我们知道,放射性物质会处于放射和不放射的叠加态;

而毒气，也会处于释放和不释放的叠加态；那么猫，也会处于死亡与不死亡的叠加态。

这下子好了，想不通微粒的状态，是因为尺度太小，可为什么现在又想不通一只猫的状态了？一只猫，怎么会又生又死，而在你打开盒子的那一个瞬间，就确定了它真正的生死？一时间，没人说得清楚究竟是原来的理论错了，还是猫真的又生又死，需要等待你开启盒子来下达你的意志。

后来，我认识了 MWI，也就是多宇宙理论。我们可以认为，电子确实通过了左边的缝，又通过了右边的缝，但它不是玄之又玄的叠加态，而是它在那一刻处于两个宇宙！电子不需要叠加，猫也不需要处于玄之又玄的又生又死的状态，还要等待人来开启匣子来确认它的生死。

多美妙的理论啊，而且，我还看到了其中最最美妙的一部分。

假若盒子里的是人不是猫。那个人的意识会在一个宇宙中永远消失，而在另一个宇宙中存活。由此可以推出，人生在一次次的选择中，你的意识永远会选择那个你活下去的宇宙。也就是说，人生的每一部分，都像是一个轮盘，不管轮盘怎么转，指针都会指向你活下去的那一点，因为死掉的你不存在意识，那个宇宙对你没了意义。对你来说，唯一有意义的就是你活着的那个世界，而永远都会有一个你活在某一个世界！所以即使你拿着刀，对自己的脖子用力划下去，也会有很小的概率，组成刀的微粒在那一刹那发生量子隧道效应，以某种方式穿透了你。而你，完好无损。

所以，不需要保济，其实我本就长生，所以，后来我改名张长生。

岁月一点点逝去，张卫国因老逝去。我知道，他只是在我的世界中离开，而不是真正死去。总会有一个世界永远接受他，他也会永远活下去。所以我并不难受，我知道我该做的，就是去验证这个理论。

我开始在世界各地寻找生无可恋的人，与他们一个个进行一个游戏——俄罗斯大转盘。我知道第一个人的妻子拐走了他的孩子，跟着另一个男人跑了，因为他只会喝酒和打女人、孩子。我与他去旅游，在一次蹦极中，我看到他面不改色地从125米高空跳下的时候，我知道他确实放下了。于是当晚，我就掏出了我珍藏的那把左轮手枪，上一颗子弹，扭动一圈、两圈，到无数圈。他拿起枪，对着自己的脑袋就是一枪，"砰"，空的。我拿起手枪，颤着手，对着自己的脑袋。他看我颤着手的样子，不禁摇头说："不想死就别寻死。"我一狠心，就开枪了。空的。下一枪却不再是空的，他死了，就死在我的面前，半个脑壳炸裂开来，我感到很抱歉，但我继续寻找下一个人。

我进行到第 10 次实验的时候，终于把心放下来。我不再担心自己是否会死掉；我也不再对之前死去的人感到抱歉，我知道总有一个地方，他还活着，而且，我会死去，他会继承我的所有个人财产。

后来，我被冠以"命运之子"的称号；再后来，有人把我叫走，让我与监狱中的死囚一起进行实验。我一直赢。

你知道吗，我一共赢了 271 把。若胜出一次的概率为 1/2，那我连胜至今的概率的分母已经超过了可知宇宙的原子总数。当然,有好多次,左轮手枪前五发子弹全空,我拿着手枪,对着自己的脑袋开枪,无一例外,子弹卡壳或者射偏:天天擦拭的手枪卡壳以及对着脑袋射偏。

后来,我知道我进行的实验名为"量子自杀"。不过,这时候外界已经没有关于我的这部分信息了。

4. 诅咒

这个故事确实很长,蚂蚁两次改变了队伍,影子从斜西方移到脚下。何亮一下子不能理解故事中的逻辑。

"你原名张保济,后改名张长生?"何亮坐在长椅上,发出提问。

"对。"

"因为你是长生不死的?"何亮觉得有些荒唐,他不禁想起了那个梦,同样的左轮手枪,同样的对脑袋开枪。还有,一个人好好的怎么就长生不死了?

"对,也不对。"张长生摘下眼镜。何亮注意到那原本阳光自信的眼神中突然有了一丝疲乏。张长生继续说:"是你,你才是真正永生的那个。我会死,别人会死,但你不会。"

"为什么?"何亮注意到一个词,永生,而不是长生。

"因为,对你来说,你的意识决定了你就是永生的。而我,或者其他任何人,都仅仅是永生在自己的宇宙里。现在的我们,只是恰巧相遇,我们与身边所有人都只是恰巧相遇罢了。"

"我只是恰巧走进了连胜 271 次的你的世界?"

"是,也不是。确切地说,是你的世界中恰巧有这么一个 271 连胜的我。"

"哦。"何亮若有所思,其实他并不能十分透彻地理解张长生的故事与他的话。不过世界上总有一些神秘的东西会让你义无反顾地去相信。不知为什么,何亮想起了当年在大使馆中幸存的经历。这时候,何亮突然想到了什么:"你的诺贝尔奖提名?"

"没错,正是一定程度上验证了多宇宙理论的贡献,使我获得了这个提名。我丢下了 271 个以上的宇宙的真理,拾起了这个宇宙的真理。从某种意义上说,我拯救了自古至今的所有人,因为在多宇宙理论中,所有人都是永生的。而对于这个理论的正确与否,我有着 99.99% 以上的把握。"

"可为什么公众什么也不知道?"何亮有些疑惑,这样大的贡献即使拿不到诺贝尔物理学奖,也该把成就公布出来吧。何亮不知道他的话会一下子激起张长生的剧烈反应。

张长生眼睛中的那一丝疲乏迅速扩大,转而,他看向别处,冷笑一声:"你还没有真正意味到永生的意义吧。"

张长生的表情让何亮再次想起了那个梦,他不禁出了点冷汗。他想到梦中那血肉模糊的尸体。他陷入了沉思。他开始思考,假如我真的永生的话,假如真的有那么一个世界会永远接纳我，让我的意识不灭的话，我会怎样？会像梦中张长生一样对自己的脑袋开一枪吗？又或者，向别人的脑袋上开一枪？反正也没人能真正杀了我。也许会吧。他知道他曾对某些人恨之入骨，恨不得将其挫骨扬灰。他突然明白了，为什么张长生的伟大实践拿不了诺贝尔物理学奖，张长生拿不到的，也许永远也拿不到。他也明白了张长生的冷笑。他觉得这个信息也许就不该存在，像个秘密。

现在人类社会的最基础的支柱，就是法律，而给法律带来执行力的，就是暴力机关。一旦暴力机关失去了真正的作用，谁也不会料到会发生些什么。

"好吧。"久久的沉默之后，何亮苦笑。他毕竟是一名记者，对人性有着相当深入的了解。

"唉。"张长生长长地叹了口气，又戴上了眼镜，"这就是个秘密，一个说不出口的东西。其实说得更直白些，这就是个诅咒。"

"诅咒？"

"没错，这种背负着真理却说不出口的感觉，到底太难熬了。而且，永生和死亡，到底哪个更可怕？失去意志与意志永存，到底哪一个更令人恐惧？我甚至想到未来，亲朋好友一个个相继死去，我到底该以什么面目去生活在这个世界。"张长生把头仰在靠背上，"我常常想，生命到底是什么。"

何亮沉默不言，他现在清楚地感知到初夏太阳的威力了，那种灼热感，让他有些不适。

"远古时代,月球用它巨大的质量,一刻不停地拉动着地球上的海水,联合狂风、暴雨、闪电,一起一遍遍重组着最简单的有机物,时间不停流逝、积累,直到最简单的生命的形成,但是生命,明显违反了宇宙的终极目的:热寂。尤其是人类。人总在习惯性地打扫,不停地打扫,让熵向减小的方向移动,太反常了,整个宇宙也不会有哪里有着这样的现象。人类存在的意义究竟是什么?而现在,我又明白,只要有人在,宇宙便永远会有这么一个意识存在。诅咒,怕是就因此而生吧。"

何亮想不到一位获得诺贝尔物理学奖提名的人,会相信诅咒这样的巫术。但在看清了宇宙的终极图景之后,谁还不认为宇宙与人类本身就是一个巫术呢?

今天张长生给何亮带来的信息实在是太令人难以接受了。人人都是永生的?可总有股说不清的力量让何亮去相信他,去相信他的话都是真的。

等等,张长生来的目的是什么?

"你今天来找我是为了?"何亮问他。

"没什么,我只是争取了一个机会,一个能让我向世界中稍懂人性的人阐述这个真理的机会。"

"现在有多少人知道你?"何亮若有所思。

"77个。在对这个理论是否应该向公众宣布的投票中,我弃权了,38票同意,38票否决。同意一方的认为,知道真理,是人们与生俱来的权利,真理不应被隐瞒;反对的人认为,社会秩序是最重要的。谁又说得清楚呢。"

"于是你来找我,让我投出这最后一票吗?"何亮问他。

"对,假若你认为世界应该知道MWI,那便告诸世界;假若你认为不该,就深藏于心。"

"恐怕你知道我们战地记者永远恪守的信条吧。"何亮笑了一下,他知道张长生其实希望世界知道他的贡献。

"如果你没法阻止战争,那你就把战争的真相告诉世界。"张长生说。

两个人对视一眼,都苦笑起来。

"或许,这种诅咒,还是由少数人来承担比较好。其实我认为,知道诅咒,或许更像一个诅咒。现在,你把诅咒丢在了我的身上。"何亮说。阳光依旧灼热,但何亮此刻已经感受不到阳光的重量了。

"我先走一步。"何亮起身,关闭录音笔,丢给张长生,然后转身离开了。他本来想把昨夜的梦告诉张长生,但最后还是什么都没有说。

张长生独自坐在长椅上,享受着初夏的阳光,白衬衫异常的亮。

何亮回到家中,第一时间就写好了辞职书。他不知道自己为什么要辞职。也许,他不想在自己的生命中,让妻子离开太久;也许,他不想在妻子漫长的生命中,缺席太久;也许,他确实违背了战地记者的信条;也许,是因为他知道,在某个世界里,大使馆附近的那个小男孩还活着,被炸死的陈怡清也在,那翠绿的竹叶和黑白分明的大熊猫也依旧存在。

次日清晨，何亮揉揉双眼："老婆，我要吃挂面！"

"馋嘴，快做好了，别急。"

何亮看向窗外，深红的朝阳有股说不上来的味道。

"也许，有些真相终究应该保管起来。"

PS：1. 生命只有一次，请珍爱生命。

　　2. 本故事为虚构，如有雷同，纯属巧合。

爱在大西洲

亚特兰蒂斯的陷落

文 / 喀拉昆仑

◆ 1 ◆

我睁开眼时,看到察丹正在将那件亚麻衫披到身上,肩膀上古铜色的肌肤被清晨的阳光抚过,像镀了层金。那一刻,他越发迷人,让人忍不住想起大祭司口中的金躯神祇。

我的察丹,他是我的,只属于我一个人。

然后,他看到了我。

"我要到神庙里去了,祭司和长老们正在召集议事者。"他看着我,眼神有些忐忑,"如果不出意外,我应该下午就能回来。"

"又要开议事会?"我起身,懒洋洋地靠在他身上,寻觅着他的体温,深吸一口气,那熟悉的男性气息让我一阵阵迷醉。

我的意识正在醒来,可是身体还是懒洋洋的。似醒未醒间,我尽情享受着这种朦胧的美好,昨晚的爱情仿佛还留在身体里,暖洋洋,散发着来自男性的温情和力量,令我的精神也同样满足。

我喜欢这种生活。

"我的深层地热开采工程马上就要验收了,长老会还有许多人不同意……"察丹说话时忧心忡忡,隔着硬质的亚麻衫我也能触摸到他的紧张不安,那血管如麻绳般虬结,像蠕动的水蟒,随时准备暴起伤人,"这会是非常严格的一次审议,但它对我很重要……"说道这里,他叹了口气,忽然一个转身,用粗壮的手臂一把抱住我,紧接着便毫不留情地吻了下来,"请你保佑我,一定要成功!"

他嘴里仍带着昨晚的米酒味,胡须扎得我脸颊生疼。

我咯咯笑着,用手推开他那张毛茸茸的嘴:"你应该去向太阳神祈祷,它才是有法力的神庙主宰,我不是!"

他的嘴固执地凑了上来:"我不管,苏,你就是我的太阳神!"

"噢,这是亵渎,"我半认真地笑道,"万一传出去,下次献祭,你就要被绑上祭台了——和那些奴隶一起。"

"太阳神会原谅我的,因为我是如此的虔诚,力图将他的荣光散布到整个世界。"察丹说着,轻轻将我放下,挥动手臂摆出一个虔诚的祈祷姿势。

但就是那样一个简单的动作,牵动了身上未知的隐伤,他一阵吃痛,倒吸一口冷气。

见状,我坐了起来:"怎么了?"

"没什么,可能是昨晚睡觉着了凉。"他嘟囔着,试着活动几下。

"肯定是了……"我回想起来,他昨晚在我身上折腾完后,睡觉很不老实,兽皮被子被踢开好几回,于是笑笑,"你昨晚几乎一直光着身子。"

"是吗?"他眉头一皱。

"这可不能怨我,你一直在翻滚,总是喊热,盖也盖不住。"我说。

"哦,那也是没办法的事。"他眉头渐渐松开,"我是火性体质,睡觉总是爱出汗。"

"你好像还很自豪。"

"火性体质的人都是受到太阳神庇佑的,所以才会如此。"他振振有词。

"但愿如此。"

他再度活动一下,又是吃痛。

"怎么又是肩膀这里疼?见鬼了!"他愤愤不平,"每次都是这里着凉!"

"因为你每次都是把肩膀露出在外。"我说。

"可我现在并没有感觉它冷。"

"那是因为,当你觉得冷时,就自动把它缩回去了。"我说,"不过,你很快又会把新的肢体露出来散热。"

"这是为什么?"他一脸虔诚地问道,完全偏离了重点。

我暗叹一声:"这个问题你应该去问尊敬的太阳神,我的神佑者。"

"好了好了,别这样,"察丹宽厚地一笑,转身抱住我,"我不是在说你,我亲爱的苏,世上最迷人的女人,太阳神最庇佑的信徒首先是你——你发现什么了吗?"

"没什么,"我享受着察丹强有力的拥抱,内心暖洋洋,"不过,我认真估算过你身体露出部分所占的比例。"

"哈,估算,"他夸张地笑起来,"还是认真的。"

我一把推开他,看着他的眼睛:"我是认真的。"

"好吧,"他妥协了,"说吧,那个比例。"

"察丹,也许你不信,"我说,"但我好几次估算的结果都是一致的,露出的部分,大约占五分之一。"

"五分之一,"他重复了一遍那个比例,"这有什么意义吗?"

他真正想知道的,是这个比例跟他肩膀着凉有什么关系——这就是男人了,他们所有的思考都有着明确的目的,总是要知道缘由,一点儿也不懂幽默。

我忽然感觉很无趣,他根本没有意识到我守候他时所付出的关注。

"你该去神庙了。"我说。

其实,那一刻我心里真正想要的是他一个强有力的拥抱,还有热吻,至于那句"亲爱的谢谢你为我做这么多",有没有都不太重要了。

但我等来的只有他恍然大悟的神情，然后是满脸的焦急："我差点儿忘了时间——我这就走，亲爱的，我很快就会回来！"

他匆匆离去，留给我满怀惆怅。

那个深层地热开采工程，是他最爱的，其次才是我。我还记得他带我去参观的那次，巨大的隧道直通地底，热水从不知道多深的地方升腾上来，带着滚滚蒸汽，最后流淌到地面上，把热力留给地面的我们。我不知道他们是怎么做到这些的，察丹的介绍我听得似懂非懂，只记得那时的他兴奋得满面红光，就像小孩子在和人分享玩具。

那次我离开时，察丹说，像那样的隧道系统，全洲已经有几千个了，还有更多的正在建设中，它们将海量的深层地热汲取到地面，为人所用。

我不知道察丹在做什么，但我知道如果没有他和他的工作，我们的大西洲就会和旅人传说中遥远东方的那个欧罗巴洲一样蛮荒。那些去过远方的航海家们说，世界上至少有五分之四是水，剩下的陆地不足五分之一，而在这只占五分之一的陆地中，只有我们亚特兰蒂斯（也就是大西州）属于文明区，其余的全部是蛮荒之地。

多亏了地热能的使用，我们的文明进度才远远超过人口富庶的欧罗巴、亚细亚还有亚美利佳。

我的察丹，他是个英雄。

◆ 2 ◆

　　我走出石屋时，太阳刚升起一指高，阳光掠过林稍，将灰绿色的树叶烧成透明，我仿佛看见了太阳神的问候。

　　石街两旁都是民居，夹杂着关押奴隶们的囚室，这样的街道笔直延伸，一直通到遥远的祭祀广场。我看到了奴隶们的惊恐，他们缩在阴暗的囚室里，透过长满青苔的狭窄石缝观望着街道，视线一旦落在远方的祭祀广场就会猛地跳开，仿佛被火烧着了。

　　真是猥琐的生物，我心头涌起一声叹息。

　　根据神典记载，牺牲是接近太阳神并获得其谅解的唯一方式，但即使在因为渎神及种种罪恶而被囚禁后，这些人也只会本能地畏惧太阳神广场，根本不知道把生命献祭给神祇是多么的荣幸。

　　在长老们眼中，牺牲，对于卑微的他们无疑是恩典。

　　来自神的恩典。

　　"哈哈哈，来自神的怒火将烧毁整个世界！"

　　一阵极不和谐的狂笑突然出现，打乱了我的脚步，更让我心头一颤。我循声望去，看到一个潦倒不堪的老人醉倒街边。他衣衫褴褛、胡子拉碴，只是再猥琐的外表也掩饰不住其本身的气场，所有人都对他敬而远之。

那是拉姆斯长老,神庙众长老里的异数,不止一次被人指责其形象有损太阳神祭祀的尊严,但他因为天文历法上的造诣不凡,一直在神庙长老会里占据一席之地。

我感觉很尴尬,正准备装作不认识,快步离开,拉姆斯长老已经认出了我。

"嗨,吉兹娜,你起得好早啊!"他冲我喊道,"愿神庇佑你!"

我只好过去,施了问候礼。

"我刚才看到察丹过去,他心情似乎不太好。"他扯上了我的男人,言语间带着本职的多疑和高傲,"是因为那个地热方案的事?"

我没有说话。

"察丹是个聪明人,只是有时候会选错方向。"他说。

"长老这话什么意思?"

"很简单,你觉得,真正崇拜太阳神的人,会那么卖力地往地下挖,而不是伸展双手迎接它?"

我吃了一惊,忽然觉得拉姆斯长老有些不善,于是决定探探口风。

"察丹他并没有对太阳神不敬的意思,"我小心地选择着用词,"他只是视图证明,即使在深暗的地下世界,也能找到来自太阳神的神力,以此打破最顽固者的幻想!"

"不错,"拉姆斯长老点点头,看着我,似笑非笑,"我也是这样。"

我再次施了个礼,转身离去。

"对了,吉兹娜,我得提醒你,"身后传来拉姆斯长老的声音,"地学会的那些人好像说过,地下的热力不是来自太阳神,而是盖娅自有的。"

我心里一惊,快步离去。

身后一阵肆意的笑声。

地热不是来自太阳神,而是盖娅自有的——单凭这句话,就足以指控察丹了,他当然不可能和地学会那些罪恶的渎神者们搅和在一起,但是他的做法,却无疑是在向那些家伙靠拢,这很危险。

我快步走向神庙,事实上我几乎是在小跑,要不是亚麻围裙的阻拦,我肯定会撒腿狂奔。

我的察丹,他有危险!

前方传来隆隆鼓声,一股浓烟缓缓升起。

这是火刑的前兆。

我心中突感不妙。

人们开始前去观礼。当街道两边开始人潮涌动的时候,我忽然畏惧了,本能地试图离开,但是冥冥中不由自主,被裹挟着来到广场,一直来到火刑柱下。

老天!

我的察丹，被绑在上面！

那一刻，我已经不能呼吸，但我知道现在做什么都晚了，我试图冲过去，但是总是有人挡住我，让我无法向前，我头脑里乱哄哄的，不知道他们是谁、来自哪里，他们或许只是普通的看热闹者，也许是有组织者——但是，有什么区别吗？

喧闹是他们的，我不知道自己该怎么做。

察丹已经被神庙长老会定罪。见围观人群已经聚集了相当规模，很快就由大祭司出来高声宣布各项罪名，我听到了"勾结地学会""侮慢长老"等词汇，直到那个最终的"亵渎太阳神"，彻底击碎了我所有的侥幸。

"亵渎太阳神"这个罪名一出，察丹罪无可赦了。

"不——"我刚要喊，便被一只强有力的大手捂住了嘴，紧接着是另一只手，拖着我一路滑行，退出了人群，把我拖到一个僻静的街区角落里。我拼命挣扎，却被好几个人死死按住，动弹不得。

当我看清那些人的面孔时，再度被恐惧抓住了心脏——他们都是地学会的，以前曾数度拜访察丹，但察丹跟他们信仰不同，并没有合作。察丹曾跟我说，这些人都是邪恶的异教徒，号称神庙长老会的对立面。

"吉兹娜女士，我们需要你的帮助，请予以配合。"为首那人言辞恳切，"这也是为了拯救我们所尊敬的察丹先生，他今天的行为实在是太冒失了——不过暂时还不要紧，那个仪式至少要在三天后才举行。按照规则，长老会裁定的渎神者必须当众公示、汇报太阳神之后才能处死,即使火刑也一样。"

我立刻顺从地点点头,那时我还不知道,他骗了我。

我看到那人满意的眼神——他们肯定会满意的,面对我这样一个以胆小天真著称的小女人,几乎不需要动用什么手段就能达到目的。

"时间紧迫,我长话短说,"那人紧盯着我的眼睛,"我们需要'墓牌'。"

我想了想,点点头。

他们肯定会这么要求的,以前数次拜访,他们都提出了这样的要求,但都被察丹拒绝了。现在察丹落难,他们自然要来趁火打劫。

我别无选择,神庙已经抛弃了察丹,要想拯救他,只能求助于长老会的对立面。我不知道地学会这些人为什么会一直存在,但存在就是合理。女人的直觉告诉我,这些人是社会秩序运转必不可少的组成部分。

他们是有力量的人。

"时间就是一切!"他们催促道。

是的,时间就是一切。我回家,找到那个东西,然后跟他们一起进入了地井——察丹一直工作的地方。因为我的随行,守卫并未拦阻,我们一路畅通。

再度走进这个地热隧道系统时,我仍旧被其宏大的规模所震惊。不过我现在满脑子想的更多的还是察丹,在我的印象中，以前曾有许多人被以火刑威慑，但并未真正执行，我一边向深深的地下走去，一边虔诚地向太阳神祈祷，祈祷我的察丹也能够幸免。

唯一让人觉得不安的，是我在和察丹不喜欢的人合作。

"您信仰太阳神吗？"我们沿着潮湿滑腻的螺旋石阶谨慎下行时，某个地学会成员突然问道。

我给了肯定的答复。

"太阳神滋养谷物，给我们吃的；可地热不是，这支撑工业的地下能源，是盖娅自有的，跟太阳神无关！"那人说。

"那是你的信仰。"我很反感，"跟我无关。"

"这无关信仰，而是事实！"那人不肯妥协，"我们亲自测量了从地表到地底深处的温度，大约在17个深度单位后就是恒温，丝毫不受地面的季节变换的影响！"

"你到底想说什么？"我停下问他。

"很简单，地热来自恒温层以下，明显不是太阳神的功劳。"那人一脸得意，"我说的这些你应该能明白。"

"那我也再说一遍：那只是你的信仰，和我无关！"我冷冷地回复。

他们愣了，然后继续和我一起赶路。

我们得抓紧时间。

"我们误会你了，你并不像传言中那样天真懦弱，相反，你很睿智，而且很有魄力。"又一个人说。

"谢谢夸奖！"我现在只想救察丹。

"但是你没有为自己的男人流眼泪，哪怕他正面临生死考验。"

我再度停下脚步，静静地望着他，在火把的照耀下，他的面孔像凹凸的岩石一样阴沉，看不出丝毫表情。

"我正攒着，准备留到他重获自由的那一刻。"我说。

"你爱他吗？"

"当然！"

"那你了解他吗？"

"废话！"我有些气恼，"你们到底想说什么？"

现场气氛顿时一凛，我和他们之间本就不牢靠的盟友关系越发脆弱了。

"没什么，只是觉得，真相对你有些残酷。"他们阴森森地笑着，"以我们对察丹的了解，他绝不是你想象中的那种人。"

"那是我的事！"我冷冷地说，他们和察丹信仰不同，本就有隔阂，相互看不起也很正常，但这不应该成为我终止合作的理由。

对我来说，察丹始终是太阳神的庇护者，和我一样虔诚，他的工作虽然向着地下，心却一直系于天空中神的领域，为了他，我什么都可以忍。

我们就这样边争吵边走,很快就来到了下行尽头,被挡在一面巨大的石壁外面。

察丹曾跟我说过,此处就是尽头,但地学会的这些人显然不这么认为。

"现在该动用'墓牌'了。"他们提醒。

我犹豫了一下,交出墓牌,他们接过,找到石壁的机关,把它塞进去,然后随着一阵隆隆声和猛烈的蒸汽喷射,石壁居然打开了!

然后便是一阵灼人的热浪,烤得人脸发烫,呈现在我们眼前的是一个深邃的石洞,洞壁微微呈现暗红色。

他们好奇地看着裹足不前的我,若有所思。

"我,我……"我心里一震,就像感觉瓷器裂开了一道口子,结结巴巴地说,"我从没来过这个地方。"

察丹从没带我来过这里,在他的讲解中,地热井就是外面那个径深隧道。

他们相互对视一眼,点了点头:"好了,现在进去吧,卫兵就快追上来了。"

卫兵?

我忽然意识到了风险所在:察丹现在已是罪人,我们刚才进来时守卫们应该还未得到消息,而此刻,他们一定按照惯例,把我带人潜入的事上报神庙,然后,会发现自己已经引狼入室。接下来的事不用说,神庙一定会勃然大怒,派人下来瓮中捉鳖。

地学会的人解下背包，取出石棉手套、脚套穿上，也给了我一份。

"把这个穿上，像我们这样！"他们说，"接下来的路会很烫，你要学会自己保护自己！"

我遵从了。

和他们一起行进在热炉般的地洞中时，我默默地接受了这样一个事实：地学会的这些人和察丹的关系，恐怕比我想象的要复杂。

事实证明了我的猜测。

◆ 3 ◆

在路的尽头，出现了一个巨大得难以想象的机器，喷吐着灼热的蒸汽，无数大大小小的管子从它身上通入通出，一个巨大的飞轮缓慢而又稳定地旋转着，叮叮哐哐作响。地学会那些人没有说话，爬上前去好一阵摆弄。

看样子，他们对那机器不是一般的熟悉。

"如你所见，这就是地热蒸汽机，我们大西州文明的基石！"地学会的那位领头人说道，他也是唯一没有上前摆弄机器的，只是偶尔对某个人发出某些指令。

"那是什么东西？"

"是一种把地热转换为机械能的设备，我们现在享受的所有文明成果,从车轮的运转到家庭供暖,从武器加工到水利灌溉,除了吃的以外,几乎全都是靠它维持。"

"就凭这一个大家伙?"我一时叫不上来那个拗口的名字。

"不,全国像这样的东西有几千台,"那人说,"每一个像这样的隧坑里,都有至少一个这样的机器——它们全都是你的察丹弄出来的。"

我心中忽然一动,仔细看那个东西,发现它深嵌的岩石基质比周围的要暗许多,那里的温度也低了许多,没有热浪炙烤的感觉。

全大西州的深层地下,有无数个这样的金属怪物正在隆隆运转,汲取深层地下热能为地面的人们所用——想到这个,我不禁打了个寒战。

察丹他一直都在做这种事,瞒着我。

"你觉得,它像是太阳神的赠物吗——不,这个说法太混蛋了,"地学会领头人说,"一望而知,它分明是盖娅的!"说完,他扭头,热切地看着我。

我对异教徒的言论不感兴趣,摇摇头,问道:"你们想来这里干什么?就是为了带我看这个大家伙?"

"不,当然是为了拯救察丹先生!"

"怎么拯救?"

"就用这个!"那人指指缓缓运转的钢铁巨兽,"只要控制了它,就能让虚伪的神庙和那群自私的长老们屈服!"

"你刚才说了,有许多个这种东西。"我看着忙碌的人群,缓缓地摇摇头,"而眼下我们才只控制了这一个。"

"是只控制了一个,不过,跟控制全部没什么区别,它们都是联动的。"那人说着,眼里闪过一丝狠厉,"一个变坏了,其余的都跟着完蛋。"

"联动?"我大惊失色,"你们到底想干什么!"

正在这时,只听得破空声响,一只羽箭飞来,刺中了地学会那个头目的胸口,他一声痛呼,软软地倒了下去,然后便是铺天盖地的箭雨和火枪声。

神庙的卫兵到了!

接下来的事情毫无悬念,地学会的人被剿杀殆尽,而作为"人质"的我则被生擒,带回地面。就这样,拯救察丹的计划——或者称之为冒险也行,失败了。

我懵懵懂懂的,好长时间没能从震惊中醒来,我并不知道地下深处的那台机器是怎么操作的,也不知道地学会那几个人摆弄的那一阵子到底产生了什么影响,但是朦胧之中,我感觉回去的时候比来时冷,隧道里那股灼人的热浪变得温和了许多。

也许是因为我已经绝望了,感官变得麻木,唯有心底的那个瓷器裂痕仍旧锋利,划破我的心脏,让它不停流血。

察丹对我隐瞒了很多东西。

很快我就开始后悔来到地表,在这里,对我的后续打击接踵而至。

察丹背叛了我，我最终还是知道了。他在外面有许多女人，有一个还是神庙长老的女儿——也正因为他对那个女人始乱终弃，身为父亲的那位长老才一怒之下命令拘捕他，于是便有了神庙广场上的那一幕。

至于"亵渎太阳神"，那只不过是一个编造出来的借口。

当那个醋意大发的女人冲过来对我侮辱厮打时，我心里一片空白，完全感觉不到痛，说好要攒着的眼泪，不争气地流了下来。

我太天真了。

像察丹那样的成功男人，怎么会只有一个女人，只有一个傻乎乎、几乎从不过问丈夫社交圈的单纯女人？他和长老会走得那么近，又怎么会没有暧昧交易！女人，历来都是贵族政治交易中的必需品。

火刑柱上已经看不到察丹，只剩下一堆灰烬，里面散落着几根烧得惨白的骨头。

我跪在神庙广场上，涕泪横流。

察丹死了，但不是死于长老会的火刑，也不是死于长老会的惩罚，神庙与地学会的这场政治斗争毁掉的只是他的肉身，他的心，对我而言早已死去多年。

我的察丹最终还是死了，这么多年来，我一直在和一具行尸走肉生活，一想到那些耳鬓厮磨的甜言蜜语，我就难以抑制地恶心。

我想吐，却什么也吐不出来，那个女人不停地殴打着我的背，嘴里说着诅咒我的话。

她说，我是妖妇，蛊惑了伟大而正义的察丹，害他堕落。

她还说，我和"地学会的那些老鼠们"通奸，试图玷污太阳神。

我这才知道，可怜的察丹对他们已经失去了利用价值。

那一刻，我忽然明白了所谓信仰的意义：

它只是为了划分阵营而生，至于其内容本身正确与否，那并不重要。

我的头越来越沉，身体渐渐麻木，察丹小情人的殴打我已经感觉不到了，恍惚中，我回到了清晨，察丹正与我并肩而眠，我们相互依偎，他的肩膀强健有力，古铜色的肌肤满是太阳神的色彩，离开前，他俯身吻了我。

这时，大地发出隆隆巨响，开始颤抖。

我以为这是幻觉，但随即发觉那个打骂我的女人已经停下动作，我抬头，看到她正在发呆。循着她的目光望去，只见广场外的街区一片狼藉，所有的东西都在颤抖，动物们冲上街道乱跑，鸟雀漫天乱飞，惊慌失措的人们纷纷逃离栖身的建筑，并尽可能地远离那些高墙，许多奴隶都从关押他们的囚室里逃了出来，更多的则被坍塌的石顶压着，生死不明。

我听清了那些人嘴里呼喊的话：地震了。

一个学者模样的人跑到主席台上，找上逃离中的长老耳语了几句，我看到，长老的脸色变得很难看。

然后，我看到了海。

海水正在朝这里涌来。在众人的惊呼声中，在神庙长老变得惊恐欲绝的表情中，它以稳健的步伐前进，推倒并吞噬了沿途一切障碍，就像魔鬼吐出的舌头。

人群开始绝望地溃散，但已无处可逃。

长老的女儿尖叫着跑开了。

无数人在徒劳地逃亡，远方已经开始有人被席卷而来的海水吞没，像被泥水冲走的小虫子。有些人在呼喊，有喊"太阳神救命"的，有喊"察丹请原谅我"的，有喊"你们快跑"的，更多的则是无意义的哀嚎。

一位地学会的残党上来拉起我，告诉我说，此处的地面正在迅速下沉，所以附近海岸线的海水倒灌了进来。

"很棒吧？"那人眼里闪动着愤恨，"都是你男人的地热开采害的，他正在揭开盖娅女神的被子！"

"不，他不是我男人，"我无力地摇摇头，将脑中的记忆纷纷摇碎，"我的察丹早就死了，在很多年以前。"

"你个贱人！"他恶狠狠地啐了一口，逃开了。

当那海水像一堵墙一样冲过来时，我忽然明白了他的话。

按照地学会的观点，盖娅女神正在睡觉，她将一部分身体露出来散热——这就是我们脚踩着的那些露出海平面的陆地，当她觉得冷时，就会把一部分身体缩回去。

就跟我的察丹一样。

而神庙让察丹做的地热开采，则等同于揭开被子，让盖娅女神散热加快，于是，她感觉冷的时间大大缩短了。

现在，盖娅女神正缩回她那块暴露在外、已过度降温的肢体——大西州。

我忽然感到一阵惶恐。

原来，地学会那些人是正确的，我们不仅仅属于太阳神，更依赖盖娅，而我们大西州众生所做的，都是对后者的伤害。

那些随我一起潜入地热井的家伙，也许破坏了机器，但为时已晚；也许未能成功扰乱地热蒸汽机群的运转，但不管怎样，沉陷已经开始。

海潮汹涌前行，整个大西州都在摇晃，迅速坠入水狱。

恍惚中，我又回到清晨，看护着睡醒的察丹，那一刻我知道了，盖娅露出来的陆地，应该和察丹夜里踢被子露出的腿脚一样，是总体的五分之一左右。

那又怎样？

又不是属于我的五分之一。

我只想哭。

转眼间，我的泪水和汹涌而来的海水融为一体。

忆太原

位面世界

文 / 喀拉昆仑

"这不是太原!"他逢人便摇头,"太原明明是一座位于黄河干流上的城市,正处在黄河与汾河的交汇点,与西安类似——它处于黄河与渭河交汇点!"

听者都说他搞错了,太原是在汾河中游,距离下游的黄河口还很远。但他固执地说自己亲眼看见黄河在太原穿城而过,那水质清澈透明,与前来汇合的浑浊的汾河形成了鲜明对比,这才有了"汾黄不同流"的说法。人们听了他这话都直摇头,说还从未见黄河水清澈过。

"还有,西安也不是在黄河干流上,更不是在什么三岔口,它位于渭河中游!"听者中有人纠正道。

"这不可能!"他叫了起来,"黄河上的太原与西安,分别对应着长江上的重庆和武汉,这四个水运枢纽城市都位于大河干支流交汇的三岔口,南、北各两个,是分形原理在地理学上的一次经典体现!所有这些,在中学教科书里都写得清清楚楚啊!"

听众看到他这样,纷纷来了兴趣,心想这孩子是怎么回事,看着挺有学问的,精神也正常,却偏偏冒傻。这里明明就是太原嘛，太原也一直都是这个样子！"

"你说错了，太原和西安对应的长江流域城市不是重庆和武汉，而是长沙和南昌。"听者中不乏有识之士，那人戴着黑框眼镜，一脸严肃地看着他，反驳道，"你方才也说了分形原理，这种对应正是分形原理在地理学上的一个体现：汾河、渭河、湘江、赣江这四条河流都属于大河的中下游支流，都形成了各自的冲积平原，而且两两结组比邻而居，北方那一组都有黄土高原冲积扇，南方那一组都有长江河口冲积湖泊，这四个城市便在各自地理区域的经济中心位置形成了，它们自相似。"这人顿了顿，又道："至于你所谓对应重庆和武汉的水运枢纽城市，也是有的，但不在中下游这里，而在上游！重庆和武汉位于长江上中游，所以你找黄河上的对应端时也应该在上中游找——是的，它们分别是兰州和银川，但不是水运中枢，而是铁运中枢。铁运挑大头，这正是北方区别于南方的特色。"

他愕然，许久说不出话来。

"年轻人，我当了一辈子太原人，也搞了一辈子的地理研究，对这点儿事早就看透了。太原，它就该是这个位置！就该在汾河中游，换了哪儿都不行！"那人补充道，说话时头一顿一顿，像一个旧社会的教书先生，神情中带着不容置疑的权威。

他愣了一下，还是摇头："不，不该是这样的……太原不是这样的……"

这太原，的确和他印象中的不一样。眼前这个太原位于汾河中游，而他印象中的那个太原，那个在教科书和各种媒体上了解到的太原，却是位于汾河与黄河交叉口的一个水运枢纽！

这太原，变了！

发生改变的不仅是一个城市而已，省会位置变了，整个省也都跟着改，现在这个山西省也和印象中迥异，地图形状完全不一样，风土人情也发生了翻天覆地的变化……

种种错位让他感觉身体失重，心里也越来越困惑：到底是哪儿错了？记忆，还是现实？到底哪一个太原才是真的？

他感觉头脑开始嗡嗡作响，于是从人群中落荒而逃，那样子很狼狈，说不清是在躲避众人的反驳，还是逃避内心的慌张。他似乎听到有笑声从身后传来，所以没敢回头。

逼仄的楼梯、年久失修的木质扶手，街角处这座破旧的二层小楼处处透着寒酸，就和在这里蜗居了一辈子的爷爷奶奶一样，至今仍旧简朴，完全脱离时代。走上楼梯时，他才发现自己身上已经落了一层黑灰，虽然很薄，但确定是煤粉无疑——现在这个太原是一个地地道道的煤炭城市，号称"煤都"，可是印象中的那个太原，明明是个石油城市，坐拥几大油田，身下液体黄金日夜喷涌不息，号称"东方利雅得"。

错了，全都出错了！

中午吃饭时，透过那砖砌的矮方窗，他愣神地看着外面缓缓飘落的雪花，一声不响。

"阿华，怎么不吃饭？"奶奶提醒他。

"没胃口。"他随口道。

"那，陪奶奶说会儿话——老家那边最近有啥新鲜事儿吗?"

"我也不是很清楚……"他担心自己的慌乱被看穿,便敷衍着,胡乱扒拉了几口,撇开饭碗,抱着被子躺下了。

下午,逛街。从解放路拐进柳巷,两旁满是时尚精品店,PUMA、Adidas、Nike……各路品牌目不暇接,店门口的年轻导购小姑娘们拍着手,嘴里喊着整齐的口号,以甜美清脆的声音招呼过往行人进店选购,与别的城市无异。路过某家店门口时,还能听到里面正飘出罗大佑的歌声。那歌声,让他一阵恍惚。

"这声音影响了整整一代人啊……"他心里这样默想着,低头念叨着熟悉的歌词,试图找回一些依恋,结果一个不留神,居然撞到了树上。

好疼!

他吸了一口冷气,揉揉撞歪的鼻子,然后迅速四下扫视,发觉没被人注意到,顿时松了一口气。这一松气,撞伤的地方立刻变得更疼了。但奇怪的是,身体上的疼痛反而给他心理上增添了安慰——这疼,是真实不虚的!感觉依旧正常,推论下来,这具身体应该也是真实的、正常的,事情还没有发展到无法收拾的地步。

这是个好消息。

歇了一会儿,他转向迎泽大街,尽头的迎泽公园里有一个很大的人工湖,看上去很平静。

就是这里了!

他拦住一位路人,问:"据说这里曾发生一起震惊全国的原子弹部件失窃案,那个被小偷偷走又随手丢弃的零件,就是在这个湖里打捞上来的?"

"没有,从来没听说过这事。"路人是位大爷,在冷天里缩着脖子,答话时直摇头,满头银发随之摆动,像旧时道士手中的拂尘。

"怎么可能?"他不信,"这事就发生在二十年前,当时闹得满城风雨,大街小巷都在议论,甚至还有传言说这湖底有隧道直通台湾……有个本地作家还把这事当成素材,写进自己的科幻小说里了呢!"

"你说的那个本地作家叫什么?"路人大爷问。

"王云,中国当代最著名的科幻小说家,拿过国际星云大奖……"他说。

"王云,他不是河南人吗?"路人大爷皱起了眉头,年龄显得更苍老了。

"他出生在河南,不过工作是在这里。"他纠正道。

"他没来过这里,一直在河南。"路人大爷以奇怪的眼神看着他,"而且他获的也不是什么星云奖,而是奥威尔奖,英国人弄的。"

他又一次愣住了。

路人大爷离开了,走了好远后还回头看他,就像在看一个怪物。

不，太原不是这样的，不是！

他知道，太原应该是另一个样子！

晚上，他做了个梦，梦中中国北方那条黄河变成了一条盘旋的巨龙，太原就是它背上托起的一座城堡，像这样的城市除了太原，往上游还有呼和浩特、包头、银川、兰州、西宁，往下游则有西安、洛阳、郑州、开封、济南、石家庄、北京和天津，所有这些北方重量级城市全都跨坐在黄河上，悠悠荡荡。他忽然觉得这种"许多城市被一条龙串起来"的感觉很好，住在其中那个太原市里，上、下游都有许多同类的跨河城市，让他感觉很安全，就像坐扶手电梯时位于中间位置一样，前后都有很多人陪着。

"古老的东方有一条龙，它的名字就叫黄河……"某处有人在唱歌，在歌声中，他悠悠然地沉醉了，依稀看到那个名叫奥威尔的歌手长着一张东方人的国字脸，很像王云，那个生活在山西或河南，拿过星云奖或奥威尔奖的中国科幻作家。放眼四顾，周围有许多人都像王云，就像无数个分身一样；而那个真正的王云，则影影绰绰，在太原、洛阳、郑州等几个城市间闪烁不定，如同神秘的微观粒子。

直到醒来，梦里那种奇妙的心情仍旧影响着他，使他不愿意睁开眼睛，他知道梦里那个世界太完美，比他见过的还要完美，而梦里的太原也是个很安全的城市，被前前后后的城市们保护得严严实实，一点儿寒风也透不进来，很适合宅男居住。

可眼前这个真实又陌生的太原则不是，它很偏僻。

他又开始烦躁起来,莫名地想出去走走。

解放路,街心广场上有新装的音乐喷泉,喷口分为好几组,随着音乐的改变喷出的水柱形状也各不相同,很有趣,市民们都聚在那里看热闹。他前往观看时,恰遇喷泉停歇,只见一个蹒跚学步的小孩子挣脱妈妈的怀抱,摇摇摆摆地走进了喷泉中央,深入其中。孩子妈妈正要追上去时,喷泉忽然启动了,飞起的水柱逼退了她,也把那个误入其中的小孩子覆盖在一连串的水柱拱桥下,看不见了。那些水柱拱桥沿着喷泉中心排成了完整的圆环状,没有缺口,孩子出不来,外面的人也进不去。围观的众人先是一阵惊呼,随即都转为笑声,而孩子的妈妈则哭笑不得,只能焦灼地等在外面。喷泉拱桥的持续时间也就十几秒,但在众人的感觉中却像是过了十几分钟,拱桥终于消失了,孩子现身——小家伙刚在喷泉水柱形成的"水走廊"里转了一圈,身上滴水未沾,脸上满是兴奋。妈妈如蒙大赦,快步冲上来把孩子抱走,而孩子则想留下来继续玩,嘴里抗议着,扭过身子向着喷泉拼命伸手。

围观众人被孩子的表现逗乐了,又是一阵笑,阿华也笑着摇了摇头,他听出那笑声中带着某种羡慕:水柱拱门高度不足一米,稍大点儿的人都无法待在里面——那个孩子是幸运的,在最合适的年龄走过了一条最神奇的流水走廊。

不知道以后会不会再有这样的孩子。阿华忍不住想,然后他忽然打了个冷战——太像了,方才这一幕和他的经历实在太像了!

要不是这个提醒,他差点儿忘了那件事!

他也是一个刚刚走过拱门的人,不过不是水柱门,而是传说中的"虫洞"门:以微型黑洞串珠结成环,再把一个个这样的环平行排列,变成拱门走廊,就像巴克球相互吸引组成的圆筒结构一样。因为黑洞们的引力井相互抵消,所以中央通道没有强大的潮汐力,可以安全通过——理论上是这样,但现实是,那些穿过走廊的物体全都消失了,消失在空洞中部的光幕后。可以肯定那些物体没有损毁,因为送过去的各种精密仪器依旧正常运转,量子通信器也依然能传回信号。结合相关数据,科学家推断,虫洞的出口应该是通往另一个世界,一个平行世界,它与本世界仅存在毫微的差别——人们到了那个世界依旧可以正常生活,就跟在这边一样。为了验证这一大胆的猜想,便派出了旅行者。

　　他是第一个冒险旅行者。虫洞入口设在太原,他进去,穿过其中无数层蛛网般的迷离光网,从出口飞出来后,发现自己还是在太原,或者说,又到了"太原"。这是个全新的太原,和来之前那个太原有太多地方都不一样。穿过虫洞的他几乎忘记了自己穿越而来的事情,但头脑中对太原的记忆仍旧保留着。按照他的看法,显然是印象中(也就是旧世界)的那个太原更符合美学标准。眼前这个新太原偏离标准模型太远了点,找不到那种高度吻合分形学的地理结构,也就失去了那种科学原理的美感。

　　原来是这样!

　　一切都回想起来了!那些奇怪的记忆碎片和梦境都不是幻觉,而是真实的!

眼下所处的这个太原，是另一个太原，另一个版本的太原！

难怪这么别扭……

在这些原住民看来，这个太原显然是合理的，最合理的。是的，北方是旱地，水运不便，铁运才是主力，所以中心城市都应该依托铁路线分布，所以北方只有以铁运为中心的枢纽城市，没有以水运为中心身份出现的——这一切都是那么的自洽，让他感觉无懈可击。

但他明明知道还有另外一个太原，以另外一种形态存在的太原，因为他就从那里来！他刚刚想起来，那个太原不是他头脑中虚构的太原，而是另一个真实存在的太原！

两个太原，到底哪一个才是合理的？

他感到头痛欲裂，站都站不稳，于是干脆一屁股坐在地上，大口喘气。他突兀的举动引得周围路人纷纷侧目，就像看到了一个傻子。

神智渐渐恢复，他环视四周，苦笑着喃喃自语："两个太原……"

从事实上看，似乎两个太原都是合理的，所以都同时存在着。但"真相只有一个"，在人们的意识或者常识中，只能有一个是合理的，这也是他这个外来观察者精神痛苦的根源：观察者的意识会在冥冥中扰动整个客观世界，反过来也是，客观世界会扰动观察者的意识，在穿越者身上，意识与事实这两者无时无刻都在角力。为了避免冲突，继续保持整个世界的流畅性，两者要以阻力最小的途径达成一致，于是意识要被改变。在穿越虫洞的那一刻，他的记忆实际上已经被神秘的量子效应"矫正"过了，经历了一次刷新——关于这一点，构建虫洞的科学家们已经觉察，并作了预防，可他还是中了招，要不是看到那个走喷泉拱廊的孩子，他几乎已经忘记自己穿越虫洞的经历！那是一种无意识的"遗忘"，按照科学家们的解释，它似乎是一种量子层面的自适应现象，基于量子云的超流体、超距属性来发挥作用，让观察者的意识（大脑电信号）自动与现实同步，帮助穿越者顺利融入新世界。这个"洗脑"的过程是不可阻挡的，因为它基于量子原理起效，而量子原理，是整个宇宙最基础的属性，比支配日常生活的经典力学和构建虫洞的相对论体系更基础，虫洞这边的世界，和那边的世界，都受到量子原理的控制，它迫使每一个穿越者入乡随俗。

但是换个角度，对阿华来说，这件事其实意味着新世界在"吃人"：所有穿越过来的人，都会被无处不在的量子云洗脑，渐渐迷失自我，被现实所惑，成为整个超流态世界的一部分，再也找不到自己的来时出处。还好，他在机缘巧合之下，及时恢复了记忆。

他深吸一口凉气，开始害怕起来，他害怕迷失在这个自洽的异世界里。

他不属于这个世界。

他想回去，于是按照记忆，他找到了自己来时的路口，也就是虫洞出口所在的位置。

但那个位置一无所有,只剩下荒原,那种北方冬天再常见不过的荒原,干燥冷冽,一点儿虫洞的痕迹也没有……

他仔细回忆来时的经历,终于想起来,自己降临这个世界后,虫洞的出口就消失了,那个被彩色光斑包裹的幽深洞口像织布虫的脑袋一样缩了回去,消失在虚空中。

再往前回忆,那些科学家们似乎也没说过什么时候来接他。

他的心顿时沉了下去。难道说,这是一趟没有归途的旅程?

抬头望,远方是西山热电厂,高耸的烟囱如同中世纪的教堂尖顶,记忆中那个布满虬屈金属管道的西山石化总公司连影子都没有。

他开始苦笑,笑容在北方黄土高原的寒风中绽放,沐浴着天空中不断飘落的煤粉,像一副工业革命时期的古董油画。

这边和那边,两个世界,到底哪一个才是正确的?他一边走,一边忍不住问自己。

俗话说"足下生智",就在这种漫无目的的散步中,头脑中突然涌上来一个答案,那是一个陌生的声音:两个世界有各自不同的规则,在各自的规则框架下它们都是真的。

那为什么又处处不同?他追问。

答案又一次自动跳出来:因为彼此相位不同,维持世间运转的规则便有些微小的差异,这种差异反映在万事万物上,便是随处可见的区别和不同。

可这里的亲人们为什么都认识我?他继续追问。

因为这个世界也有一个阿华,他是你在这个世界里的本尊,和你相差无几,亲人们认识他,自然也就认识你,对他有多熟悉,对你就有多熟悉。答案说。

他忽然停下脚步,脸上神情变得凝重。

我是不是要躲开他,千万不能和他接触?因为……不同宇宙间存在能级差,来自不同宇宙的两个物体相互接触时会出现剧烈的能量释放过程……就像高压放电一样。

他警觉地迅速四下扫视。

那个我,他现在在哪儿?这个宇宙的相位与我那个宇宙那么接近,是不是意味着他和我的人生轨迹也分外相似,甚至,他此刻也就在这座城市里……

他不寒而栗,四下看看,发现身处之地已是深夜的大街,路旁有一对情侣,借着路灯光,能看到两人正在含情脉脉地相互注视,那男孩面容秀气,带着一副金丝眼镜,而女孩则一脸纯真,眼神中满是憧憬,完全是一副沉醉于爱情中的样子。

是什么力量,让两个没有亲缘关系的人变得这么默契呢?是什么机制,让两个原本来自不同世界的人,心心相印呢?

他忽然若有所悟。

应该反其道而行之,找一种方式,让这个世界的本尊和我建立起某种联系,并保持一种"老死不相往来"的默契。我已经回不去了,只能待在这个世界里,在这种情况下,只有和本尊保持距离,才能保证彼此的安全。

甚至是这个世界的安全……

他边走边想,来到了一家网吧,一种在他原本那个世界属于夕阳产业的东西。因为心里有事情,他下意识地看着前面的一台电脑,上网的女孩正在与网友聊天,谈的是自己的上网感受,她电脑上配的这对耳机有一只坏了,使用起来很别扭。

"一只响,另一只不响,很难受。"女孩打字,"跟残疾人似的。"然后发送,盯着屏幕,静静等待对方回复。

有意思,在这个网络技术落后的世界,人们还在使用这么落后的文字交流方式吗?他在一旁来了兴趣,忍不住凑近了去看。

上网的女孩突然停下自己打字的动作,扭头看着他。

注意到女孩不善的目光,他停下了,以询问的目光回看过去。

"你能不能不要看?"女孩一脸不悦。

"哦,不好意思……"他意识到自己的失礼,尴尬地应诺着,匆匆离开。他脸上满是侵犯别人隐私的歉意,但心里却很高兴。

他找到了一种和另一个自己交流的方式,这种交流足够安全,也足够高效。之前他还在发愁,他和本尊的交流需要借助跨地域的信息交流平台,还不能是打电话那种模拟信号平台,否则通信频带就太宽,建立起来的量子纠缠太多,风险就大了。现在，看到女孩和陌生网友蹩脚的聊天通信，他心里踏实多了。

他来的那个世界网络早已移动化，正稳步走向脑芯片时代，传输的都是全息数据，网聊与见面没什么区别；而眼前这个世界要落后许多，都进入 21 世纪了，网络还停留在拨号上网阶段，即时聊天工具 QQ 才刚刚起步，号码都还是赠送的，以 6 位、7 位数字为主流，服务器也很卡，一段十几个字的短信息要延迟十来秒才能读取。

但这种落后正是他喜欢的，网络延迟可以让交流风险最小化。他要从网络上联系自己在这个世界的本尊，有网络作媒介，两个人可以隔着十万八千里，仅仅建立信息联系，保持足够的空间距离作为缓冲，一旦发觉情势不妙，立刻断网开溜就是了。

凭这个世界落后的网络技术，难道还能用定位锁定他吗？

他笑了。

他来到一台电脑前坐定，尝试和那个自己建立起网络联系。他先是申请了一个 QQ 号，然后登上，启动 QQ 的搜索功能，点选"精确查找"，然后点选"地址查找"，依次输入"河北省""邯郸市""武安市"，年龄"20"，性别"男"，网名"网诉"，最后点击"查找"。

电脑显示，服务器开始搜索。

"拜托，一定要找到……"他闭上眼睛默默祈祷。

电脑上显示出了搜索结果。

他看了一眼,差点儿惊讶得跳起来!

搜索结果显示,在限定的搜索范围内,真的有那个"网诉",而且只有一个!这还不算,那头像,也是记忆中那个大胡子男人图标,一个非常冷门的头像,附带的 QQ 签名也是那句"于境知足于学知不足,其器有为其行莫无为","最喜欢的人"是爱因斯坦——所有这一切都跟他在那个世界一模一样!

他几乎可以肯定,搜索到的这个 QQ 号,就是这个世界的本尊使用的!

他发送了加好友申请。

对方在线,马上同意了,并发来消息:"你终于来了!"

这回复让他吃了一惊,不过他马上压下惊讶,平静地打字,装作是陌生人那样问候道:"你好,很高兴认识你。"

"不必客套了,我们早就认识的,因为我就是另一个你。"对方回复。

他吓了一跳,但还是强自镇定,回复:"呵呵,你这人说话可真有意思,你对谁都这么套近乎吗?"

"别绕弯子了!你我都知道对方是谁!"对方不耐烦地回复,"你知道我是谁,所以才特意联系我;我也知道你是谁,所以才在这里一直等你。"

他心脏狂跳,下意识地看了看周围,抱着最后的侥幸,在键盘上码字问道:"哦,那你说说看,我是谁?"

"你是从另一个世界过来的穿越者。"对方的回复直接而有力,粗暴地撕开了他精心布置的所有的伪装,"我是你在这个世界的本尊,也就是量子锚点,你我之间存在能级差,你害怕遇见我引发湮灭反应,所以才来联系我,试图摸清我的行踪,好提前避开。"

完了,他顿时感到一阵天旋地转,彻底呆住了。

对方沉默片刻,不知道是不是网络卡了。之前他还在为这个世界落后的网络技术而欣喜,现在却非常恨这糟糕的网速,每一秒的等待对他都是一种煎熬。

"你不想知道发生了什么吗?"终于,网络恢复了,对方发来一句问话。

他冷汗汩汩,颤抖着手指打字:"想,这是怎么回事?"

"这类事已经不是第一次发生了。"对方打字的速度特别快,"时空特警一直在监控时空流上的异常涟漪,你已经暴露了,他们马上要去抓你,所以,你要马上跑!"

"你怎么知道这些的?你也是时空特警?"他忍不住问。

"不,我不是。"对方回复,"我是你在这个世界的本尊,是你穿越过来时的量子锚定点,你是跨界而来的一个我的投影分身,所以我能感觉到你的到来。"

"是什么样的感觉?"他问。

"我可以告诉你,但是说来话长,现在来不及了!你必须马上跑!"对方回复。

"为什么总要我跑?你让我往哪里跑?"他问。

"我也不知道,总之赶紧跑就是了!他们马上就会去抓你的!我不想看到另一个自己就这么被时空特警杀死。"对方回复。

"杀死?"他浑身打了个寒战。

"快跑!"对方催促道。

顾不上关闭 QQ,他一咬牙,从椅子上站起来,转身准备冲出网吧。

已经迟了。两个面貌凶狠的壮汉站在他身后,一左一右,以人类所不具备的敏捷和力量擒住了他,他拼命挣扎着,却感觉后脑突然挨了一下,眼前一黑,晕了过去……

网吧里起了一阵骚乱,方才打斗动静不小,惊动了许多人,他们纷纷摘掉耳机,从椅子上站起来往这边看,有人还提醒左右的人一起看,对着这边指指点点,甚至凑过来瞧。但这些人随即发觉网吧老板并没有出面调解,接下来便看到下手打人的那两个壮汉凶狠如刀般的眼神,还有二人手腕上及领口处"不经意间"露出的狰狞文身,于是都胆怯地缩了回去,装作什么事都没发生,什么都没看到,还有几人干脆落荒而逃,离开网吧跑到街上去了。诸多细节都在对外昭示:这是社会人与人之间的事,看客们如果还不想死,就别过来凑热闹。这一点,这个城市里的人都很清楚,最近几十年,他们已经熟悉了这种秩序。于是,他们默许了两个壮汉对事情的处置,默许了他们将那个倒在地上的年轻人架走——至于架到了哪里,那就不是他们这些看客能知道的了。

知不知道也没什么区别，反正不会是什么好地方……

头，疼得厉害，眼前晃动着各种各样的颜色和斑块，就像摄像机镜头失焦时拍下的虚影，伴随着嘈杂的声音和奇怪的气味，直往脑子里钻。

一阵奇异的刺痛，从头流到脚，他一个激灵，醒了过来。

抬头，看到的是一间奇怪的白色屋子，四面紧闭，看不到门窗，屋里摆满了各种奇怪的仪器和设备，而他自己，则被牢牢地绑在几根金属立柱中间，周围套着三个互相垂直连接在一起的巨大金属环，看上去就像是常平架。几个穿着密封服的工作人员在地上忙碌着。

"这是哪儿？"他问。

"是车站。"其中一个工作人员回答。

"车站？"他没听清楚，再问一遍，得到确切的答案后，呆住了，再度四下看看，脸上的表情更呆了。

这哪里是什么车站？分明就是一个实验室，还是科幻片里才出现的那种。

"我怎么会在这里？"他问道，"你们是什么人？"

周围的人笑了笑，没有搭理他。

他慌了，大喊大叫起来，很吵，于是一个工作人员走过来，拍拍他的脸，说："别吵，小伙子，你很快就能回家了。年纪轻轻的，干什么不好，非这么想不开……"

"回家?"他愣了一下,想起以前看过的战争片上审问俘虏的情节,忽然想到了那个词的隐晦含义,分明是"处决"的代名词……

"不!你们不能这样!"他尖叫起来,"我不去!"

他这嗓子喊得很突兀,把所有人都吓了一大跳,但这些人还来不及生气,就变得很无语,因为他开始哭。

一个二十来岁的大小伙子,当众哭了。

"哭也没用的,我们必须送你回去。"那位工作人员说,"你不属于这个世界,是入侵者,我们只能把你遣返,送回原来的世界,这是我们的职责。"

他止住了哭声,想起之前与本尊的聊天内容,再看看眼前的仪器和人,问:"你们就是时空特警?"

"是的。"

"求求你们,能不能不要杀我……"他几乎是在哀求。

"你这么怕死,为什么还敢穿越虫洞过来?"那人笑着问道。

他语塞了,支吾半天,道:"忘了……可能是好奇……"

"又是一个被好奇心害了的……"那人苦笑着摇摇头,扭头对身后喊道,"咱们怎么老是摊上这种事?没完没了的!"

"你问我我问谁去?""别抱怨了,这种活儿总要有人干的……""不想干这个,你可以向上级申请换个部门啊,比方说像老杨他们几个,抓偷渡者去。""就是,我看你很有那方面的潜力噢……"其余几人纷纷调侃。

"去去去,我可没混过社会,也没那种文身,镇不住场面,还是老老实实地当我的工程师好了。"这人摆摆手,回头看着阿华,说:"你不属于这个世界,只能有两种下场:一种是主动归顺,忘记自己的过去,皈依这个新世界,被它消化吸收——很显然,这条路你走不通了,因为种种原因,你仍然记得之前那个世界的事,无法融入这里,据我们所知,你还在公开场合大声宣讲那个世界;另一种,则是被维持时空秩序的免疫系统,也就是我们这种人捕获,然后被排异,也就是扔到这个世界外面去——那样,你极有可能会死掉。"

"饶了我吧,我不想死。"阿华哀求。

"老三,你就别吓唬人家了,好好说话不行吗?赶紧干完活,下班吃饭去!"远处有人催促道。

"我这不是在好好说话嘛,不先把丑话说在前头,他们就没人改。"被唤作老三的这人回了一句,转头继续看着阿华,"能不能活下来,全看你自己了。"

"我要怎么做?"阿华马上问道。

"很简单,提供精确的坐标,然后我们按坐标把你遣返回去。"老三笑笑,"从哪里来的,还送回哪里去,我们的工作就这么简单,咳,就靠绑着你的这个大家伙,它是穿梭机,也叫位面列车。"他指指绑着阿华的金属柱和常平架环,然后双臂举起,看着头顶,"在我们这里,这就是车站。这里运送的旅客穿越的不是空间,也不是时间,而是平行宇宙间的壁垒,是相位,每一个相邻世界的这个映射位置,都有一个这样的装置,只要输入特定的相位参数,然后启动它,就可以让人在各个世界间移动了。只要一秒就可搞定,而且费用全免——为了对付你们这种穿越客,你知道时空特警总局每年要拨多少款吗?更别说还有一大堆像我这样的专业技术人员全天候地在这里守着!"

阿华欲言又止。

"怎么了?"喋喋不休的老三发觉有些不对劲,停了下来,问道。

"我不知道我那个世界的坐标是什么……"阿华坦言。

"是他们没告诉你,还是你忘了,没注意记住?"老三有些懵,"我跟你说,这个可是很重要的啊!"

阿华仔细想了想,摇摇头:"有可能是忘记了……"

"靠!"老三捂住了脸,"你们这些穿越者,忘记什么不好,偏偏都爱忘记坐标——你们在自己原本的世界坐车都只坐单程的吗?从不回家?"

"如果我没记错的话,我那个世界刚开发出虫洞技术,我还是第一个试验员。"阿华苦笑道。

"真有你的。"老三说了句不知是赞赏还是讽刺的话,拍拍阿华的肩膀,"好吧,那就只能采用第二种方案了,回忆定位。"

"怎么做?"

"努力回忆你原来那个世界的样貌,越精确越好,最好是某一个具体地区的,我们好从资料库里寻找匹配对象,这过程虽然麻烦,却也不是找不到。"老三脸上露出愁苦的表情,一望而知那工作并不好干。

"具体地区?哪里都行吗?"阿华问。

"最好是最近的区域,哦,我是指在那边的映射区域,比如,现在这里是太原,你就回忆之前那个世界的太原好了。"老三说。

"回忆太原?"

"对,回忆太原。"

"好的。"阿华兴奋地点点头,同意了。

老三拍拍阿华的肩膀,转身离开,和同事们一起做准备工作去了。

阿华看着那些人忙碌的样子,心里一阵恍惚,感觉有些不真实。

这就,回家?

阿华的心里忽然泛起一丝波澜,他有了一个大胆的想法。

为什么非要回到自己原来那个世界呢?

世界原本有多种可能,还有许多个版本的世界,他还没来得及看到,为什么不利用这个机会去逛逛?

那边,老三还在和其他人一起忙碌,为启动机器做准备。

这边,阿华心里那个冲动越来越强烈。

为什么不试一下呢?

赌一把试试!随便构想一个不一样的太原出来,然后将其伪装成一种回忆，以"忆太原"的形式想象一个更有意思的太原出来，到那里去看看！

被识破了也没什么，大不了推说自己记忆混乱了，然后再重新回忆自己之前那个世界的太原。

就这么定了！

他暗暗下定决心。

"我同意回去了，不给我松绑吗？"他问那群人。

"松绑？谁敢？"老三笑骂，"抓你可不是一件容易事，四处乱窜，滑得像条泥鳅，摸都摸不着，要不是锚定点那边也在监控，还真找不到你。你呀，在传送完成以前，就老老实实待在那里吧！"

阿华满脸堆起尴尬的笑容。

"忍忍吧，这都是规矩，我们这些人就是干这个活儿的。"有人插了句。

"我来的那个世界网络技术明明比这边更发达，整体科技水平也比这边高出几个档次，为什么没有时空特警？"阿华突然开始好奇。

"时空特警只安排在主要穿越线附近的宇宙上，是用来维持各个世界间秩序稳定的，"老三说，"我们只负责维护固有秩序，维护既有科技水准，你那个世界原本的科技水平有多高，与我们无关。我们只负责发现、抓捕并遣返穿越者，阻止科技的跨界渗透。"

"所有的穿越者，你们都抓？"阿华问。

"当然,我们这个局的任务最重了,上头有严令的。"老三说,"这个世界的科技发展水平很落后,相位又居中,历来是穿越的重灾区,经常有来自各个平行宇宙的偷渡客,带着满脑子的超前科技来到这里,试图改写历史。"

"他们成功了吗?"

"成功就坏了!"老三叫起来,"你知道眼前这个世界牵连到多少个邻近世界吗?足足108个!这还都是那种重要的主位面世界,算上那些次级位面,数量就更多了,上千都是少的……牵一发而动全身的道理懂不?这个世界改了,其他世界都得跟着改,那会引发一场时空地震的!为了整个世界系统的稳定,绝不能让穿越者成功,发现一个就要坚决抓捕一个,绝不能手软。别说你这样的无意中的穿越者了,就是王莽那样的一世枭雄,超级穿越者,还不是被我们的时空特警刘秀同志给抓捕了?所谓水来土掩兵来将挡,就是这个道理!"

等等?这都是什么跟什么?阿华完全听懵了。

这个时空特警,到底是什么人?

"好了,开始了!"老三那边准备就绪了,冲阿华喊道,"开始回忆!"

"记忆读取装置已经开启,请开始回忆那个太原,让记忆数据浮上意识浅层,以便仪器读取相关数据。"空中播放提示音。

阿华放飞思绪,开始构想一个全新的太原:它不是北方煤都,也不是跨河的石油城,而是一个风光秀美的边塞之城,有雪山，有草场，还有密林围绕的郊区湖泊，一条玉带般的清澈河流穿城而过，将雪山、草场和湖泊连为一体……它是渔、牧、农三位一体的农业发展模式，经济上以高新技术产业、电子芯片产业为主，号称"亚洲硅谷"……

"记忆扫描结束，参数组合已经确定，开始搜索匹配的目标……目标已经找到！"提示音说道，把阿华吓了一跳。

找到了？

居然真的有那样的太原？

居然真的有？

真是"大千世界，无奇不有"啊！阿华感慨。

"正在联系目标世界，排查是否有与传送者身份重合之人……"提示音传来的信息让阿华心里一沉。

高兴得太早了，如果那个世界已经有一个阿华，他就不能去了。

怎么办？

他心里暗暗捏了一把汗。

"没有发现重合者……'空穴'有可能存在。"提示音传来，让阿华惊喜。

"正在搜索与旅行者基因属性接近之人，以佐证籍贯归属关系……"提示音继续，过了片刻，报告，"发现11人，其基因分布符合姻亲家庭特征，旅行者基因属性可以在其中找到相应的血缘位，'空穴'在生物学意义上存在。"

接下来是一系列社会学等方面的调查,都佐证了所谓"空穴"的存在。

"结论,该世界是这位旅行者的出发地。"提示音最终下了定论。

好了,没问题了。阿华长舒一口气,有"空穴",就意味着那边有穿越者离开,他正好过去补缺。也不知道是那个本尊为什么要离开,又去了哪里,居然刚好给他腾出位置……

"那么,再见了!"老三微笑着摆摆手,"返程愉快!"说完,启动了穿梭机,于是阿华周围的那三个常平架圆环开始以奇特的节奏旋转,越转越快。

阿华礼貌地与这群人告别,他看着那神秘的穿梭机,忽然想到了一个问题:"你们为什么要给我讲这么多事情,不怕我回去后泄露出去吗?"

老三笑了,其他那些人也在笑。

看着他们那笑容,阿华忽然明白了,顿时,他那颗张扬不羁的心,再次抽紧——他忽略了一件很重要的事。

"你不会泄露出去的,"老三说,"这次传送会彻底改写你的记忆。我们时空特警的穿梭机技术可比那些原始初创的人造虫洞成熟多了,绝不会发生记忆残留的。到那里以后,你会把在这边发生的一切都忘记,包括这个太原、这个车站,以及我们之间的一切事。"

果然是这样!

阿华脸色变得惨白，他意识到，这次是真的搭上了单程车……

想来也是，堂堂时空特警总局，一个专职负责遣返穿越者、维持宇宙秩序稳定的机构，怎么可能在制度管理上存在那么大的漏洞，允许穿越者借机四处游玩呢？

怎么办？阿华真的慌了。

但穿梭机并没有给他考虑的时间，三组常平架圆环越转越快，化为三道虚影，转眼间就划出三层厚实的光幕，就像一只茧一样将他牢牢困住，并把他与外界隔离开来，声音、图像什么都传不出去了，只剩下这片不受打扰的绝对空间。

传送已经开始，现在再想退出已经不可能了。

他接下来的命运已经确定。

此行之后，他将永远迷失在那个风景秀丽的太原里，他心里将只有那一个太原，再也回想不起眼下这个煤都太原，还有他原本归属的那个石油城太原。

今天这次，是他今生最后一次忆太原了。

他欲哭无泪。

机器，启动了，他的整个世界被一片白光吞没……

电石灯

时间坍缩

文 / 喀拉昆仑

"很多时候,我们不是看不清,而是不愿意正视。"

——题记

1. 电石灯

单从外表看,它就像一只造型优雅的酒壶,有着细长的颈和把手,身姿婉约,亭亭玉立,宛如静默的丹顶鹤。

莫利亚满怀欣喜地将那个古老的照明用具握在手里,细细把玩。

周围依旧雾气蒙蒙。

这是一个奇特的世界,到处都是雾蒙蒙一片,天昏暗,地也昏暗。空气中弥漫着湿漉漉的窒息味道,好像是瘴气。再往远处,似乎有一堵模糊的围墙将这里圈了起来,只是因为看不清,一切都还难以确定,地面也只有脚下这一小片能看清,远处都是蒙胧的。当你跑到远处观察时,那里的地面看清了,这边的地面又变得模糊起来,而那堵未知的"围墙",也随你而动,永远存在于你的感知范围之外。

没有照明，什么也看不清。

也就什么都无法确定。

"你确定它能点燃吗？"莫利亚问道，问话时眼睛一刻也没离开手里的电石灯。

"当然，"虚空中，一个深沉的机械音缓缓响起，"我扫描你大脑皮层里的幼年记忆，发现了这个东西，便给复制了出来。我的莫利亚，如果你的记忆正确无误，那么，它是可以点燃的。"

"把它点燃后，就能走出去？"莫利亚好奇地举起电石灯，像擎起一座高高的灯塔，"司高皮因，你可真有意思，我还是第一次听说，路不是走出来的，而是照出来的……"

"孩子，你必须先去观察，然后才能确定。"那个低沉的声音说，"在古老的东方，有一位先哲曾说过这样的话：你不看花时，花与你一同寂寞；当你去看时，那花便与你的心一齐灿烂起来。去看，还是不去看，这正是我们当下的处境。"

"那——"莫利亚提出了疑问，"那个古人，他怎么知道，自己看到的那朵灿烂的花，是不是之前寂寞的那朵？"

"是这样的，"低沉的声音顿了顿，似乎回答得有些吃力，"他知道那边确实有朵花，而当他去看时，发现那花是灿烂的。所以，眼前这朵灿烂的花，也就是之前那朵无人问津的寂寞的花。"

"我听不明白。"

"也就是说，如果不去强制观察，周围的一切永远无法确定。"低沉的声音说。

莫利亚不说话了。

他知道，司高皮因说的都是实情。此前他已经在这片迷雾里盲目奔走了好久，他坚持朝一个方向走，却一直走不到头，脚下的路似乎一直在重复，又似乎从未重复，空气中那股湿漉漉的窒息味道一如以往，而那堵"围墙"，总是近在咫尺，却又远在天涯。

现在，他相信了：走不到，是因为看不清。不是选错了方向，而是这个世界里根本就没有所谓"方向"，也没有所谓"边界"，有的，只是一大片迟迟不肯塌缩的量子迷雾。

这是一个由量子迷雾构成的世界。

"不管怎样，孩子，你必须先去观察，然后才能有结果。"司高皮因低沉的声音再一次响起，"只有去看了，概率云才会塌缩，结果才能呈现。"

"我知道了。"莫利亚叹了口气，缓缓扭开电石灯的阀门。

灯腹里开始响起一阵轻微的沙沙声——随着阀门的开启，灯颈上部水槽里的水缓缓流下，滴在灯腹存放的电石块上，水和电石结合后，发生了奇特的变化，一种带着特殊味道的可燃性气体——"乙炔"被释放了出来，那气体在灯腹里越聚越多，最后沿着那根细长的灯颈缓缓吐出来，像一股无形的喷泉。

这时，虚空中突然出现一根燃烧的火柴。

"可以点灯了，"司高皮因提示道，"用这个，注意姿势，要从下往上点！"

莫利亚依言接过火柴，手臂慢慢抬起，将火柴移向灯嘴。

"小心点儿，气流质地不纯，"司高皮因说，"可能会有爆鸣。"

果然，电石灯点燃的瞬间发出了"啪"的一声微响，因为有司高皮因事先提示，莫利亚并没有惊慌，他镇静地转动另一个阀门，将灯焰调至合适的尺寸。

"好了，这就可以了，"司高皮因说，"你用它照路吧。"

莫利亚注视着灯焰，那苍白色的火焰突突地跳动着，像一个不安分的灵魂。

"你要小心使用，水流阀门无法精确控制注水量。"司高皮因说，"注水过少，乙炔产量不足，灯就会熄灭；注水过多，乙炔压力太大，灯身又会被胀坏。"

"这确实是个问题，"莫利亚皱起了眉头，"你应该还有更合适的照明方案。"

一片寂静，只有电石灯还在静静燃烧。

"你根本没必要弄出这类原始的操控机制，"莫利亚指指眼前的电石灯说，"以你的能力。"

周围仍旧一片寂静。

"难道不是这样吗?"莫利亚反问。

"确实,以我能够直接将能量转化为物质的加工技术,根本用不着弄这些简陋的阀门,"司高皮因的声音在虚空中回响着,似乎有些迟疑,"但是,出于一种义务,我所制作的东西必须尽可能再现原貌。"

"什么义务?"

莫利亚的话音刚落,一幕全息投影突然出现在空中,那是莫利亚幼年时和舅舅在一起的情景:舅舅捣鼓着那盏老旧的电石灯,莫利亚好奇地站在一旁观看,"噗"地一声,电石灯点燃了,苍白色的光芒照亮了舅舅的笑脸,还有莫利亚懵懂的眼睛……

"这是……"莫利亚一惊,内心深处某个柔软的角落被触动,眼神黯淡了下去。

"需要照亮的不仅是这个世界,更是你的头脑。"司高皮因的声音像一首古老的歌谣,"在你的童年,疼爱你的舅舅有一盏这样的电石灯,于是,你记住了这温暖而朴实的光芒,这光芒能驱散四周的迷雾,也就能照亮你内心那片荒芜的莽野。"

"其实,我……"莫利亚抬头望着虚空中的投影,似乎想起了什么,却欲言又止。

"我都知道,"司高皮因说,"在没有现代技术的那个时代,人们其实也很幸福。我还知道,你心里一直都对技术很怨恨,正是不断发展的技术,让一切都彻底改变了……"

虚空中的全息投影还在继续,幼年莫利亚睁大眼睛看着舅舅的电石灯,清晰地记下了那奇特的燃气味道,舅舅的欢笑声飘荡在虚空中，久久徘徊，电石灯苍白色火焰的光芒照亮了周围的建筑，马厩的青石食槽上凝着细密的露珠，在灯光下披上了一件迷离的白纱，青砖墙面和地面镀上了一层银，如梦如幻，门檐斗拱则投射出长长的黑影，就像少女们在河边微风中飘扬的长发……

莫利亚沉默地低着头，内心似乎在纠结，他的手握着司高皮因弄出来的这盏电石灯，无所适从。

虚空的投影渐渐散去，笑声也消失不见。

"事情都已经过去了，就不要再去怨恨，"司高皮因说，"现在你手中这盏，是真正的电石灯，你要珍惜！"

莫利亚斟酌许久，终于点点头，缓缓举起手中的灯："谢谢！我会努力走出去的。"

于是，量子迷雾阵里升起了一个光球。

莫利亚扭开阀门，古老的电石灯灯焰暴长，亮度随即增强，目不可视。

暴长的灯光驱散了弥漫的量子迷雾，随着塌缩的扩散，四周豁然开朗，莫利亚的视野也清晰起来。

这盏电石灯，果然有效。

莫利亚环视四周，概率云塌缩后，这个地方终于露出了其本来面貌。

这里原来是一个空旷的凹地，确切地说，是一个巨大的平地土坑，莫利亚所处的位置是坑底中央，他看看周围，只见四面都是高耸的土壁，土壁表面凹凸不平，起伏嶙峋，在灯光照耀下显得斑驳不堪，宛若岁月刻在老人脸上的皱纹。

原来是这里吗？

莫利亚想起来，这是村子北面一个废弃的采土场。小时候，在世界量子化之前，他经常来这里玩，他喜欢这里的空旷荒凉。跟外面杂草丛生的原野、种满庄稼的田地不同，这土坑里面是没有植被的，书上说，那些能长草的土壤，只是地表那薄薄的一层土，也就是老农说的"熟土"，至于下面的土层，全是"生土"构成的，不能生长植物。正因为这样，偌大的土坑里居然没有一丝绿色，从远处望去极不协调，就像绿色大地身上生出的秃癣。

但莫利亚喜欢的正是这种不协调。在他看来，大地铺满绿色才是生了癣，这块不协调的荒凉之地，恰恰显示了大地的本色：不毛、荒凉才是大地的本色，植物的存在本身就是一种污染。

其实，放大点儿看，生命对自然界而言也是一种污染。

因为生命会掌握技术，然后用技术改变自然，彻底改变，让自然变得不再自然。假如没有那次鲁莽的试验，整个世界也就不会这样量子化，他也不会被困在这里……

莫利亚擎着电石灯，慢慢前行，必须先把路照亮，然后才能走。

整个坑底分成高低略有不同的几大块，每一块都平坦得如同溜冰场。莫利亚知道，那是积水沉淀所致，大块平地的边沿常有大面积斜坡，坡上沟壑纵横，不用说，那是流水冲刷产生的"地形"。

莫利亚边走边看，却从不回头，在他身后，在电石灯的光芒之外，那些看过的风景和走过的路，很快化作一团迷雾，再也寻不到踪迹。

你不知道眼前这朵灿烂的花，是不是之前寂寞的那朵。

莫利亚慢慢散步，像观看一个微型的黄土高原，毫不在意身后的量子迷雾，他现在才发现，原来，所谓沧海桑田，真的也只不过是在转眼之间。

他在一大块坏掉的土坯面前停了下来。

土坯有一把椅子大小，呈浑圆形，中央部分裂开来，裂纹贯彻坯体，纹路清晰。

莫利亚呆住了。

这东西看起来就像……

他感觉到自己的呼吸开始急促起来，一股狂野的原始力量开始在体内酝酿成长，他的大脑开始发烧，连呼出的气都滚烫。

"该走了。"司高皮因的声音再度响起，只是这次听来比以前小了很多，莫利亚不知道这是不是因为世界变得空旷而造成了声音散失。

"我可以带它走吗？"莫利亚回过神来，怔怔地指指那块裂开的土坯。

"它不属于你。"司高皮因的声音越来越小，"你的时间不多了，上路吧！已经能看到出口了……"

"真的？"莫利亚惊喜地抬头向上望去，果然，在电石灯的照耀下,量子迷雾塌缩了很远,土坑的崖口上沿也能看到了,左边不远处,就有一条蜿蜒的小路盘旋而上,最后消失在崖口。

那是,一条路!

"哈!太好了!我能出去了!"莫利亚欢呼着飞奔向前,在气流的冲击下,他手里电石灯的灯焰像印度神话里疯狂舞蹈的湿婆,在飘忽不定的变化中,阐释着世界的真实与虚幻。

许久以来的苦闷和彷徨,就要解脱了,莫利亚感觉双腿充满了力量。他飞快奔驰,一路小跑向上攀登,电石灯在坑底照出的无数黑影也随之迅速缩短,就像一群发现天敌、迅速缩回去的小动物。莫利亚不顾一切地向上攀登,前方的坡度越来越大,坡面也越来越坎坷,最后,他不得不手脚并用,心脏很快就跟不上节奏了,胸口一阵阵抽痛。

血液循环不足导致肌酸积累,莫利亚的四肢迅速疲劳,双腿开始不由自主地颤抖,每一脚都像踩在棉花上,软弱无力,重心不稳的他好几次差点儿摔倒,要不是手臂及时扣住坡面的凸起,他早已滚落谷底了。

莫利亚扶着一块土坯,抬头瞅了一眼,发现距出口已经不远。

坚持,自由就在眼前!

冲刺!

莫利亚狠提一口气,拼力冲上了崖口,累得几近虚脱,全身上下大汗淋漓,血管欲爆,他俯身稍事喘息,待疯狂跳动的心脏稍稍恢复,便抬头眺望远方:

迷雾，全是迷雾。

外面的世界只是一团更大的迷雾。天、地依旧昏暗，无边无际的迷茫，身边被照亮的这一小块，与周围那庞大的迷雾世界相比，仿若沧海一粟。

走出一个量子迷雾，只不过是陷入了另一个更大的量子迷雾。

"吧嗒"一声，电石灯失手落地，熄灭了。莫利亚无力地跌坐到地上，任凭湿漉漉的窒息味道爬满全身。这种他早已熟视无睹的味道，此刻给他的感觉就像魔鬼的冷笑，慢慢浸入灵魂深处每一个角落，原来，命运早已把一切都算计好了。

"我真蠢……"莫利亚回望身后那个深邃迷离的大土坑，苦笑着，"整个世界都已经量子化了，我冲出一个大土坑又有什么用，到了外面还是迷雾……咳咳……"

莫利亚开始剧烈咳嗽，刚才一番猛跑，心脏超负荷工作，到现在，胸口的憋闷还未消失，下颌两边、脖子上头颈动脉的不安跳动让莫利亚眼前一阵阵发晕。恍惚中，这片迷雾愈发迷离，就像一场无法醒来的梦魇，他知道，这不是自己的幻觉。

这就是命运？

莫利亚呆呆地凝视虚空，喃喃着："司高皮因，我们失败了……"

没有回音。

一片寂静，时间在沉默中慢慢流逝。

"接下来,我该怎么办?"不知过了多久,莫利亚渐渐回过神来,问道。

还是一片寂静。

"司高皮因,请你告诉我该怎么办。"莫利亚请求道。

还是没有回应。

"司高皮因?"莫利亚感觉有些不对劲,他回想起来,刚才,自己点亮电石灯以后,司高皮因的声音就越来越虚弱。

电石灯?

莫利亚迅速捡起地上那盏已经熄灭的电石灯,发现它的手柄尚带着自己的体温。莫利亚扭开灯盖,只往里看了一眼,就无力地瘫坐在地上。

里面是空的,根本没有电石,也没有水,连反应后的残渣也没有!

谎言……

莫利亚坐在冰冷的地面上,忍不住想笑:自己太傻了,也不想想,单凭乙炔燃烧产生的那点儿火焰,怎么可能让量子云塌缩?司高皮因这个自称是先哲的家伙,原来也会说谎,他用障眼法,将一种不知名的力量伪装成了电石灯。

莫利亚静静看着这盏古老的照明用具,眼神里弥漫着无尽的感慨。

它原本如此普通,只是,司高皮因赋予了它勘破浮华的力量。

现在,司高皮因走了……

孤独,无尽的孤独,莫利亚心里涌起一阵无力感,他徒劳地祈求着:"司高皮因,你不要走,告诉我,该怎么做……"

"司高皮因没走,他就在你心里。"一个陌生的声音突然在莫利亚内心深处响起。

"谁?你是谁?"莫利亚惊讶地站起来,四下查看。

"不用找了,你这样根本找不到它。"那个声音再次响起,听起来,比司高皮因还要苍老许多,"因为你认不清自己。"

"我认不清自己?"莫利亚疑惑了。

"你说,你是谁?"

"我就是我啊,还能有谁。"莫利亚不禁有些好笑,"一个普通人而已。"

"人,你是人吗?"那声音带着一种轻蔑的嘲笑,"人都是有理性、有洞察力的,你真的以为,自己已经勘破了这个迷雾世界的本质?"

"这个迷雾世界的本质?"莫利亚感觉到有些不妙,小心地问,"是什么?"

"你仔细看看吧!"

那个声音刚落,周围的景象突然塌缩,天,黑暗如墨,像一口锈蚀的大锅反扣下来,一道道闪电就像可怕的裂缝;地,斑驳了,弥望都是泥泞的沼泽地,在闪电掠过天空的瞬间,水洼如镜子般倒映那犀利的光芒。莫利亚惊讶地看到自己的双手变成了两只灰黑色的大螯,然后,他看到了自己的全身像,是一只蝎子!巨大的蝎子!

"天!这是——"莫利亚想惊呼,却发现自己根本没有发出任何声音,他的口器摩擦几下,发出刺耳的震动,全身的外骨骼肢节也共鸣着嘎吱作响,他想摸摸自己的喉咙,却下意识地缩回自己的手臂,因为他看到的是两只灰黑色的大螯肢挥舞过来,尖端的钳子一张一合,"天啊,我这是怎么了?"

"你,就是司高皮因——蝎子,"那个声音从远方遥遥传来,"跟我一样。"

莫利亚大惊,循声望去,只见一只巨大的蝎子停在那里,头朝向自己这边,六只侧眼里映照着闪电的光芒。

"我们都是吞噬黑暗的蝎子,刨起泥土,埋葬浮华。"对方的声音隆隆传来,与惊雷一起在莫利亚心里炸响,"看吧,天上的铁幕,已经锈蚀,沼泽地的泥土杂草就像漂浮在臭水沟中的污垢!这是一个怎样不堪的世界!"

莫利亚怔住了,他的记忆深处,小时候依稀见过这场景,后来一直没见过,以为是梦境或幻觉,没想到,这些都是真实的。

"跟我一起去吞噬黑暗吧!"对方移动黑铁一般的侧肢,掉过头去,开始向远方爬行,坚实的腹部甲壳压倒了无数水草,高高翘起的尾刺直插苍穹,"就差你了,我们一起去地平线!"

"去哪儿?"莫利亚发现自己能直接和对方交流思想。

"地平线。"对方头也不回,继续爬行。

莫利亚向远处望去，在他眼中，地平线是个血红色的巨大圆环，闪电划过，借着那一瞬间的光亮，他看到了一大群蝎子，紧紧地挤在那里，用螯肢撕扯着黑暗的夜空，地平线像一条血河，在他们面前缓缓流淌。"前进，去地平线！"对方欢呼着飞奔向前。

"糟糕！"莫利亚发现电石灯突然不见了，他焦急地喊道，"你先等等，我的灯没了，我看不清路！"

"路在脚下，灯在心里！"对方说完，身影就隐没在了夜色中……

2. 布龙度蝎子的猎物

"等等我！"莫利亚喊叫着追上去，八只脚划拉着地面上的浮草和水洼，"唰唰"作响，他那高度几丁质化的腹甲几乎是贴着水面，很快，水就从甲壳缝隙灌进了体内，莫利亚感到一阵冰凉的刺激，就像是被一只滑腻的手缓缓握住了肺，渐渐麻痹，不得不停下来。

"看来，我是一只陆生蝎子，不适应潮湿的环境。"莫利亚想着，稍事休息后，再抬头望去，之前那个大蝎子早已不知去向，前方只有一圈暗红的地平线，如同烧红的铁环。

四周依旧是一片阴冷昏暗，湿漉漉的空气、湿漉漉的地面，遍地都是积水，水洼间丛生的杂草就像堆在镜面上的污垢，走起来说不出的难受，莫利亚忍不住打了个寒战，他决定找个干净的地方歇会儿，等体力恢复了再走。

这个混沌的世界，没有白天黑夜之分，莫利亚在一处茂盛的草丛中，不知道歇了多久，感觉肺变干了些，才慢慢起身，开始继续赶路，追赶地平线。为了避免再度弄湿内脏，莫利亚这次选择用草丛垫脚，尽可能少走水洼地。

莫利亚已经开始适应这个新的身体，可惜电石灯找不到了，他用心揣摩大蝎子说的那句"灯在心里"，却毫无头绪。这个世界究竟是怎么回事？为什么量子塌缩后自己会变成蝎子？为什么自己以蝎子的形态存在不觉得别扭，反而感觉很自然？为什么会出现这样坑洼的地表景象？那个暗红色的地平线又是怎么回事？它是有形的吗？那暗红色的光芒是不是意味着外面还有一个光源……无数的问题纠结在心里，不得解。

莫利亚这样思索着，用右边的螯肢拨开草丛，慢慢向前挪，他的腹甲刚压上蒿草，尾部第一节就感受到一股奇怪的震动，那是——

没等莫利亚反应过来，"呼"的一声，一根黑色的弯棍从天而降，"啪"地落在莫利亚身旁的水洼里，溅起的水花向他飞来，他条件反射急速退后几步，躲开了。

"谁？"莫利亚惊魂稍定，大声问道，他这才看清，那根差点儿打到自己身上的黑色棍子，原来是一只黑色的动物肢节，水花落尽，昏暗的光线下，莫利亚用四只单眼努力聚焦，依稀看到那肢节露在水面上的部分表面覆着许多绒毛，分成若干节，一端隐藏在草丛里，另一端则没在水下，莫利亚看不见全貌，但他清楚这肢节其实总共只有五节，他还知道，没在水下那一端，尖端是一只毒针，就跟莫利亚的尾刺一样，这是一只巨蝎的尾刺！致命的毒刺！

"你是谁？出来！"莫利亚大声呼喊着，迅速调整方位，六只单眼都紧盯着这只尾刺的根部，那里被草丛掩盖着，看不清，但莫利亚知道，后面肯定是一只大蝎子。

"啊呀，真是个没礼貌的家伙。"随着一声抱怨，一只巨大的黑色蝎子从莫利亚注视的草丛中冒了出来，莫利亚看到这个仍然吓了一跳，他真不知道对方是怎样悄无声息地藏在这里的，在对方的埋怨声中，他呆呆地站着，忘了说话。

"猎物差点儿被你吓跑。"对方嘟囔着，六肢抓地，腹部猛地一收，"哗啦"一声，黑色的尾刺从水中抬起，带起的水流像微型瀑布一样洒下来，在水洼表面激起无数细小而短暂的涟漪，尾刺尖端扎着一条硕大的鱼，还在不停挣扎，"真是个冒失鬼……"

"你是谁？"莫利亚调整六只单眼的角度，将它们全都聚焦在对方的头部，希望能从中找出一些记号，"我们……以前见过吗？"

"我们见过？呵呵，"对方笑了起来，尾刺也颤动着，"你是雄体，我可是雌体啊，我们要是以前见过，你还能活到现在？"

"什么？"莫利亚一阵紧张，两只螯肢本能地举了起来，尾刺也像眼镜蛇一般翘起，蓄势待发，蝎子打架就凭这些了。他迅速打量了一下——对方身体的尺寸远在自己之上，真打起来了恐怕要吃亏，不过现在她的尾刺还扎着猎物，不能用于进攻——想到这里，莫利亚有了些底气，他试探地问："那你现在是要……"

"打猎啊,"对方依旧笑着,"你不是都看到了吗,还紧张什么?"

"你这是在调侃吗?"莫利亚越发紧张起来,"我可不认为自己很好吃……"

"好吃?"对方疑惑地问,随即摇摇头,"不不不,你误会了,我现在正处于孕期,不适宜捕食同类,更何况,拿同类当食物还有风险,营养价值又不高……"

孕期?莫利亚腾出两只单眼向对方的尾肢第一节聚焦——那里是雌性布龙度蝎子的泄殖腔,刚才莫利亚爬过草丛时感到的震动,其实是对对方那个部位的律动产生了共鸣——莫利亚发现对方那里确实已经明显膨大,这才放心了些,螯肢和尾刺都松弛下来:"那你现在捕猎,就捕捉这种奇怪的鱼?"

处于怀孕期的雌蝎子缺乏攻击力,这是常识。

"我说,你还没问过我的名字呢。"对方有些不满。

"哦,不好意思,我叫莫利亚,"莫利亚忙说,"请问你的名字是?"

"伊娃。"

"你好,伊娃。"莫利亚问,"你知道这个世界是怎么回事吗?"

"什么怎么回事?"

"为什么会是这样的?"

"不是这样，还能怎样，"伊娃反问，"你认为量子塌缩后的世界应该是什么样的？"

"这……"莫利亚无语了，但他很快抓住了对方话里的一线希望，"你说量子塌缩后的世界？哈哈，你也知道世界量子化的事情？"

"当然知道了，那是一切的起源。"伊娃不屑地说。

"那你在世界量子化以前，是什么？"莫利亚急切地问，"我是说，当时你是一个人，不是蝎子，对吧？"

"不错，是人。"

"那我们为什么会变成这个样子？"莫利亚焦急地挥舞着螯肢，"为什么你、我，这么多人都变成了蝎子？这种蝎子外形是——"

"布龙度蝎子。"伊娃淡淡地说。

"布龙度？"莫利亚感觉自己像遇到了救星，"天啊，你知道这个物种的名字！"他迫不及待地向对方冲过去，"告诉我！这到底是怎么回事！布龙度蝎子是怎么回事？"

伊娃的螯肢轻轻一挡，将激动的莫利亚顶在了原地："你不要激动，要谨记布龙度蝎子社会的三大礼仪规则："

"第一，彼此之间要保持距离，尤其是异性之间；"

"第二，不准捕食同类，除非对方先要吃你；"

"第三，"她顿了顿，"越界者，可被当成食物。"

伊娃最后一句话让莫利亚浑身一凛，急忙收回脚步。

"你是新来的？"伊娃看着莫利亚唯唯诺诺的举止，问道。

"对，是司高皮因用电石灯带我走出来的。"莫利亚说。

"司高皮因就是你自己，"伊娃说，随即疑问道，"不过，电石灯是什么？"

"就是一盏灯，像酒壶那样的，"莫利亚开始比划，但他立刻发现两只螯肢并不适合用来比划，于是放弃了，"反正……唉，就是放进去电石，然后加水就能点燃了……"

"听你的描述，那应该是一种古老的照明用具。"

"对，它就是一盏照路用的灯。"莫利亚说，"它使量子云塌缩，于是我找到路，走出了那个大土坑。"

"也就是说，世界量子化时，你待在一个大土坑里？"伊娃问。

"什么？"莫利亚没听懂。

"强观察者不会在量子化风暴中湮灭，"伊娃说，"世界量子化那一刻，强观察者会继续保持自我的实体存在，并最终引发局部量子云塌缩。对你来说，你的观察使那个量子化的土坑重新塌缩为实体，于是，你走出了那里，也就是你原先待的那个地方。"

"哦，原来是这样。"莫利亚仔细回忆了一下，依稀有了眉目，"不过，"他突然想起一个问题，就问伊娃，"你为什么知道这些？"

"我也是听人说的。"伊娃说,"我醒来时,发现自己变成了布龙度蝎子,周围也是这类巨型蝎子,还会说话,就惊讶地向他们询问自己为什么会来到泥盆纪。"

"泥盆纪?"莫利亚知道那是一个古老的地质年代。

"就是布龙度蝎子生活的那个时期,"伊娃说,"我以前是研究古生物学的,知道这些事情。"她顿了顿,继续说,"我一问周围的人才知道,大家都是醒来后就变成了蝎子,具体原因未知,有人推测,应该是时间着陆恰好停在了这个点上。"

"时间着陆是什么?"

"你连这个都不知道吗?"伊娃的语气里带着惊讶。

"我才刚醒来……"莫利亚说,然后,将自己苏醒的过程说了一遍。

"唤醒你的那家伙呢?他就什么也没跟你说?"

"司高皮因消失了……哦,"莫利亚意识到伊娃说的是那个大蝎子,"那家伙,他,他急着要去什么地平线,但没解释——"

"那个傻缺!"伊娃打断莫利亚的话,单眼转了转,说,"还是我来解释吧。据说,世界量子化时,不光物质和空间量子化,连时间线也量子化了。"

"时间线……也量子化了?"莫利亚还是第一次听说这个。

"对,物质运动和空间曲率本身就和时间流量密切相关,它们的改变必然会使时间线发生联动,与量子态的物质世界相伴的，必然是量子态的时间线。"伊娃说，"当量子云世界里的强观察者们苏醒、塌缩为物质实体时，他们那条飘忽不定的时间线也会塌缩，随即选择一个时间点停下，就像飞机着陆一样，这就是时间着陆的由来。"

"时间塌缩，是不是意味着强观察者有可能会离开原来的时间，甚至……"莫利亚吃力地说出了那个概念——"穿越时间？"

"对，"伊娃摇摇两只螯肢，"我们都是这样穿越时间，回到了3.7亿年前的泥盆纪。"

"3.7亿年前？老天！"莫利亚感到一阵眩晕，无力地瘫在了地上。

月熊在太空城

谁都逃不了

文 / 喀拉昆仑

"草原一号"生态太空城在太阳氦闪风暴中解体时,泰迪还在睡觉。它是一头雌性灰熊,刚刚进入成年期,还没来得及生育幼崽。熊类的大脑高度发达,这使它们拥有陆地动物中最强大的智力,凭借这项优势,泰迪很早便觉出,现在这个新家跟自己原先的领地有许多不同:风中的气味很贫乏,没有以前那种宽广深邃的感觉,没有岩石、湖面、荒滩的气息,嗅不到栎树叶被太阳烤焦的味道,也闻不出飞鸟翅膀从高空带下来的灰尘,无论走到哪里,都能闻到自己留下的气味痕迹……所有这些信息带给泰迪一种强烈的封闭感。它意识到,这个地方很小,比自己原先生活的那块领地小多了。

它清楚地记得自己搬来这个"新家园"的经历。

那真是一场噩梦。

那天,太阳初升,泰迪正在自己原先的领地里觅食,那是地球上东亚大陆中的一处灌木草原带,位于华北森林西部,是森林向草原过渡带,动植物资源丰富,是熊类的优良栖息地。泰迪匍匐前行,用灵敏的鼻子追踪地上残留的各种气味痕迹:胆小的兔子、麻烦的刺猬，还有美味却很难抓住的老鼠……这些都是在它的领地上经常出没的东西，不过想吃到嘴里可并不容易。还好，身为熊类有一个天然优势——食谱广，泰迪通常不用费心去获取肉食，各种野果块茎种子，像野生山毛桃啦、野生青豆啦、野生栗子啦，虽不如肉食鲜美，却也可以填饱肚子，且更容易找到。

其实素食中也有非常美味的。这次觅食，泰迪便有个计划好的去处——一想到那东西的滋味，它的胃就开始加速蠕动、充血，嘴里的唾液也多了起来，顺着嘴角溢出，慢慢流下，在下颚拖成了亮晶晶的几条水线，随风飘舞……

蜂蜜，那真是这片领地上最美味的东西，黏糊糊地，吸到嘴里无比香甜，吃进肚子里浑身是劲儿，能让情绪跟着高涨一整天——可惜那些野蜂的蜇刺不好防御。熊类体表的皮毛很厚，野蜂蜇不透，但问题是眼角、嘴角、耳朵尖、鼻头等地方毛发稀疏，甚至是裸皮，每次吃蜜都会弄得伤痕累累，好几天消退不了。有几次没吃到蜂蜜就无功而返，也是因为鼻子被蜇得太疼。

头脑中的后一个念头让泰迪胃部的血液又往四肢回流了不少，这是动物的本能，遇到紧急情况时，血液都会优先供给四肢。现在还没遇到紧急情况，野蜂巢还在遥远的前方，可泰迪的身体似乎已经产生了条件反射——蜇刺。

在泰迪的头脑中，诱人的蜂蜜总是与可怕的刺痛伴随在一起。

但那又怎样？为了香甜的蜂蜜，泰迪不会止步！

野蜂的蜇刺还是有办法防御的，泰迪聪明的大脑里已经酝酿出了一个方案，那是来自实战的经验。它上次偷蜂蜜前和一只过路的无礼豪猪交过手，那家伙应该是刚从泥坑里出来，挂了一身的泥巴，泰迪一巴掌拍过去，几乎没造成任何伤害，只把那家伙推得差点儿摔倒，然后，当泰迪俯冲过去一口咬住豪猪脖子时，竟发觉自己牙齿找不到着力点，然后再拱着脑袋跟进，四下猛咬几口，也只咬了一嘴混杂着无数草叶树皮的烂泥。

豪猪觉出自己不是对手，一个箭步窜出好远，嚎叫着溜走了。泰迪火气没消，冲过去追赶，可惜眼睛被烂泥糊着，视线不良，刚起步就脚下一拌，扑了个空，去势也没刹住，自己一头径直扎进了旁边的荆棘丛中——它急忙闭上眼睛，准备承受意料之中的刺痛。记忆中，荆棘的刺痛跟野蜂蜇刺相似，却更密集，挨上了绝对不好受。

但是很奇怪的，没有刺痛，只有奇怪的憋闷感。

当泰迪退出荆棘丛时，才注意到自己脸上挂着厚厚的一层泥巴，鼻子上也糊着一层泥土与草叶的混合物……

那些讨厌的泥巴不容易弄干净，只好任其糊在脸上，但接下来再去吃蜂蜜时，因为脸上、鼻子上有泥，野蜂蜇不透，泰迪居然感觉不到疼了。

这真是个好办法！

豪猪那家伙很聪明，不是吗？泰迪甚至觉得，那家伙也许就是这样偷蜂蜜的，脸上涂了泥，就不会感觉疼，它想和自己抢蜂蜜，所以才主动挑衅。

这次出来的路上，泰迪一路总闻到空气中弥漫着一股若有若无的陌生气息，不是已知动物，不知道是什么东西。

泰迪有些担心，那豪猪被赶跑了，可没准儿还会有别的什么再来抢吃蜂蜜。

不能让给它，这是我泰迪熊的领地，这里的蜂蜜都是我的！

只有我才能吃，其他的熊或是别的什么，谁也不能吃！

我泰迪要吃蜂蜜了！

说干就干，泰迪找到经常喝水的那条小河，在岸边的泥泞中蹭了又蹭，弄得满头是泥，然后才上岸，一步一挪，慢慢地走向野蜂巢。烂泥湿漉漉的，带着浓烈的腐臭，模糊了泰迪的嗅觉，许多气味都闻不到了，但奇怪，空气中那股陌生的气味却还在飘荡，甚至变得越来越浓。

但蜂蜜在前，泰迪已顾不上什么陌生气味了。

再有谁来抢，赶跑就是。

还是几天前的那个位置，还是那个蜂巢，泰迪很会选择时机，此刻日上三竿，大批工蜂已经出巢采蜜去了，蜂巢正是防守空虚的时刻。

说干就干，泰迪麻利地撕开纸糊一般的蜂巢，一层又一层，有条不紊，直奔目的地，它知道蜂蜜藏在最里层。外表这几层蜂巢还是刚修复的,颜色很新,也很结实,上次泰迪从这里撕开个大口子,找到了蜂蜜,可惜那次嘴里烂泥太多,吃起来很恶心。这次好了,脸上带着防护面具,嘴里又干干净净,可以大快朵颐了!

守巢的工蜂在第一时间起飞,向偷蜜者发起了猛烈的反击,可惜,他们的蜇刺被厚厚的烂泥挡住了,无法发挥效力,有几个不幸者甚至陷到了污泥里,翅膀被黏住了,像糖黏豆一样挂在偷蜜者的脸上,很滑稽。还有一两只试图从偷蜜者嘴里找到突破口,结果也被泰迪嘴里蜂蜜与口水的混合液黏住了,那混合液黏度极高,工蜂们连挣扎的力气都使不出来,只能随波逐流,不是葬身熊腹,就是顺着亮晶晶的涎水掉到地上,仿佛被瀑布冲下的小船。

越来越多的野蜂开始起飞,围绕着偷蜜者,织成一团嗡嗡作响的云雾,封锁了所有的退路,可惜在烂泥与皮毛组成的双重防护面前,数量优势没有任何意义。

泰迪依旧有条不紊地吃着蜂蜜。香甜的蜂蜜,吃到嘴里美味无比,咽进肚子里体力充沛,领地上再没有比这更好的食物!

那一刻,泰迪已经化作一台纯粹的进食机器,它兴奋地进食,忘乎所以。

这期间,背后忽然传来一次轻微的刺痛,只痛了一下,然后就渐渐减轻,消失了,泰迪以为它只是被某只野蜂蜇中了,也没在意,毕竟只是被蜇了一下而已,没什么大不了。

它继续吃着蜂蜜。

这香甜美味的蜂蜜,是这片领地上最好的食物!吃在嘴里极为可口,咽下肚里浑身有劲儿!

泰迪吃得淋漓尽致。

但是,很快,泰迪开始感觉有些不对劲,头有点儿晕,眼前也一阵阵发黑,有一种想睡的感觉。它又吃了会儿,感觉头越来越沉,浑身无力。

再后来,吃到嘴里的蜂蜜也觉不出甜了,只感觉黏糊糊的有些腻,身上的无力感也越来越强烈,后背一阵阵发麻。

泰迪觉得也许是蜂蜜吃得太饱了,就想转身回窝休息,但是它转身之际却后腿一酸,不由自主地软在了地上,再也无力爬起来。

身后的灌木丛中响起一阵窸窣声。

直到这时,泰迪才注意到自己身后的灌木丛里藏匿着许多动物,那些动物和它一样能将身体直立起来,但要比它瘦弱得多,体表的皮肤上没有毛发,光溜溜的,像是无毛的猴子,其中有两只前肢还抓着奇怪的长棍子,另外几只双眼向前凸出,像两根短棍,泰迪以前从没见过。

那几只动物从灌木丛里走出来,小心翼翼地向泰迪走来。泰迪注意到,它们是直立行走的,全身的皮肤颜色很怪异,白花花的,像桦树皮。

其中一个动物来到泰迪身边,伸出前肢触摸泰迪,嘴里还发出奇怪的声音。

"不知道它们吃起来是什么味道……"泰迪心想,于是它挣扎了一下,想冲那动物的下半身咬一口试试。

但泰迪没有成功,它已经困得浑身无力了,挣扎的结果只是勉强抬起了头而已,这个动作吓坏了靠上前来的那个奇怪动物,他发出了惊恐的叫声,随即,一个白色的细长物体飞过来,扎在了泰迪的肚子上。泰迪注意到,那细长物体是从这些奇怪动物们前肢抓着的长棍里飞出来的,很快,就像一只发狂的野蜂。

泰迪的头越来越沉,最后陷入昏迷前,它又听到了那些动物们奇怪的叫声:

"老板,这次抓到的是特大号的呢!放到太空城应该很受欢迎吧?"

"那是,野生灰熊还是很有卖点的。"

"要不要再给它补两针,这么大个儿,我总担心它会醒来。"

"行了,这麻醉剂很厉害的,再多就有副作用了……"

昏迷前，泰迪又闻到了那种气味，很浓重，原来这种在今天一开始就出现的陌生气味，就是从这些奇怪的动物们身上散发出来的。

后来它才知道，那叫"人味儿"……

等泰迪再次醒来时，它已经来到了这个新家，那些奇怪的直立动物和野蜂都消失不见了，这里也没有其他熊，算是他的新领地。这是个非常奇怪的地方，明明很小，却总也走不到边界，向任何方向一直走，最终都会回到原出发地；无论走到哪里，太阳总是高高挂在头顶上，有时明有时暗，却从不落下。泰迪在捕食过程中还发现，当自己向一个方向跑时，感觉很轻便，体重似乎减轻许多，跑得越快就越轻便，而相反方向则越跑越重。

这些怪事在以前的领地上从未遇到。

还有一件事，也是以前从未遇到的，让泰迪感到无比恐惧。

那是一种可怕的"蛰痛"。

跟野蜂的蛰刺很相似，但却远比蜇刺猛烈，往往是从腹下的那个圆鼓鼓亮晶晶的奇怪盖子处开始——泰迪还不知道那东西覆盖着自己的胆区。疼痛定时发作，每天痛三次，痛觉尖锐凌厉，不停扩散、渗透，转眼间就会演变成撕心裂肺的剧痛。剧痛到来时，泰迪倒在地上翻滚，会本能地去拍打挤压腹部，试图压制疼痛，但那盖子挡住了一切外力，下面的疼痛有增无减。

疼痛每次都在泰迪清醒时出现，撕心裂肺、五内俱焚，疼完后，精疲力竭的泰迪会沉沉睡着，再次醒来时，空中总是残留着那种奇怪生物的气息——就是泰迪之前偷蜜时遇到的那些"直立的动物"。他们与泰迪见过的其他所有动物都不一样，他们是人，那些人能直立行走，前肢抓着奇怪的长棍子，棍子里会飞出这种细长的白色物体，把泰迪扎晕……所有这些怪事，在从前那个领地上都从未出现过，这让泰迪感觉现在生活的新领地很可怕，它无数次试图逃出这里，却总是找不到边界出口，跑一段时间就会回到原地。

泰迪不知道那剧痛为何会出现，它本能感觉和那个盖子有关，在剧痛的驱使之下，它无数次试图揭开那东西，却始终找不到开口，只是把盖子周围的皮肤撕得稀巴烂。它已经记不清那里的皮肤被撕烂多少次了，每次都是刚稍稍愈合就再次被撕开，伤口反复感染，红肿溃烂，然后，就会从不知哪个角落突然飞来一只细长的白色物体，扎在它身上，不久它就头晕目眩，最终倒地，等再度醒来时，伤口已经愈合了，空气中还残留着那种奇怪的气味——浓重的"人味儿"，泰迪在这里见过几次那类动物，空中有时会出现一些浮空的镜子，镜子上会显出那些动物的形象，那些动物在偷窥之余，似乎对泰迪很好奇，当泰迪冲着镜子回以警告性的吼叫时，他们都开心地笑着，显得很满意。对泰迪来说，那些镜子及人的出现，通常意味着灾厄，因为随后盖子下面的胆区会出现剧痛，直至昏厥。

泰迪能回忆起来，自己最初见到那些人，是在旧领地的蜂巢附近，但它不知道那些奇怪的人为什么会出现在那里。泰迪觉得人可能是想和自己抢蜂蜜，但也有可能是想保护野蜂，就像自己保护小熊仔一样。泰迪觉得那些人是把他们的"野蜂孩子们"塞进了自己腹中，不停地蜇刺自己，撕咬自己——否则每次疼痛就不会都是从刺痛开始了。

对，一定是这样，那些野蜂就藏在自己腹下的那个盖子下面！

泰迪越来越强烈地意识到，只有彻底撕开那个盖子，把那些野蜂全部掏出来，才能彻底止痛！

泰迪屡次去揭那盖子，即使是在不痛的时候，它也尝试这样做，但每次都会被凭空飞来的白色物体扎晕，还有一段时间，它被莫名其妙出现的笼子关了起来，笼子很小很狭窄，它在里面既不能站立，又不能转身，唯一能做的，是伸出一只前爪抓取面前摆放的食物——那些食物与笼子一起出现，定期会有补充。那段笼中岁月差点儿将泰迪憋疯，它早已习惯了自由，无法忍受囚禁，于是拼命地撕咬那笼子，以至于将爪子和牙齿都崩坏，背后也磨得皮开肉绽，鲜血染红了大半个笼子。再后来，那只白色物体飞来，将泰迪扎晕，等它醒来时，发现自己的利爪齐根断裂，消失不见了，以后就再也没能长出来，嘴里锋利的犬齿也折断了，它再也无法撕裂自己腹部的皮肤，再也无法自残，于是，囚笼消失，它重获自由。

就这样，泰迪渐渐学会了不去触碰那个奇怪的盖子，学会了默默忍受那种撕心裂肺的剧痛，忍受"野蜂们啃食自己的内脏"，这个新领地的噩梦，从见到人那一天起，就一直延续着，一天天地折磨着泰迪，扭曲着它的灵魂。

这次，天空中那滚雷般的巨大隆隆声，把泰迪从睡梦中惊醒，它四下张望，发现并没有下雨，也没有出现这里特有的那些低矮云层，火红的太阳依旧高高挂在天空，一片晴朗，那巨大的雷声似乎来自天穹之外。空气中也没有新鲜"人味儿"，经常在这里出没的那些人似乎都已经跑到别的地方去了。

泰迪还不知道自己生活的太空城体系已经开始解体，人为了躲避即将到来的氪闪已经逃走，它起来活动几下，感觉自己的体重又减去了不少，跑动起来更轻快了，一蹦老高。它轻松跨越了许多灌木丛，有的灌木丛太高过不去，身体在上面弹一下，也可以借力飘出好远，就像滚皮球。这种新奇的体验激起了泰迪爱玩的熊类本能，它跳过一个又一个青翠的灌木丛，飘过了一个又一个高低不平的山岗土坡，像孩子一样玩得忘乎所以，灌木丛顶端柔嫩的枝芽轻轻挠着它的肚子，坚硬的山岗土坡从它肚腹下方缓缓掠过，像黄褐色的奇怪河流，这些景象让泰迪兴奋无比。于是，痛苦被抛诸脑后，泰迪暂时忽略了自己在这个新家园的炼狱般的经历，感觉有些欣喜。它还是第一次开始喜欢上这里，喜欢上这个狭小的新家——泰迪的智力水平不可能知道离心重力突然减小的原因，也不可能意识到这个地方实际上已经被那些人类抛弃（为避免恶性刮擦事故的发生，解体后的单体太空城都降低了自转速度，以增加安全系数）。

但事故还是发生了，泰迪所在的"泰迪熊之家"单体太空城与同属于"草原一号"太空城体系的另一个单体太空城"月熊乐园"相撞，出现了严重的刮擦损毁。"草原一号"是一个仿蓝藻的太空城体系，"泰迪熊之家"和"月熊乐园"本是其中两个叶绿体，基本上没人居住，也没有宅地区，显得不是那么重要，于是，在太空城解体时，这两个无人居住的单体太空城与其他"叶绿体"们一起，被人类毫不犹豫地抛弃了。相撞时，两个单体太空城的自转方向刚好相反，两城表面相对速度很大，达到了每秒3 500米，是子弹速度的六七倍，剧烈的刮擦轻易摧毁了两城脆弱的外围防护设置，就像无形的手搓掉了土豆表面的泥土，接下来，两者发生了不同程度的泄压事故。

"泰迪熊之家"泄压较轻，当时，泰迪正轻快地奔跑玩耍着，突然感到一阵强烈的震动，伴随着震耳欲聋的巨大声响，周围的泥土和植物一下子飞溅起来，它自己也随着震动漂浮上了半空。巨大的声响许久未停歇，泰迪看到自己周围都是泥土和植物，和自己一样悬浮在空中，久久不落，与此同时，它身体里有一种奇怪的感觉，以前跑步时曾体验过，刚才跳灌木丛时也有体验，但都远不如现在强烈，好像是身体的重量全都消失了，肚子里的食物要涌出来。

空中的撞击巨响渐渐消失，取而代之的是空气泄掉时尖利的呼啸声，泰迪向半空中的"太阳"飘去，得以近距离观察那东西。刚才的撞击使太空城的能源供给设施受损，"太阳"能量不足，光度变得极暗，连满月都比不上，但泰迪还是感觉到一股股暖流从那里散发出来。周围的泥土和植物仍在漂浮，像一团团云雾，里面夹杂着许多别的东西，泰迪甚至还看到了一只青蛙悬浮在半空中。那可怜的小家伙仍在挣扎着想要跳跃,可是找不到着力点,只是后腿徒劳地蹬着,很滑稽。麻雀、喜鹊之类的小鸟仍然能够飞行,只是动作异常笨拙,老是撞在一起。

空气泄漏口在泰迪附近,那是一个巨大的黑乎乎的洞口,像猛兽的嘴,发出震耳欲聋的可怕嘶吼,泰迪和其他东西都不由自主地向那个方向飞去。泰迪本能地感到恐慌,试图避开那个地方,却无法移动分毫。

还好,太空城的自动防护系统及时启动了,用力场锁住了撞击破口,空气泄漏事故得以暂时缓解,啸叫停止。

然后,从那个破口处,忽然飞进来一只熊!随后又是一只,身上还带着泰迪曾经住过的那种笼子!尽管它们已经浑身是血,肢体残缺不全,身上插着许多金属零件,泰迪还是能认出那是自己的同类。

此时从太空城破口处向外看,不远处的"月熊乐园"已经完全破损了,外壳严重撕裂,内部的东西几乎全都散落在了太空中,包括那些月熊。"月熊乐园"里饲养的全是廉价的胆熊,无人光顾,建造时也就未投入太多成本,结构极为简易,一撞就坏;相比之下,"泰迪熊之家"属于野生熊公园,偶尔也会有游客到访,相应的防护设施多少还是有一些。这两头月熊在撞击事故中飞出原先居住的"月熊乐园",漂浮到了"泰迪熊之家"附近,被这里的自动管理系统误认为是逃跑的泰迪,就给抓了回来。

它们获救时,已经死亡。

整个木星轨道的太空城市群落都在氦闪冲击范围内,绝望在蔓延,但对于泰迪来说,好事来了,它终于挣脱了监禁,重获自由。泰迪注意到,现在这里已经没有那些狡猾的人,只有两个新来的同伴——那两个家伙的突然出现一度使它紧张,熊类独居的本能让它无法容忍外来者,但泰迪很快就发现它们已经失去生机,不再构成威胁,便松懈下来。

跟两个新来的同伴比起来,泰迪还是幸运的,至少它的胆上没有插引流管,避免了取胆汁导致的那经久不愈的恶性感染。因为是野生熊,泰迪的胆汁比人工饲养的月熊要贵许多倍,只有少数人才享用得起,对于那些挑剔的食客来说,没有什么比健康更重要的事情,入口的补药是绝对不能有病菌污染的。不仅如此,有些精明的食客们还要求"食材"的体质必须健康,非要亲眼见到泰迪生龙活虎的样子以后才肯享用。

泰迪回忆起来,有好长时间没出现那致晕的"白色飞棍"了,于是它的胆区也没有再疼,长久以来饱经蹂躏的内脏终于得以喘息。

周围一片空旷,没有人,也没有食客们用来偷窥的悬浮窗,只有荒野和各种灌木植物。人造重力场已经启动,泰迪的领地开始恢复秩序,漂浮的尘土杂草落回地面,挣扎的飞鸟和青蛙都逃匿不见了。

周围变得很安静,但泰迪忽然觉得有些不安,它觉察到了危险的来临。它刚试图躲藏，又一个东西从太空城外壁缺口处飞了进来，"噗"地一声落在地上，像一摊烂泥。

泰迪下了一跳，谨慎地接近，扒拉几下后，发现那东西原来是人，一个穿着宇航服的人，好像受了伤，不能动了，面罩里还有血迹。

除了被捕那次，泰迪都只是在悬浮窗上见过人，从没这样实地近距离接近人类。不知道那人是怎么进来的，也许是跟前面两只熊一起来的，泰迪看清了那人的脸，它发现人类的面部跟猴子有些像，只是无毛。

泰迪谨慎地伸出了前爪，拍了拍那人的面罩。

如果换作天性友好的月熊，也许会试图弄醒这个人，然后一起玩耍，不过泰迪是灰熊，它没那么贪玩，现在它只是觉得肚子饿了，想确定一下这个东西能不能吃，因为它以前从没吃过。

这时，可能是泰迪的拍打起了作用，那个人突然醒了，他看见泰迪后惊讶地大喊起来，拼命挣扎着想要起来，泰迪也被吓着了，猛地后退几步，后腿撑地，本能地站了起来，这是熊类遇到敌害时的警告举动。

那人更害怕了，慌忙地爬起来，蹒跚着想要逃，泰迪追上来，一巴掌拍在他背上，那人惨叫一声，倒在地上呻吟不已，却再也没能起来，不知是腿部骨折了还是吓得趴下了。

泰迪再次靠近那人时，忽然听到一阵奇怪的玻璃碎裂声，很尖利，那人也听到声音，一下子呆滞了，再无反应。泰迪趁机冲上去，一口咬住那人的脖子，牙齿穿透了对方的宇航服，扎破颈部皮肤，一直扎进那人的颈动脉里。

一股腥热的鲜血喷了出来，泰迪满嘴都是，顺着嘴角流下来，滴在那人的宇航服上，把上面那行血红色的"月熊保健制品株式会社"字样给掩盖了。

泰迪这次咬死的是"月熊之家"太空城的一位药剂师，那人曾凭工作之便多次品尝过月熊胆汁，这次，轮到熊类来喝他的血了。这是泰迪平生第一次，也是最后一次。最强大的一波太阳氦闪风暴袭来时，它喝到嘴里的那口鲜血还没来得及咽下。

当时，泰迪只感觉有些遗憾：人血原来是咸的。

跟蜂蜜比起来差远了。

这个世界并不美

大医医国

文 / 喀拉昆仑

这个世界,原本很美。

小时候的世界是懵懂而完美的。当时,在他的后园,可以看见墙外有两株树,一株是枣树,还有一株也是枣树。那上面的夜的天空,奇怪而高,他生平没有见过这样的奇怪而高的天空。那两棵树对称矗立着,共同支撑起那片天空。那是一种简洁美。

但是渐渐长大后,情况变了,世界不再完美,也不再对称。从百草园到三味书屋,整个世界由奇趣无穷到陈腐逼仄,对称失衡了,再也回不去那种单纯的美好。即使后来他留学到了东洋,情况也没有得到多大改观。母国的江河日下与东邻的蒸蒸日上,那种强烈的反差对比,刺激着许许多多和他一样前来寻求救国救民道路的人。

在仙台学医时,他遇到一位可敬而又古板的先生。

"我就是叫作藤野严九郎的……"第一堂课时,这位衣着过分正式的先生自我介绍道,当场就有许多同学笑了出来。其实不仅在见面仪式上,这种过度的严谨是体现在各个方面的,比如在某个课间,藤野先生把他叫过去,翻出他那讲义上的一个图来,是下臂的血管,指着,向他和蔼地说道:"你看,你将这条血管移了一点位置了——自然，这样一移，的确比较的好看些，然而解剖图不是美术，实物是那么样的，我们没法改换它。现在我给你改好了，以后你要全照着黑板上那样的画。"

他不服气，口头答应着，心里却想道："图还是我画的不错；至于实在的情形，我心里自然记得的。"

他有他的美学理念，那段血管位置明明移一点才好看。他不怪这位叫藤野的先生，要怪就只能怪造物，做出来的人这么丑，连血管位置都不符合美学标准。

其实他知道，这类不符合美学标准的存在还有许多，数也数不过来。

"这世界不美！"数学课上，他嘟囔着，表达对教学内容的不满，"学这么多直线、圆、双曲线还有函数，这些数学上完美的事物，现实中根本找不到精确对应的存在！"

同学们都在笑，老师听到了，却以略带诧异的目光看着他，像发现一个怪物。

他说的是事实。现实中的东西都不是数学上的理想形态，没有正圆，甚至没有直线，天然的地面总是崎岖坎坷，路是弯曲的，河流是弯曲的，树木是弯曲的，就连划过天空的闪电，其轨迹居然也是弯曲的。大自然到处都是不完美的存在，有太多反"数学理想"的事物，而且这些事物之间还有相似性，有着明显的亲缘关系，共同结成了一个自洽的庞大集团。这样的事例太多太多，它们充斥了整个世界，挤满了人们的见闻，相比之下，数学上的那些完美模型倒显得形单影只，像一个个仅仅存在于梦境中的精灵。

这让他感觉自己所学的都是些空洞无用的东西。

"人耳廓的形状，像什么？"藤野先生有次在课间问他。

"像什么？扇贝？叶子？"他敷衍着答复。

先生又等了会，见他回答始终不得要领，便解释道："像个胎儿。"

"胎儿！"他先是疑惑，随即大惊，猛地抬头看着先生，似乎意识到了什么。

"你来自一个古老而睿智的民族，我本以为你早该看出来的……"藤野先生似乎有些失望，摇摇头，"希望现在知道还不算晚……这叫分形原理，想了解的话我可以告诉你，但是解剖学的讲义以后要认真写，还有，不要在数学课上说那些话了。"

他这才意识到老师们相互之间也是有联络的。但这些联络却是因他这样的一个异国学生而生，还是出于这样的善意，不由得让他有些感动。

后来的课程上，他学到了分形原理，知晓了耳廓像胎儿乃是分形学中"肢端再现整体"的自相似规律，类似的还有"树叶叶脉网络再现树枝空间结构"这样的事例，很多很多，也学会了用这一原则去分析所知所见的一切存在。他知道了，数学上的各种线和形其实都是枯燥的机械重复，而现实中的事物都是相似渐变的，充满了灵性和美感，这世界再度变得完美起来。他惊喜地发现，原来全球陆地板块的分布和形状、山脉与河流的走向,乃至文明历史的演进,都是符合"自相似"这一原理的。利用这一原理,许多看似复杂烦琐的现象都可以梳理出线索来,形成简洁直观的模型,科学分析。

比如,东亚的历史格局问题。他出生的那个国家,自古以来就是东亚的中心。东亚这片区域在地理上是封闭的,东南都是大海,北方是广袤的西伯利亚冻土无人区,西面是戈壁沙漠和青藏高原,四个方向都被封锁着,于是文明只能在这个圈子里传播。而这个圈子的核心,从很早以前就定好了,至少可以追溯到秦皇一统、徐福东渡的时候,那时,核心就已经定好,在西北的关中,咸阳长安一带。以后每一次的重新统一,由这里发出的文明总是扩散四周,传遍整个圈子。千百年来,文明的涟漪由这里发出,扩散,带动周边的地区一同进步。如果说东亚就是一颗持续跳动的心脏,那么,他的祖国,中国,就是心脏上的起搏点,是所有跳动的起始,从上古时起就一直是这样,中国的节律,就是东亚的节律。

但现在却不是了,东洋的日本,正引领着东亚,他那古老的祖国仍旧在沉睡,几乎所有的国人都在沉睡,几经挣扎仍旧无法醒来。

那是一个沉寂的起搏点。

他不甘心。此时,拜分形原理所赐,整个世界在他心里已经重新变得完美起来了,只剩下这唯一一处瑕疵,唯一一处违背原理的不和谐:他那贫弱不堪的祖国,还没有变回应有的状态,回到应有的位置上去。因为这一缺憾,整个东亚都是不合理的、令人不安的;甚至整个世界都是不合理的、令人不安的。这件事令他坐卧不宁，寝食难安。

原理不会错的，而按照原理，现实不应该是这样的。

他很苦恼。

在一次上课时，看到国人在战争中作为俘虏被砍头的镜头，旁边的异国同学高呼的"万岁"声深深刺激了他。那些被砍头的人，是中国人，却不该是那个曾经作为东亚领导者的大国国人的样子。国人真正虚弱的其实不在身体，而在精神。

他忽然意识到自己选择的从医道路是无效的。为了让整个世界变得完美，变得合乎那个分形规律，为了让祖国恢复强大，他要医治的不是身体，而是灵魂。所以，他不学医了，他要改行，从文。他要用笔，用文字去唤醒国人，唤回国人的民族之魂。

当年，他回国了，投身于《莽原》，成为在空旷寂寥的国土上呐喊的第一人。许多人听到了他的声音，惊醒了，开始行动起来，甚至有人开始追随他；但也有许多人觉得他的声音太刺耳，于是把耳朵捂起来拒绝听，还用手去捂别人的耳朵，不许他们听。对于前者，他热情欢迎，坦诚交流；对于后者，他针锋相对，批判、抨击、挖苦、讽刺，无所不用其极，他还在家里给小孩子演哑剧，表演那些总是捂别人耳朵的人希望全国人过上怎样的生活：戴着防毒面具，捏着鼻子，一步一顿，像个小老头。结果把孩子逗得哈哈大笑。对那些装聋作傻的人，哪怕对方身居高位，他也是很不客气的，而对那些生活在底层的贫苦而善良的人，他却异常的关心和热诚。"横眉冷对千夫指，俯首甘为孺子牛，这就是我的人生态度。"他这样总结自己的性格，末了还笑道，"你身居高位、家财万贯又有什么用，告诉你，鄙人本是学医的，不懂权与钱，只懂得解剖学。你们脱了冠帽衣服，摘了钱包首饰，身体用刀子划开一看，也没啥稀奇的，连一条血管都长不到好看的位置上去！"

国家的形势不容乐观，军阀混战，政局动荡，城头变幻大王旗，无辜的人们经常死于非命。呐喊着的他从未放弃抗争，忍看旧朋成新鬼，怒向刀头觅小诗，他相信，只要坚持下去，总有一天会看到希望，看到东亚心脏这个古老的起搏点再次跳动。

1935年开始，他终于听到了一些让人惊喜的声音，都来自西北。

西北，是西北！

西北，是这个国家的初始点，也是整个东亚文明的初始点！现在，那里有整个中国最具救国救民意识的一批人，为了革命，他们万里跋涉，从南国转移到西北。

而西北，恰是中国心脏部位"窦房结"的位置。

那一刻，远在上海的他忽然有一种感觉：国家苏醒的时候快到了，这个古老的心脏起搏点，要激活了！以后，整个东亚将再一次按照原有的节律跳动！于是他愈加努力地与西北的声音呼应着，协助唤醒中国。

可惜他没能看到那一天——第二年，他过世了。

民众以国礼厚葬他，成千上万的普通人自发地来为他送行，在他的灵柩上覆盖着一面旗帜，上面写着"民族魂"三个字。

一个多月后，西北传来好消息，两党和解了，这个古老的民族终于开始团结起来一致对外，史诗般的复兴自此起步。

  学医的他或许从没救治过一个人，更没有做过一例心脏手术；却以一支笔，点醒了一个古老的民族，重新激活了东亚大陆那颗无形而神圣的心脏。

  他是有史以来最伟大的医生。

  这个世界，很完美。

版权专有　侵权必究

图书在版编目（CIP）数据

多维宇宙 / 王晋康等著 . —北京：北京理工大学出版社，2020.7 (2021.12重印)

（科幻硬阅读 . 超维度漫游）

ISBN 978-7-5682-8418-9

Ⅰ . ①多… Ⅱ . ①王… Ⅲ . ①幻想小说－小说集－中国－当代　Ⅳ . ① I247.7

中国版本图书馆 CIP 数据核字（2020）第 073915 号

出版发行 / 北京理工大学出版社有限责任公司
社　　址 / 北京市海淀区中关村南大街 5 号
邮　　编 / 100081
电　　话 / (010)68914775（总编室）
　　　　　 (010)82562903（教材售后服务热线）
　　　　　 (010)68944723（其他图书服务热线）
网　　址 / http:// www.bitpress.com.cn
经　　销 / 全国各地新华书店
印　　刷 / 三河市华骏印务包装有限公司
开　　本 / 880 毫米 ×1230 毫米　1/32
印　　张 / 9.5　　　　　　　　　　　　　　责任编辑 / 钟　博
字　　数 / 183 千字　　　　　　　　　　　　文案编辑 / 毛慧佳
版　　次 / 2020 年 7 月第 1 版　2021 年 12 月第 6 次印刷　责任校对 / 刘亚男
定　　价 / 39.80 元　　　　　　　　　　　　责任印制 / 施胜娟

图书出现印刷质量问题，请拨打售后服务热线，本社负责调换科幻不是目的,思考才是根本。
科幻小说是献给那些聪明的头脑和有趣的灵魂的一份礼物。
喜欢科幻的书友请加科幻 QQ 一群:168229942,QQ 二群:26926067。